Elsi Rydsjö

Der Flug der Schwäne

Elsi Rydsjö

Der Flug der Schwäne

Roman

Aus dem Schwedischen
von Angelika Kutsch

Kabel

Die schwedische Originalausgabe
erschien 2000 unter dem Titel
»Susanna«
im Albert Bonniers Förlag in Stockholm.

ISBN 3-8225-0557-9

Gesetzt aus der Stempel Garamond
Satz: KCS GmbH, Buchholz/Hamburg
Druck und Bindung: Friedrich Pustet, Regensburg
Printed in Germany

www.kabel-verlag.de

I

Pfarrer Johannes Lindman saß steif da, als habe er einen Stock verschluckt, das Gesicht unbeweglich, die Augen blicklos. Hätte ihm jemand die Hände auf die Schultern gelegt, er hätte die Anspannung in seinem Körper und im Nacken gespürt. Aber niemand legte ihm die Hände auf die Schultern, und zu sehen war die Anspannung durch den schwarzen Stoff seiner Hausjacke nicht.

»Ich verstehe, daß es eine Überraschung ist.«

Großbauer Bernt Nilsson auf dem Besucherstuhl beugte sich vor. Er hatte schmale, gierige Lippen, die auch ohne besonderen Anlaß verächtlich wirkten. Jetzt war der verächtliche Zug noch deutlicher.

»Oder?«

Johannes Lindman antwortete nicht. Es gab nichts, was er hätte sagen können. Sein Schweigen war das Schweigen eines Gekränkten; die Kränkung war zu groß, als daß er darauf reagiert hätte. Dabei war es nicht einmal die größte Kränkung, die ihm widerfahren war.

»Dann gibt es also Sonntag das erste Aufgebot.«

Das war keine Frage, es war eine Feststellung. Auch jetzt antwortete Pfarrer Lindman mit keiner Silbe. Bernt Nilsson erhob sich. Beim Eintreten hatte er immerhin seinen Hut abgenommen, jetzt drückte er ihn sich wieder fest auf den Kopf und ergriff seinen Stock mit dem Silberknauf. An der Tür drehte er sich nicht um und sagte auch nicht auf Wiedersehen. Die Stille stand wie eine Mauer im Empfangszimmer von Bosarps Pfarrhof.

»Willst du es ihr sagen? Oder soll ich?«

Johannes Lindman hielt in seiner Wanderung über die Läufer im großen Zimmer des Pfarrhofs inne. Mit schweren Schritten war er auf und ab gegangen, wie ein altes Pferd beim Dreschen, gekettet an seinen Dienst für die Ewigkeit. Seine Ehefrau Ulrika hörte seine Schritte, aber sie schaute nicht auf, auch dann nicht, als er direkt vor ihr stehenblieb.

Sie saß auf einem Stuhl am Ostfenster bei ihrem Nähtisch und ihrem Flickkorb, denn hier fiel genügend Licht auf ihre Handarbeit.

»Ich gehe wie ein schwankendes Schiff«, sagte sie manchmal im Scherz.

Aber da war nichts zu scherzen, die wirtschaftlichen Verhältnisse des Pfarrers erlaubten keine zusätzliche Hilfe im Haus. Die alte Fia wirtschaftete in der Küche, schwerfällig, mit zitternden Händen und inzwischen halbblind. Ein junges Ding aus dem Dorf, Stina, half bei allem, wofür Fia die Kraft fehlte. Zum Frühjahrs- und Herbstputz kam eine Extrahilfe, ebenso zur großen Wäsche. Alle anderen Arbeiten erledigte Ulrika selbst. Und Susanna natürlich.

Susanna Eleonora, Ulrikas und Johannes' einziges geliebtes Kind. Susanna, die noch nicht wußte, welcher Verrat sie bedrohte.

»Was hat Bernt Nilsson eigentlich gesagt?« fragte Ulrika. Sie schaute unentwegt auf ihre Hände und schien die Frage nur gestellt zu haben, um sich noch einen Augenblick vormachen zu können, es gebe keine Gewißheit. Dann überlegte sie es sich anders. Es war nicht gerecht, Johannes wiederholen zu lassen, was Bernt Nilsson gesagt hatte.

»Du mußtest ihn anhören«, sagte sie statt einer erneuten Frage und sah zu ihm auf. »Du trägst schon deinen Anteil der Last. Also werde ich mit Susanna sprechen und ihr sagen, daß ...«

Sie zögerte und schluckte. Die Worte steckten ihr wie Kletten im Hals.

»Es wird noch schlimmer«, sagte Johannes.

»Vielleicht.«

»Ich meine nicht nur für dich. Ich bin es ja, der sie trauen muß.«

»Johannes! Das ist unmöglich.«

»Wie sollte ich mich weigern? Ich kann mich nicht weigern, und das weiß Bernt Nilsson. Die Nilssons gehören zu meiner Gemeinde, ich habe Amalia getauft, ich habe sie konfirmiert. Ich muß sie auch trauen. Wenn ich einen Hilfsprediger hätte … Aber ich habe keinen.«

»Amalia«, sagte Ulrika Lindman. »*Amelie* – wenn ich bitten darf!«

Sie spitzte die Lippen und sprach betont geziert. Johannes sah sie verwirrt an, und Ulrika seufzte. Es war sinnlos, sich über Mathilda Bernt Nils' Versuch, den Namen ihrer Tochter zu veredeln, lustig zu machen. Es war nur so dumm und so schrecklich.

»Gleichviel«, sagte sie müde. »Das Mädchen kann von mir aus heißen, wie sie will, und Matilda kann sich soviel vormachen, wie sie will. Ich …«

Sie hatte sagen wollen: Mir ist alles egal. Es gab ja auch noch andere Wörter, häßlichere, am liebsten hätte sie sie ausgesprochen. Aber das konnte sie Johannes nicht antun, er würde sie nicht verstehen und wäre nur noch bedrückter. Über ihre Wangen rollten Tränen des Zornes, sie wischte sie weg und sah zu Johannes auf. Ratlos und verzweifelt stand er immer noch vor ihr, die Hände zu einer zärtlichen Berührung ausgestreckt.

Ulrika nahm sich zusammen und putzte sich nachdrücklich die Nase. »Liebster«, sagte sie, »es ist, wie es ist, und wir müssen versuchen, darüber hinwegzukommen. Du und ich, und vor allen Dingen Susanna.«

Johannes nickte. »Du hast recht«, sagte er. »Aber stell dir nur vor, sie findet nie einen anderen Mann. Wenn man es recht bedenkt, sieht sie doch eigentlich nach nichts aus. Für uns beide ist sie natürlich ein besonders hübsches Mädchen, aber ...«

»Wie kannst du so was sagen?« unterbrach ihn Ulrika. »Susanna ist nicht nur hübsch, sie ist eine Schönheit. Schön und elegant ist sie. Und wenn die Männer das nicht sehen, sind sie noch dümmer, als ich dachte.«

»Wie ich, meinst du?« Johannes lächelte ein wenig. Aber die Kummerfalte zwischen seinen Augenbrauen verschwand nicht.

»Susanna sieht dir ähnlich«, fuhr seine Frau fort, als habe sie ihn nicht gehört. »Sie hat deine grauen Augen und deine glatten braunen Haare – obwohl du ja sehr weiß geworden bist und dein Haar sich lichtet. Außerdem ist sie groß und wohlgestalt.«

»Sie hat überhaupt keine Figur. Du hast immer eine gute Figur gehabt.«

Ulrika warf beiläufig einen Blick in den hohen Bodenspiegel des Raumes. Sie wußte, was Johannes meinte. In jungen Jahren war sie klein und schlank gewesen, hatte krause, dichte Haare, und ihre runden Augen waren klar und blau wie die eines Kätzchens gewesen. Jetzt war ihr Haar grau und ihr Blick nicht mehr so klar – vielleicht merkte man ihr gelegentlich sogar an, daß auch Kätzchen mit der Zeit Krallen zeigen – und eins war sicher: Gutes Aussehen war nur allzu vergänglich. Man mußte es genießen, solange man jung war, und das hatte sie getan.

Aber Susanna! Ihre Tochter Susanna, die sich von einem allerliebsten Kind zu einer hübschen jungen Frau entwickelt hatte. Und wenn man bedachte, daß ein Lump wie Einar Stjernström ihrer Susanna Amalia Berntsdotter vorgezogen hatte. Aber der Heiratsantrag galt vermutlich mehr Bernt Nilssons Goldbarren, das konnte man sich ja zusammenreimen. Einar Stjernström war nichts als ein Dreckskerl.

»Ja, ja«, sagte Johannes als Antwort auf alles, was sie

nicht laut ausgesprochen hatte. »Du hast ja recht, wir müssen versuchen, damit fertigzuwerden, so gut es geht. Aber mir tut das Kind so leid, wir sollten ihr den Anblick der laubgeschmückten Kirche und all der Festlichkeiten ersparen. Willst du nicht deiner Schwester in Jönköping schreiben und sie fragen, ob das Mädchen eine Weile zu ihr kommen kann? Vielleicht den Herbst und Winter über? Bis zum Frühling hat sie hoffentlich alles verschmerzt.«

»Nein, Johannes«, sagte seine Frau. »Das geht nicht. Betty würde Susanna willkommen heißen, ich weiß, wie sehr sie sich freuen würde. Aber daran wollen wir nicht einmal denken.«

»Ich verstehe nicht«, sagte der Pfarrer. »Auf diese Weise wäre doch alles so viel leichter für sie. Weg von allem, von allen, die fragen und reden. Zumindest für ein paar Monate.«

»Ein paar Monate«, wiederholte Ulrika und bekam rote Wangen. »Lieber Johannes, denk ein wenig nach.«

»Ich verstehe nicht«, wiederholte der Pfarrer, und seine grauen Augen, Susannas graue Augen, wurden blaß vor Unsicherheit.

»Nein, mein Freund, du verstehst nicht«, sagte seine Frau und streichelte ihm über die Wange. »Du weißt nicht viel von der Welt, lieber Johannes.«

Langsam ging auch Pfarrer Lindman ein Licht auf. Sein Kinn sank herab, seine Zunge mochte kaum die Worte formen. »Du meinst doch nicht ... das kannst du doch nicht ...«

»Doch, lieber Johannes. Genau das meine ich.«

Susanna lag auf ihrem Bett und schaute hinauf zur bemalten Decke. Sie hatte ein großes Bett, breit und tief. Es hatte schon in einer Zeit auf dem Pfarrhof gestanden, an die sich niemand erinnerte, früher einmal hatten vielleicht zwei oder auch drei Pfarrerstöchter darin geschlafen. Susanna lag dagegen allein darin. Eine Schwester hatte sie nie bekommen, so sehr sie sich auch eine gewünscht hatte. Aber im Augenblick war sie froh, allein zu sein.

Die Strohmatratze, die zuunterst auf dem Bretterrost lag, war dick und üppig, sie wurde jedes Jahr neu gestopft. Darauf lag die Roßhaarmatratze und darauf wiederum das unbeschreiblich weiche Gänsedaunenbett, in das man sich kuscheln konnte. Aber Susanna kuschelte sich nicht hinein, nicht heute abend. Sie lag nur da, ganz still, und betrachtete die hellen Wolken, die, von einem unsichtbaren Wind getrieben, am hellblauen Himmelsdach entlangzogen. Unter den Wolken, wie Silhouetten, flogen Vögel in ordentlichen Reihen. Als sie klein war, hatte sie manchmal fest in die Hände geklatscht und gehofft, daß die Vögel in alle Richtungen stieben würden und nicht wie an einer Schnur aufgereiht weiterflögen. Es war ihr nie gelungen.

Jetzt dachte sie nicht im entferntesten daran, es überhaupt zu versuchen.

Was für ein merkwürdiges Gefühl, dachte sie. Es ist, als ob mich das gar nichts anginge. Mutter hat mir alles erzählt, sie war so erregt, daß ihr die Stimme versagte. Wieder und wieder sagte sie es: dieser Dreckskerl, dieser elendige Dreckskerl. Ich weiß, sie hat Einar eigentlich nie gemocht, es ist also kein Wunder, daß sie das sagt. Aber es macht nichts, jetzt nicht. Warum nur bin ich nicht genauso außer mir wie sie? Mich betrifft es doch am meisten.

Aufbrausen, um mich schlagen, schreien, weinen. Mein Verlobter, er, der mein Verlobter hätte werden sollen – Ringe haben wir ja noch nicht gewechselt –, hat mich verraten und verlassen. Vielleicht sollte ich es tun, schlagen und all das andere. Aber ich kann nicht. Irgendwie habe ich es nie gekonnt, nicht einmal als Kind. Bei allem, was nicht so war, wie ich es mir wünschte und vorgestellt hatte, bin ich nur einen Schritt zur Seite getreten und habe es mir aus der Entfernung angesehen. Vielleicht bin ich kalt wie ein Fisch? Oder bin ich nur so, wie Tante Betty sagt: ein verständiges Mädchen, das keine Dummheiten macht.

Würde ich mich besser fühlen, wenn ich jetzt ein paar Dummheiten machte? Ich weiß es nicht.

Ich finde auch nicht, daß mich besondere Kälte umgibt, jedenfalls nicht hier in meinem Bett. Manche sagen, meine Cousine Evelina sagt es: Oh, wegen Kleinigkeiten kann ich wohl weinen, doch wenn etwas richtig Entsetzliches geschieht, dann friert mich nur. Aber mich friert nicht einmal. Mein Körper ist erstarrt, ich spüre es jetzt. Was für ein sonderbares Gefühl. Ich bin hoffentlich nicht plötzlich gelähmt, ich kann hoffentlich noch Hände und Arme heben – doch, ja, das kann ich. Dann wird es wohl vorübergehen.

Wenn ich hingefallen bin und weinte, als ich noch klein war, dann sagte Fia immer: Ist ja schon gut, wird alles wieder gut, wenn du heiratest. Das hat mir nie gefallen, wenn sie es sagte. Es tat doch weh, in dem Augenblick tat es weh. Daß es vorbei sein würde, wenn ich heiratete, das war mir egal.

Übrigens ist es im Augenblick nicht so sicher, ob ich überhaupt heiraten werde. Im Augenblick ist das ungewisser denn je. Ich will nicht daran denken. Ich werde nicht daran denken. Im Augenblick möchte ich nur glauben, daß ich für immer in meinem Zimmer bleiben darf. Das Zimmer, in dem lange vor mir alle jungen Töchter des Pfarrhofs gelebt haben, in dem sie gelesen und am Tisch unterm Fenster Briefe geschrieben haben. Hier haben sie gelacht und geweint, und manchmal haben sie vielleicht nur dagelegen, wie ich jetzt liege, still, unbeweglich, mit dem Kummer ringend.

Aber ich ringe ja gar nicht. Ich stehe neben dem Kummer und betrachte ihn. Bin ich etwa auf dem Weg, verrückt zu werden?

Plötzlich keuchte sie. Eine heiße Welle stieg in ihr auf, drohte sie zu verbrennen, zu ersticken. Nie zuvor hatte sie sich so gefühlt. Sie richtete sich auf, versuchte, sich zu beruhigen, wieder sie selbst zu werden, statt dessen warf sie sich zurück und zog sich das schwere Federkissen übers Gesicht. Sie schrie hinein, brüllte, weinte, schluchzte. Verständiges Mädchen! Mach keine Dummheiten! Sie würde so viele Dummheiten machen, wie sie wollte, sie würde fluchen und schreien – alles würde sie tun, und es ging niemanden etwas an, wie sie sich aufführte! Mutter würde sie verstehen. Vater würde sich ängstigen, aber er würde sie auch verstehen, und Tante Betty war ihr einerlei! Und Einar – der konnte zur Hölle fahren, wenn es nach ihr ginge!

Ich fluche ja wirklich, dachte sie erschrocken. Ich benutze genauso häßliche Wörter wie unser alter Schweinehirt. Ich wußte gar nicht, daß ich es kann. *Ich bin froh, daß ich es kann*!

Die heiße Woge sank in sich zusammen, so schnell, wie sie gekommen war. Susanna warf das Kissen zur Seite und stand auf, goß Wasser in die Waschschüssel auf der Kommode und wusch sich das Gesicht. Dann leerte sie das Wasser in den Eimer und spuckte hinein, daß es nur so spritzte. Sie wischte sich den Mund mit dem Waschlappen ab und trat ans offene Fenster, zog das Nachthemd aus und stand nackt im kühlen Wind. Es duftete nach Sommer und keimender Saat von den Feldern; weit entfernt hörte sie einen schrillen, kläffenden Laut. Das war kein Hund, es war ein Fuchs.

Ich wünschte, es wäre ein Wolf, dachte sie. Ich wünschte, er würde mich zerreißen, in Stücke reißen. Bevor mein Herz bricht.

Und dann dachte sie: Bevor mein Herz bricht? Soll mein Herz etwa wegen Einar Stjernström brechen? Zum Teufel, nein!

Sie ging zurück zum Bett, legte sich hin und zog die Decke bis zum Kinn. Im nächsten Augenblick war sie eingeschlafen.

II

Mit dem Morgen kehrten Klarsicht und Vernunft zurück. Es half nichts, zu schreien und zu fluchen, kein bißchen. Aber heute nacht hatte es geholfen – es hatte sie ja auch niemand gehört. Susanna schwang die Beine aus dem Bett und machte sich bereit für den Tag.

Unten in der Küche sagte die alte Fia: »Ich weiß ja, daß er hiergewesen ist, Bernt Nilsson, mein ich. Sonst ist es doch üblich, daß die Brautleute selbst das Aufgebot bestellen. Aber so viel Schneid hat er nicht – dieser Stjernström.«

»Bitte, Fia«, sagte Ulrika warnend, und die alte Magd verstummte.

»Das macht nichts, Mutter«, sagte Susanna und rümpfte die Nase. »Es ist eben, wie es ist, und Fia hat ganz recht. Soll ich jetzt die Grütze holen? Ist Vater schon da?«

Ulrika schaute aus dem Fenster. Johannes machte seinen üblichen Morgenspaziergang im Garten; sein alter Leinenhut schützte ihn gegen alle Vögel, die ihre Nester in den mächtigen Linden nach Süden gebaut hatten.

»Jetzt kommt er – ja, bitte, du kannst die Grütze holen. Ich nehme den Brotkorb und die Milch.«

»Es war nicht böse gemeint«, sagte Fia mit geröteten Wangen.

»Das weiß ich«, antwortete Susanna und füllte Grütze in die Zinnschüssel. »Mach dir nichts draus, Fia. Er hat eben gemerkt, daß er Amalia mag und nicht mich. Und dann ist es am besten, wenn die Dinge ihren Lauf nehmen.«

»Glauben Sie das nur nicht, ich meine, daß er das Mädchen von Nummer sechs lieber hat. Aber er liebt das Geld des Vaters, das ist es. Und er scheint es zu brauchen, denn sonst muß er Konkurs anmelden.«

»Susanna, Vater sitzt schon am Tisch«, rief Ulrika aus dem Eßzimmer.

»Ich komme.«

Susanna nahm die Schüssel mit der Grütze und ging zur Tür.

In dem Augenblick kam Stina mit sieben Eiern im Korb vom Hof herein. »Stell dir vor, Fia, ich hab ihr Nest gefunden, das von der gesprenkelten Henne«, sagte sie triumphierend. Als sie Susanna bemerkte, verstummte sie jäh.

In ihren Augen funkelte Neugier. Sie sagte nichts, und das war auch gut so. Aber Susanna wußte, daß ihr fortan auf Schritt und Tritt Neugier begegnen würde. Dagegen war nichts zu machen; damit mußte sie sich abfinden. Sie warf den Kopf in den Nacken und ging mit der Grützschüssel ins Eßzimmer.

Johannes sprach das Morgengebet, und Ulrika und Susanna neigten den Kopf, bevor sie die Stühle vom Tisch abrückten und sich setzten. Es war sehr still im Raum. Johannes aß seine Grütze und schaute hartnäckig auf seinen Teller; sein Gesicht war von Kummer zerfurcht.

»Sei nicht traurig, Vater«, sagte Susanna schließlich und legte den Löffel weg. »Es ist wohl so, wie Fia sagt, Einar braucht Geld. Bernt Nilsson hat es, wir aber nicht.«

»Fia sollte nicht soviel reden«, sagte Ulrika aufgebracht. »Sie bildet sich ein, alles zu wissen und zu begreifen. Dabei ist es nichts weiter als dummes Geschwätz.«

»Ja«, sagte Susanna mit erhobenem Kopf, »aber in dummem Geschwätz steckt doch häufig ein Körnchen Wahrheit, oder nicht?«

Ulrika preßte die Lippen zusammen und schwieg.

»Es war dieses unglückselige Sommerfest in Stehag im letzten Jahr«, sagte sie später, als sie mit Johannes allein war. »Ich wünschte, wir wären nie dorthin gefahren. Alle jungen Leute mußten ja unbedingt auf den Ringsjö hinausrudern, ein einziges Scherzen und Schwatzen. Dort hat Susanna Einar getroffen.«

»Damals hast du gesagt, es sei lustig gewesen, ihnen zuzuhören. Wie ein Schwarm Stare. So hast du es ausgedrückt, wenn ich mich nicht täusche.«

»Ja, ja, daran erinnere ich mich auch. Aber inzwischen wissen wir, daß zumindest eine Krähe in dem Schwarm gesteckt hat. Ein Wolf im Schafspelz«, fügte die Mutter hinzu, vorsichtshalber.

Johannes seufzte. Er holte sein großes weißes Taschentuch aus der Tasche und wischte sich übers Gesicht, Schweißperlen hatten sich unter seinen Augen und neben der Nasenwurzel gebildet.

»Ich verstehe einfach nicht, daß es Berggrens gefällt, so viele junge Leute auf dem Pfarrhof zu sehen«, fuhr Ulrika fort. »Man sollte doch meinen, daß sie mit ihren eigenen genug haben – bewahre, vier Jungen und drei Mädchen, die ganze Hütte voll! Und dann die guten Freunde der Mädchen und diese jungen Herren Stjernström – Nichten oder Neffen oder was sie nun sein mögen. Irgendwie entfernte Verwandte jedenfalls, wir können Berggrens nicht die Schuld geben.«

»Ich hab Emil Berggren ein wenig ausgefragt, zu Anfang«, gestand Johannes zögernd. »Er sagte, daß dieser Einar – daß er niemals ernsthaft in Lund studiert hat, er hat seine Studien vernachlässigt und – ja ...«

»Ein lockeres Leben geführt?« fragte Ulrika scharf.

»Ja. So könnte man es nennen. Darum hat jemand aus seiner Verwandtschaft ihm diese Stelle beim Militär verschafft.«

»Johannes! Davon hast du ja nie ein Wort gesagt!«

»Emil Berggren war der Meinung, Einars Charakter werde sich schon festigen, wenn er ein gutes und liebes Mädchen trifft. So eine wie unsere Susanna.«

»Ach, war er der Meinung? Und warum nicht eine von Berggrens eigenen Töchtern?«

»Ja – das weiß ich nicht. Wirklich nicht. Aber vielleicht kann man es als Aufgabe für eine junge Frau ansehen ...«

Ulrika sagte lieber nicht, was sie davon hielt. Johannes war so, er dachte von allen nur Gutes, wollte helfen und stützen. Aber sie würde bald nach Stehag fahren und ein Wörtchen mit Ester Berggren reden, jawohl, das würde sie.

»Ja, meine Liebe«, sagte Frau Berggren und schob den Kuchenteller näher zu ihrem Gast. »Ich kann dir gar nicht sagen, wie schrecklich ich die Geschichte finde. So ein Tölpel von Junge – junger Mann muß man wohl sagen. Aber Susanna ist doch ein vernünftiges Mädchen. Ich will einfach nicht glauben, daß sie sich ernsthaft in ihn verliebt hat. Er sieht natürlich gut aus. Und dann die Uniform – die hat auch früher schon Mädchen den Kopf verdreht.«

Ihre Augen begegneten sich. Ulrika konnte mitten in aller Entrüstung und Verärgerung ein Zucken in den Mundwinkeln nicht unterdrücken. Auch in ihrer eigenen Vergangenheit hatte es eine Uniform gegeben ... Aber die Geschichte war zum Glück gescheitert, und dann war Johannes aufgetaucht.

»Susanna hat es sich hoffentlich nicht sehr zu Herzen genommen?«

»Doch, leider tut sie es. Sie hat ja an ihn geglaubt und an das, was er sagte.«

»Ach, meine Liebe.«

»Sie sagt nicht viel, aber sie ist sehr blaß geworden. Richtig abgemagert, und sie hat wahrhaftig nicht viel zuzusetzen.«

»Könnte sie nicht verreisen, wenigstens in der Zeit, in der die Hochzeit stattfindet?«

»Ich habe sie gefragt, aber ich weiß nicht, ob sie will. Und du wirst verstehen, daß sie ohnehin nicht für längere Zeit verreisen kann. Man betrachtete sie ja immerhin schon als Brautleute.«

Ester Berggren und Ulrika Lindman sahen sich an. Beide wußten genau, woran die andere dachte, zwischen ihnen waren nicht immer Worte nötig.

»Nein, das ist einleuchtend«, sagte Frau Berggren dann langsam. »Und eigentlich hat sie es auch gar nicht nötig, das Feld zu räumen. Aber es kann furchtbar schwer für sie werden.«

»Es wird für uns alle schwer. Johannes muß die beiden trauen, das weißt du. Aber zum Fest gehen weder er noch ich, darauf können sich die Nilssons verlassen.«

»Ach, meine Liebe«, sagte Frau Berggren wieder.

Sie rührte nachdenklich in ihrer Kaffeetasse. Die Hochzeit, ja. Wenn ihre eigenen Kinder eingeladen wurden, und das wurden sie vermutlich, schließlich konnte man ja die Verwandten von Einar nicht übergehen … Emil hatte nie zu denen gehört, der den Kindern das Tanzen verbot, obwohl sie Pfarrerskinder waren. Und sie zu bitten, Susanna wegen … Nein, es war kaum vorstellbar, daß sie aus Rücksicht auf Susanna auf ein Fest verzichteten. Susanna war ein bißchen eigen, ein wenig still und manchmal etwas zu ernst für ein junges Mädchen. Wenn sie wirklich in Einar verliebt war, dann hatte sie jetzt eine schwere Zeit, das konnte man sich vorstellen. Doch das sollte den anderen nicht die Freude verderben. Wirklich nicht.

»Einfältiger Junge«, sagte sie dann.

Ein bißchen Mitleid mußte man ja zeigen. Aber es gab keinen Anlaß, mehr als das zu sagen.

Ulrika war keineswegs auf den Kopf gefallen. Sie verstand Esters Schweigen besser, als jener lieb war. Aber eins freute sie mitten in der Trübsal, und das war die Tatsache, daß niemand wußte – Berggrens nicht, und vor allen Dingen Einar Stjernström nicht –, was für eine Braut sich der Bräutigam eingehandelt hatte. Matilda Bernt Nils würde schon dafür sorgen, daß das Lotterleben mit Wein, Weib und Gesang ein Ende hätte, wenn die jungen Leute erst einmal verheiratet waren. Nilsson würde vielleicht die vorhandenen Studienschulden begleichen, aber danach würde er bestimmt jeden Schilling umdrehen, den er dem Schwiegersohn gab.

Viel Glück, Einar Stjernström, küß du nur deine Amalia!

Aber als Ulrika wieder im Einspänner saß und das Pferd heimwärts lenkte, da mußte sie doch mehr als einmal nach dem Taschentuch greifen. Denn wie sie es drehte und wieviel sie auch ertrug, schließlich war Susanna traurig, ihr geliebtes Kind hatte Kummer. Und wie sollte sie ihr helfen?

Die Christmette war vorüber, graues Dämmerlicht schlich über Äcker und Wiesen und wurde langsam zu hellichtem Tag. Draußen vor der Kirche blieben alle stehen, um sich zu begrüßen und einander frohe Weihnachten zu wünschen. Ulrika Lindman und Susanna warteten vor der Tür zur Sakristei auf Johannes. Die Kirche war bis auf den letzten Platz gefüllt gewesen, es gab viele Höfe und kleine Häuser im Kirchspiel, und aus jedem Haus war mindestens eine Person erschienen. Sich an einem Sonntag nicht in der Kirche blicken zu lassen, das war schlimm, aber unverzeihlich war das Fernbleiben an einem so hohen Feiertag wie diesem. Außerdem wollte man ja selbst gern sehen … Es wurde erzählt, daß die Tochter von Nummer sechs, Amalia, Weihnachten zu Hause wäre, und ihr Mann würde sie selbstverständlich begleiten. Da wollte man doch gern sehen, wie sie einander grüßten – Einar Stjernström und die Tochter vom

Pastor. Die er verlassen hatte, um reich bei den Nilsens einzuheiraten.

Als im August Hochzeit gehalten wurde, hatte Susanna ihre Tante in Ystad besucht, und das konnte man ja verstehen. Also hatten sie sich seitdem nicht mehr gesehen, Stjernström und sie. Nicht bis heute.

Die Wartenden vor der Kirche unterhielten sich.

»Es heißt, er kann General werden, wenn er will«, wußte die Schneiderin zu berichten. »Das hat mir Matilda selbst erzählt, als ich vor der Hochzeit im Haus war, um das Brautkleid zu nähen.«

»Ach, dummes Gerede, das kann er nun wirklich nicht«, fiel ihr der Kaufmann ins Wort. »Er geht im Augenblick doch nur in die Militärschule, das weiß ich genau. Eine Zeitlang sah es so aus, als wollte er das Gesetz in Lund studieren, aber er hat seine Studien nicht ernsthaft genug betrieben. Jetzt würde er gern wieder anfangen, heißt es, aber Bernt Nilsson will ihn nicht unterstützen. Deshalb muß er wohl bei den Soldaten weitermachen.«

Durch die Schar der Gemeindemitglieder ging ein stilles Grinsen, während sie dastanden und ein wenig mit den Füßen stampften, um sich warm zu halten. In ihren Augen glitzerte es, auch wenn die zu der frühen Morgenstunde noch ein wenig verquollen waren und müde von der Weihnachtsfeierei, die doch gerade erst begonnen hatte. Dann hörten sie gemessene Schritte auf dem gefro renen Boden und das Knirschen neuer Lederstiefel. Bernt Nilsson kam mit seinen Leuten, Ehefrau und Sohn, Tochter und Schwiegersohn. Er trat schwer auf und setzte bei jedem Schritt seinen Stock hart auf. Mit kleinen scharfen Augen sah er um sich, und aus den meisten Gesichtern verschwand unfreiwillig das bösartige Grinsen. Hier kam der Hausherr von einem der größten Höfe im weiten Umkreis, daran war nicht zu rütteln. Und plötzlich erinnerten sich viele an einen gewissen Schuldschein, der in der Schublade von Bernt Nilssons Schreibtisch lag. Er verlieh Geld, der Bernt von Nummer sechs, so war es. Aber er nahm auch Zinsen, und seine Bedingungen waren hart. Es wäre nicht besonders klug, sich mit ihm zu verfeinden.

So ergab es sich, daß mehrere Frauen knicksten. Einige Herrenhüte wurden gelüftet, manche mit Eifer, andere etwas zögerlich. Denn wenn der Reichtum die Bühne betrat, taten die armen Leute gut daran, sich abseits zu halten und nicht im Weg zu stehen. So war es nun einmal.

Ulrika beobachtete das alles. »Wir brauchen nicht auf Vater zu warten«, sagte sie leise zu Susanna. »Wir können sofort gehen, wenn du willst.«

»Nein, das werden wir nicht«, antwortete Susanna genauso leise. »Wir müssen das hier hinter uns bringen. Danach wird alles leichter.«

Aber das Herz in ihrer Brust schlug dumpf und heftig, und ihr Mund war trocken wie Asche. Sie sah nicht den schweren Großbauern Bernt Nilsson und auch nicht seine Ehefrau Matilda, bemerkte nicht, wie ihre Mutter den Gruß mit einem steifen Kopfnicken erwiderte. Sie sah nicht Amalias eleganten pelzbesetzten Mantel und ihre hochhackigen Lackstiefelchen, nahm nicht das triumphierende kleine Lächeln auf ihrem Gesicht wahr.

Sie sah Einar Stjernström. Sie wollte es nicht, aber sie hatte sich nicht in der Gewalt und schaute nur ihn allein an.

»Susanna«, sagte er.

Seine Stimme war leise und nicht ganz fest.

Amalias selbstzufriedenes Lächeln gefror für einen Augenblick. Dann wurde es breiter, frecher. »Wie bedauerlich, daß du nicht zu unserer Hochzeit kommen konntest«, sagte sie. »Ich bin sicher, du hättest sehr viel Spaß gehabt.«

»Danke, Amalia, sehr freundlich.«

Sieh ihn nicht an! Nicht sein helles Haar, das durch die Pomade dunkler wirkt, sieh nicht in seine braunen

Augen, die jetzt unsicher blicken, an die du dich aber ganz anders erinnerst – dunkel, sehnsüchtig, liebevoll. Denn so waren sie, voller Liebe, und die Liebe galt dir. Sieh nicht auf seine Schultern, seine Arme, seine Hände – seine Umarmungen gehörten auch dir, und du weißt, daß er sich ebenfalls erinnert, gerade jetzt, in diesem graukalten Morgenlicht, hier unter allen anderen Menschen, in Gegenwart seiner Frau, seiner Schwiegereltern, des Gesindes – hier mitten unter ihnen erinnert er sich, daß er dich in seinen Armen gehalten und gefleht und gebettelt hat, du mögest die Seine werden. Wenn du damals ja gesagt hättest, wenn du in jener Nacht am Ringsjö zu ihm gekommen wärst ... Aber du hast es nicht getan, und im Augenblick weißt du nicht einmal, ob du es bereust oder ob du dankbar dafür bist. Daß es dir erspart geblieben ist, hier noch gedemütigter zu stehen, als du ohnehin bist ...

Lieber Gott im Himmel, warum bin ich nicht weggegangen, wie Mutter es wollte? Warum bin ich geblieben? Um sie alle zu sehen, Einar und Amalia, alle Nilsens – all die anderen, die um uns herumstehen, wie sie glotzen. Ich spüre ihre Blicke wie Pfeile in meinem armen Körper, und jetzt kommt es auf mich an, allein auf mich, alles muß ich sagen und tun ...

»Sehr freundlich«, wiederholte Susanna, und ihr ruhiges Gesicht verriet nichts vom Aufruhr des Blutes in ihren Adern. Eiswasser war es, graues, halbgefrorenes Eiswasser strömte durch ihren Körper, und so würde es für immer strömen ... »Aber ich hatte meiner Tante in Ystad schon versprochen, sie zu besuchen. Und ich wollte mein Versprechen nicht brechen.«

Sie legte keine besondere Betonung in ihre Worte, aber in Amalias Hals kratzte es, und Einar Stjernström wurde blutrot. Susanna sah es nicht. Vor ihren Augen wallte plötzlich etwas wie Nebel auf, mächtig und weiß, und Ulrika verstand und fühlte es.

»Jetzt kommt Vater«, sagte sie und nahm Susannas

Hand. »Es ist zu kalt, um hier herumzustehen. Ich wünsche fröhliche Weihnachten.«

Die Nilsens grüßten mürrisch zurück, wünschten auch frohe Weihnachten. Bernt Nilsson lüftete sogar seinen Hut. Amalia sagte nichts. Einar auch nicht. Sie wandten sich zum Gehen, aber Amalia rutschte mit ihren hohen Absätzen auf einem Eisflecken im Schotter aus, und sie griff nach Einars Arm, um das Gleichgewicht nicht zu verlieren. Sie griff fest zu, eine Grimasse entstellte sein Gesicht, und er bot ihr mit einer steifen Geste den Arm.

»So geht es sicher besser«, sagte er. Matilda Bernt Nils drehte den Kopf, aber Tochter und Schwiegersohn sahen geradeaus an ihr vorbei über die Felder.

»Mutter«, sagte Susanna außer sich, »jetzt sind die Feiertage endlich vorbei und die Festessen auch. Es war ein einziges Spießrutenlaufen, mit all dem Getuschel in jeder Ecke. Alle haben mich angeglotzt – aber jetzt müssen sie doch langsam begreifen, daß ich nicht schwanger bin, daß ich nicht wie eine arme verlassene Magd dasitze.«

»Aber Susanna!«

»Ich weiß doch, deswegen sollte ich wohl zu Hause bleiben, war es nicht so?«

Ulrika biß sich auf die Lippe. So scharf wie in diesem Augenblick hatte sie Susanna noch nie sprechen hören. Natürlich hatte sie Verständnis für ihre Tochter. Sie hätte sagen können, und viele Mütter hätten es getan: »Sprich nicht in diesem Ton mit deiner Mutter!«, aber sie sagte es nicht. Ein Mädchen, eine junge Frau, war verletzt und gekränkt worden. Und mit wem sollte sie denn sprechen, wenn nicht mit ihrer Mutter?

»Ja«, sagte sie. »Du hast ganz recht. Alle sollten sehen, daß du nicht schwanger bist. Und jetzt haben sie es gesehen.«

Susanna holte Luft, kam aber nicht dazu, etwas zu sagen, denn Ulrika fuhr schon fort: »Die Frage ist nur, was du jetzt machen willst. Möchtest du zu deiner Tante nach Jönköping? Betty kann sehr nett sein, wenn sie will, und ich weiß, daß sie dich freundlich aufnehmen würde.«

»Das glaube ich auch. Aber im Moment fühle ich mich nicht besonders nett.«

Ulrika schaute ihre einzige Tochter an, und ihre Augen bekamen einen eigentümlichen Ausdruck. Susanna konnte ihn nicht deuten. Es war, als ob ihre Mutter so jung wäre wie sie – und gleichzeitig eine alte Frau, eine kluge alte Frau, die alle Geheimnisse kannte und die Tochter ohne Worte verstand. Ulrika sagte nichts. Das war in diesem Augenblick auch nicht nötig.

Susanna strich sich die Haare mit dem Unterarm aus der Stirn; ihre Hände waren weiß vom Mehl. Sie streckte den Rücken und seufzte ein wenig. Die Kleinmagd und sie waren schon seit dem Morgen damit beschäftigt, Kekse zu backen.

Für die große Weihnachtsbäckerei wurde der riesige steinerne Backofen eingeheizt, wie man es schon seit Urzeiten tat. Zwei Tage, oft auch drei mußten sie in der Backstube arbeiten. Dennoch reichte es manchmal nicht für alle, die während der Feiertage zum Pfarrhof kamen und zum Kaffee eingeladen werden mußten.

»Und dann gibt es ja Leute, die essen sich fast tot«, sagte Stina verdrossen. »Kauen Kekse, als ob's Hafer wär. Ottilia Nils Anders, die hat mindestens vier Lebkuchenherzen gegessen, das hab ich selbst gesehen.«

»Aber Stina, zählst du etwa mit?«

»Ah, ich brauchte gar nicht zu zählen, wie die gestopft und gefuttert hat.«

Stina bückte sich und sah in die Backröhre des eisernen Herdes. Sie kümmerte sich um das Feuer und die Bleche, Susanna rollte den Teig aus und formte Kringel, bestrich sie mit Ei und streute Zucker darüber. Es würde lange dauern, ehe eine von ihnen wieder einen Keks sehen wollte.

»Jedenfalls ist es hier ein bißchen leichter«, sagte Stina dann. »Der steinerne Backofen ist schwerer in Gang zu halten.«

Susanna nickte nur, sie hatte keine Lust zu reden. Vielleicht hätte sie die Zuckerkringel zuerst machen sollen, als es in der Backstube noch nicht so heiß war. Jetzt klebte der Teig und ließ sich schwer verarbeiten – notfalls könnte sie ihn wieder in den Vorratsraum stellen und bis zum Nachmittag warten, aber das würde bedeuten, daß sie noch lange weitermachen müßten.

»Susanna! Ich habe einen Brief. Kannst du mal eben herauskommen?«

»Ich muß noch die Kringel machen.«

»Stina kann sie ausbacken, das ist nicht so wichtig. Komm schnell!«

Susanna wusch sich die Hände in der Schüssel, die auf der Spüle stand, und nahm die Schürze ab. Der Plätzchenduft hing in ihren Sachen und in ihrem Haar, begleitete sie nach draußen.

Ulrika stand mitten im Zimmer und hielt einen Brief in der Hand. Sie hatte vor Eifer rote Flecken auf den Wangen. »Du kennst doch Maria Håkansson, mit der Betty und ich in unserer Jugend befreundet waren?«

»Du hast von ihr erzählt.«

Was ging sie Maria Håkansson an? Aber Ulrika sah so eifrig und erregt aus, es mußte etwas Besonderes mit dieser Maria auf sich haben.

»Maria hat spät geheiratet, aufs Land, nach Eksjö. Vorher war sie Wäschemamsell auf einem großen Herrenhof in Västmanland, ich hab vergessen, wie er hieß. Jedenfalls hat sie dort eine Mamsell mit Namen Cecilia Fryxell kennengelernt, und seitdem wechseln die beiden Briefe.«

»Ja?«

Was um alles in der Welt ging sie das an? Zwei alte Mamsellen, die sich Briefe schrieben!

»Mamsell Fryxell führt ein Pensionat für junge Mädchen in Kalmar, jetzt wohnen sie und Maria näher beieinander. Maria hat dort viele Bekanntschaften gemacht, mit Lehrerinnen und Schülerinnen. Sie ist mir gerade eingefallen.«

»Ja?«

Ich bin wie ein Papagei, dachte Susanna und war wütend. Ja und ja und ja! Wenn Mutter nur endlich herausrücken würde mit dem, worauf sie hinauswollte.

Wie rede ich denn, was ist mit mir? Ich fluche und schreie nachts, ich werde ungeduldig und unhöflich, wenn auch zum Glück nur in Gedanken. Ich bin wie verhext, noch nie habe ich mich so verhalten, ich bin nicht mehr ich. Aber wenn nicht bald etwas passiert, dann platze ich! Und warum das so ist, begreift niemand, niemand außer mir.

»Ich hab an Maria geschrieben und sie gefragt«, fuhr Ulrika fort, »und jetzt schreibt sie, sie wisse von einer Stelle. Eine frühere Schülerin des Pensionats, Frau Henderson auf Berga, braucht eine Gouvernante für ihre Töchter. Berga liegt ungefähr zehn Kilometer von Eksjö entfernt, wo Maria wohnt.«

Susannas Ungeduld und Irritation wichen, sie stand bewegungslos da. In ihrem Kopf ging alles durcheinander – Eksjö, in Småland, an der Grenze nach Östergötland, das wußte sie, aber Gouvernante?

Sie brachte nur einen einzigen Satz hervor: »Was für ein merkwürdiger Name – Henderson?«

»Die Familie ist vor langer Zeit aus England gekommen. Aber was sagst du dazu?«

»Bin ich denn gut genug für eine Gouvernante?«

»Natürlich bist du das. Die Mädchen sind auch noch nicht sehr groß, das ältere ist gerade zwölf geworden.«

»Aber ...«

»Es wird einsam hier sein ohne dich. Wenn du die Stelle bekommst, meine ich. Aber dir wird es vielleicht gefallen, und es wäre leichter für dich – dir würde viel erspart bleiben, so weit weg.«

Ulrika sah ihre Tochter an, und in ihren Augen war ein Ausdruck, den Susanna schon früher bemerkt hatte. Ihre Mutter sagte nichts mehr. Susanna atmete schwer, aber in ihr flammte plötzlich heftig ein kleiner heißer Funke auf. Weit, weit weg wäre es, das stimmte. Und allein das war ein wunderbarer Gedanke! Weit weg, eine ganz neue Umgebung, ganz neue und fremde Menschen, niemand, der flüsterte und tuschelte. Alles neu.

Es war zuviel, um es sofort zu begreifen.

»Du mußt das selbst entscheiden, und du brauchst einige Zeit zum Nachdenken«, sagte Ulrika. »Vater und ich gehen jetzt zum Armenhaus hinunter. Der alten Nella geht es so schlecht, man hat vor einer Weile nach Vater geschickt. Und ich habe versprochen mitzukommen.«

Susanna nickte, aber sie hörte nicht richtig hin. Sie bemerkte auch nicht, wie still ihre Eltern waren, als sie draußen in der großen Diele ihre Mäntel anzogen. Sie setzte sich auf einen der Stühle mit steifer Lehne, und in Gedanken wiederholte sie immer und immer wieder dieselben Worte: weit weg. Alles ganz neu. Die Worte sangen in ihren Ohren.

Dann kam Stina zur Tür herein, sie war mürrisch und verlegen. »Die Kringel sind jetzt fertig«, sagte sie. »Aber mir sind zwei Bleche verbrannt. Es ist wahrhaftig nicht leicht, wenn man alles allein machen muß.«

Susanna schaute auf. »Welche Kringel?« fragte sie.

III

»Wir müssen deine Kleidung genau durchsehen«, sagte Ulrika. »Du brauchst sicher einige neue Sachen. Und wir werden den Schuhmacher bestellen. Er soll Maß nehmen für neue Schuhe und Stiefel. Du sollst ja nicht wie ein armes kleines Mädchen von zu Hause weggehen.«

Sie biß sich auf die Zunge. Doch die Worte waren nun einmal heraus. Wie konnte sie so gedankenlos sein! Ein armes kleines Mädchen, genau das war Susanna. Sonst würde sie ja nicht hier sitzen, verlassen und einsam.

Aber es war sehr erfreulich, daß die Familie in Småland sofort auf ihren Brief geantwortet hatte und daß Susanna die Stelle als Gouvernante sicher war. Maria Håkansson hatte ein gutes Wort für die Tochter ihrer Jugendfreundin eingelegt.

»Kennt denn Tante Betty diese Familie Henderson?« fragte Susanna und musterte unzufrieden einen ihrer Alltagsröcke. »Den muß ich doch nicht mitnehmen, der hat immer schlecht gesessen.«

»Nein, nein, leg ihn beiseite. Stina kann ihn haben, sie soll ihn für sich passend machen. Betty«, fuhr Ulrika fort, »ja, Betty, weiß immer Bescheid. Sie meint, alles am besten zu wissen. Und manchmal hat sie tatsächlich recht.«

»Willst du damit sagen, was Betty nicht weiß, das bekommt sie heraus?«

»Ungefähr so. Sie schreibt, daß der Hof diesen Hendersons – er heißt Edward, und sie heißt Hedvig, das Englische kommt von seiner Seite – eigentlich nicht gehört, sie wohnen nur dort und betreiben Landwirtschaft und kümmern sich um den Wald. Ein Sägewerk soll es auch geben. Der Besitz gehört einem Onkel von Edward, Adrian heißt er, und der wohnt selbst auf Eketorp, ein ganzes Stück weit entfernt. Mit ihm müssen sie sich gut stellen, er hat das Geld und, wie Betty meint, auch das Sagen.«

»Das klingt ja nicht sehr angenehm für die Familie.«

»Das ist es wohl auch nicht. Aber für dich ist es gut, denn es ist sein Wunsch, daß die Mädchen genauso gut unterrichtet werden wie die Jungen, die einen Hauslehrer haben. Edward war offenbar der Meinung, das sei ausreichend. Die Mutter der Kinder könne die beiden Mädchen selbst in der Haushaltsführung und einfachem Lesen und Schreiben unterrichten. Onkel Adrian war anderer Meinung, und was er sagt, das wird gemacht. Er ist Junggeselle und hat keine eigenen Kinder, die Familie auf Berga wird vermutlich alles erben.«

»Dann hab ich ihm die Stelle zu verdanken?«

»So ist es wohl. Du wirst hoffentlich gut mit ihm auskommen.«

Ulrika lächelte, aber Susanna sah bekümmert aus. Ihr Vater hatte sie in all den Jahren unterrichtet, jeden Tag hatte sie mit ihren Geschichtsbüchern und Texten über Naturwissenschaften und Geographie in seinem Arbeitszimmer gesessen. Und Sprachen hatte er sie gelehrt, Deutsch und Französisch zuerst, dann Englisch. Wenn sie nur ein wenig sicherer in der Grammatik wäre – aber das konnte sie ja noch nachholen.

»Wenn ich es nur schaffe«, sagte sie etwas unglücklich.

»Mein liebes Kind«, Ulrika rieb sich die Nase, »ich habe keine Sorge, daß du es nicht schaffen könntest. Aber ich wünschte, wir wüßten etwas mehr über die Familie da oben. Damit wir ganz sicher sein können, daß man gut zu dir ist.«

Susanna sah die Sorge in den Augen der Mutter und strich ihr über die Wange. »Ich werde mein Allerbestes geben, um den Mädchen eine gute Lehrerin zu sein«, sagte sie. »Und zu ihren Eltern werde ich höflich und freundlich sein. Sonst habe ich ja nichts weiter mit ihnen zu tun. Und außerdem bin ich keine Leibeigene. Wenn sie unfreundlich sind, kündige ich.«

»Du hast immer noch Maria Håkansson in Eksjö«, sagte Ulrika. »Und du hast Betty in Jönköping. Im Sommer kann ich sie vielleicht besuchen, und dann würden wir uns dort treffen. Es ist schon lange her, seit wir uns das letzte Mal gesehen haben. Das wäre wirklich schön.«

Ulrika fuhr fort mit dem Säumen; sie sah wieder etwas fröhlicher aus. Susanna lief in die Diele und suchte ihre alten Schulbücher hervor. In der Küche saß Fia mit ihrem Strickstrumpf, ihre runzligen Finger flogen hin und her, und die Stricknadeln blitzten.

»Strickst du jetzt schon das vierte Paar schwarze Strümpfe?« fragte Stina neidisch. »Ich glaube, ich habe noch nie mehr als ein Paar auf einmal besessen.«

»Du mußtest auch noch nie so entsetzlich weit verreisen«, antwortete Fia ruhig. »Ganz bis hinauf nach Småland, da ist es kalt, das kannst du mir glauben. Susanna bekommt sechs Paar schwarze und sechs Paar weiße Strümpfe mit. Die da oben sollen sehen, daß sie aus einem ordentlichen Haus kommt.«

»Und all die Schlüpfer und das Leinen«, fuhr Stina fort. »Wie soll das alles verpackt werden? Unterröcke und Nachthemden, und ich weiß nicht, was noch.«

»Hat der Herr Pastor dir nicht aufgetragen, seinen großen Koffer vom Speicher zu holen?«

»Himmel, ja. Das hab ich ganz vergessen.«

Stina lief die Treppe zum Speicher hinauf. Mit viel Getöse schleppte sie des Pastors riesigen Lederkoffer die Treppe hinunter und hinaus auf den Hof.

»Der muß aber wirklich ordentlich abgestaubt und gewaschen werden«, keuchte sie. »Und schwer ist der, meine Güte ist der schwer.«

Stina lief mit Lederfett, Bürste und Lappen auf den Hof hinaus. Alle auf dem Pfarrhof waren mit ihren Aufgaben beschäftigt, mit den Vorbereitungen für Susannas Reise. Das ganze Haus summte vor Geschäftigkeit. Nur in ihrem Zimmer in den einsamen Nächten kam Susanna zum Nachdenken.

Sie lag still da und starrte mit heißen, trockenen Augen hinaus in die Dunkelheit. Sie wollte nicht um Einar weinen. Sie mußte sich mit dem abfinden, was jetzt geschah. Niemals wollte sie sich beklagen, sie wollte den Kopf hoch tragen und der ganzen Welt zeigen, daß ihr nichts fehlte. Das verlassene und betrogene Kind, das sollte sich in ihrem Herzen verstecken, sich ordentlich verkriechen. Niemand sollte es je zu Gesicht bekommen.

Wieder und wieder flüsterte sie: Weit weg! Alles neu! Die Worte waren wie eine Beschwörung. Das half ihr.

Weit weg! Alles neu! Wie sehr das zutraf. Und wie schnell alles gegangen war.

Noch nie in ihrem Leben hatte Susanna einen Hof wie Berga gesehen. Sie saß aufrecht im Wagen und schaute über die Köpfe der Pferde zu den rotgestrichenen Gebäuden auf dem Hügel. Ein Holzhaus und ein großes Gebäude aus Stein – große Häuser waren wohl immer aus Stein gebaut. Holzhäuser, das waren kleine Hütten und Wirtschaftsgebäude. Aber Berga war keine kleine Hütte.

An das Hauptgebäude grenzten rechts und links zwei kurze Flügel, die den Hof einrahmten. Sie waren rot gestrichen und hatten weiße Ecken und Fensterverkleidungen, genau wie das Hauptgebäude. Die Farben paßten gut zusammen, der Hof hätte warm und einladend aussehen können. Aber die schmalen kleinen Fenster hoch oben unter dem Dach blitzten ihr kühl entgegen. Als ob Berga hochmütig auf alle Fremden herunterblinzelte, die die Allee entlanggefahren kamen, dachte Susanna.

Und eine Fremde war sie, eine Fremde von weither. Ihre Glieder kribbelten vor Müdigkeit nach der langen Reise, aber jetzt war sie endlich angekommen. Jetzt würde sie allem begegnen, dem Neuen, dem nie Erlebten. Hier war sie nicht die Tochter des Pfarrers, die jeder kannte, hier war sie eine einsame Schulmamsell ... Es lief ihr eiskalt über den Rücken, und sie mußte sich beherrschen, um nicht zu zittern.

Der Wagen hielt vor der weißgestrichenen Veranda, und eine Magd kam aus dem Haus. Sie knickste zur Begrüßung.

»Der Herr wünscht, daß die Mamsell in den Saal kommt«, sagte sie. »Ich kümmere mich um Ihre Reisetasche.«

Ich hätte mich lieber gern ein wenig frisch gemacht, dachte Susanna. Vielleicht auch ein Weilchen ausgeruht. Und: »Der Herr wünscht« – so was sagt man doch nicht. Niemals haben wir zu Hause so gesprochen. Bitte, treten Sie ein, so heißt es doch wohl. Aber es wäre unklug, gleich zu Anfang Anstoß zu nehmen.

»Ich heiße Susanna Lindman«, sagte sie und lächelte die Magd an. »Und ich soll Gouvernante der Mädchen werden.«

»Die Frau hat's gesagt. Ja, ich heiße Emma. Möchten Sie bitte eintreten? Es ist am besten, wenn Sie sich beeilen.«

Ein schüchternes Lächeln, ein unsicherer Blick. Emma war es offenbar gewohnt, sich beim kleinsten Wink zu beeilen. Aber Susanna hatte sich nicht als Magd verdingt.

Hausherr Henderson stand gerade aufgerichtet wie eine Kiefer mitten im Saal. Er musterte Susanna, ohne zu lächeln. »Guten Tag, Mamsell Lindman.«

Das war alles. Kein Willkommen, keine Frage, wie die Reise gewesen sei. Und Mamsell? Man schrieb das Jahr 1871. Man sprach junge Frauen jetzt anders an. Hatte er noch nie davon gehört? Aber nun ja, Schulmamsell war sie ja wohl.

»Guten Tag, Herr Henderson.«

Ihre Blicke begegneten sich. Wenn du denkst, ich werde vor dir einen Knicks machen, dann täuschst du dich, dachte Susanna. Aber zu ihrem Ärger bemerkte sie, daß es in ihren Lippen zuckte. Das kam nur daher, weil sie müde war!

»Hm. Nun, ja. Sie sind noch sehr jung.«

»Ich bin einundzwanzig. Ich glaube, die Angaben waren in dem Brief enthalten, den meine Eltern und ich Ihnen geschrieben haben.«

In Edward Hendersons Augen blitzte es auf, bleichgrau und irritiert. Er wandte den Blick nicht von Susanna ab. Sie bemühte sich, ihm standzuhalten, ruhig und fest. Ihre Gedanken konnte niemand lesen.

Was für eigenartige Augen, wie Zinnknöpfe. Und was für ein kleiner geiziger und schmallippiger Mund. Was hat Veronika Berggren einmal gesagt, als wir Äpfel pflückten? An einem Mann mit geizigem Mund hat niemand Freude, am allerwenigsten eine Frau. Damals habe ich nicht begriffen, was sie damit meinte, jetzt verstehe ich es ein bißchen besser.

Einars Mund war schön – nein, ich darf nicht an Einar denken! Ich muß so tun, als hätte es ihn nie gegeben. Sonst werde ich verrückt.

Ich bin so weit weggezogen, wie ich konnte; er darf mich hier nicht einholen. Ich werde alle Gedanken an ihn aussperren. Er hat sich für Geld verkauft, er hat sich entschieden, Ehemann der reichen Amalia zu werden. Jetzt hat er sie, soll er sie doch haben, mir ist es egal! Ich bin Gouvernante auf Berga, und ich werde meine Arbeit gut machen.

»Wir wollen sehen, wie es sich anläßt«, sagte Herr Henderson jetzt. »Meine Frau wird Ihnen das Schulzimmer zeigen und Ihnen die Mädchen vorstellen. Das ist Frau Henderson. Hedvig!«

Susanna traute ihren Augen nicht. In der hintersten

Ecke des Saales saß eine Frau, hatte dort die ganze Zeit gesessen, ohne etwas zu sagen, ohne daß Susanna sie bemerkt hätte. Sie saß mit einem Stickrahmen in der Hand da – aber in dem schlechten Licht konnte sie doch gar nicht genug sehen. Jetzt schaute sie auf und nickte. Die Wangenknochen standen hoch in dem schmalen Gesicht. Der Blick war reserviert, ein wenig abwartend.

Sie ist nicht hübsch, dachte Susanna. Ein bißchen hart, vielleicht sogar ziemlich hart – nein, ich weiß nicht, ich werde nicht klug aus dem Ausdruck ihrer Augen. Sie ist bestimmt intelligent. Warum läßt sie ihn dann mit mir reden, sitzt einfach da und hört zu? Und wie er sie ruft – wie einen Hund! Warum findet sie sich damit ab? Aber was geht es mich an, was habe ich damit zu schaffen?

Hedvig Henderson erhob sich. »Mamsell Lindman«, sagte sie nur. Sie reichte Susanna nicht die Hand, ihr Mann hatte es auch nicht getan. Susanna war froh, daß das Zucken in ihrer eigenen Hand nicht zu sehen war; beinahe hätte sie sie ausgestreckt.

»Folgen Sie mir bitte.«

Trotz aller guter Vorsätze riß Susanna jetzt doch der Geduldsfaden: »Ich habe eine sehr lange Reise hinter mir«, sagte sie mit klarer, fester Stimme. »Ich bin ziemlich müde und würde mich freuen, wenn ich zuerst auf mein Zimmer gehen, auspacken und mich ein wenig ausruhen könnte.«

Edward räusperte sich, Hedvigs dunkle Augenbrauen hoben sich. Aber sie zog an der Klingelschnur an der Tür, und zwei Sekunden später stand Emma auf der Schwelle.

Sie ist wahrscheinlich den lieben langen Tag zum Sprung bereit, dachte Susanna. Sonst könnte sie nicht so schnell da sein, schnell wie ein Schuß.

»Zeig Mamsell Lindman das Zimmer.«

Emma knickste. Susanna neigte den Kopf vor den Herrschaften, dann folgte sie der Magd durch die große Vorhalle und eine geschwungene Treppe ins obere Stockwerk hinauf. Vor der Tür der Kammer am östlichen Giebel standen ihre beiden Handkoffer. Die Kammer war sehr klein und eisigkalt.

»Es war erst geplant, daß Mamsell das Zimmer mit den Mädchen teilen soll«, sagte Emma. »Aber der Herr war der Meinung, es schickt sich nicht.«

»Der Meinung wäre ich auch gewesen«, antwortete Susanna. »Ich möchte lieber ein eigenes Zimmer haben. Aber gibt es hier drinnen keinen Kachelofen? Es ist ja entsetzlich kalt.«

»Die Frau meint, daß Mamsell sich tagsüber ja doch meistens im Schulzimmer aufhält. Während der Zeit könnte die Verbindungstür zum Zimmer der Mädchen offenstehen; dort drinnen gibt es einen großen eisernen Kamin. Ich hatte die Tür geöffnet, aber jemand muß sie geschlossen haben.«

»Dann öffne ich sie wieder.«

Aber die Türklinke ließ sich nicht nach unten drücken. Susanna wußte, warum. Jemand hatte auf der anderen Seite einen Stuhl unter die Klinke geschoben. Sie versuchte es an der Tür vom Gang aus und betrat das Zimmer, das mehr als doppelt so groß war wie das ihr zugewiesene. Sie schob den Stuhl beiseite, hob ihn kurz an und stellte ihn nachdrücklich ab. Es war genauso, wie Emma gesagt hatte: Hier summte ein riesiger eiserner Kamin, es knisterte, das Holz duftete. Die Wärme im Zimmer würde leicht ausreichen, um auch ihren kleinen Raum gemütlich zu machen, vorausgesetzt, die Tür blieb den ganzen Tag offen, und dafür würde Susanna sorgen!

In Emmas Augen glitzerte es: »Constance ist ein gutes Mädchen«, sagte sie. »Sie wird Connie genannt, eine liebe Deern. Man hat mir aufgetragen, ich soll Fräulein sagen, aber bewahre, ich kenne doch beide schon, seit sie in der Wiege lagen. Nur Angela, die Kleine, die hätte nie so getauft werden dürfen. Angela, das bedeutet doch Engel oder so was, aber sie hat wahrhaftig eher was von einem

Teufelchen. Na ja, sie ist erst zehn. Bestimmt hat sie den Stuhl dorthin gestellt. Sagen Sie um Gottes willen nichts zu ihrem Vater.«

Susanna dachte: Wahrscheinlich sollte ich nicht mit der Magd schwatzen, das gehört sich nicht. Doch als sie in Emmas helles, sommersprossiges Gesicht sah, schämte sie sich ein wenig. Emma war die einzige, die bisher richtig nett und freundlich zu ihr gewesen war, und sie erlaubte sich hochmütige Gedanken!

»Wir werden uns sicher anfreunden, die Mädchen und ich«, sagte sie nur. »Es ist schon etwas wärmer hier drinnen, jetzt werde ich auspacken.«

Emma lief die Treppe hinunter, Susanna war allein.

Sie öffnete die Riemen des größeren Koffers und begann, ihre Kleider auszupacken. Unter der Dachschräge war eine tiefe, lange Kleiderkammer, in der es so kalt war wie im Hof. Aber sie war geräumig genug, und es hieß ja, Kälte sei gut gegen Motten ... Susanna hängte ihre drei Kleider auf, das schwarze Sonntagskleid, das graue Alltagskleid und das weinrote, etwas feinere Kleid mit dem bestickten Leinenkragen. Mutter hatte ihn bestickt. Mutter hatte auch die duftenden kleinen Lavendelbeutel bestickt, die zwischen den Rockfalten und hier und da im Koffer versteckt lagen. In Susannas Augen brannte es; rasch nahm sie auch ihre beiden Alltagsröcke, die vier Blusen und den Herzwärmer heraus. Fia hatte ihn gestrickt, ebenso, wie sie alle Strümpfe gestrickt hatte.

Susanna richtete sich jäh auf, trat ans Fenster und starrte hinaus auf den Schnee. Er glitzerte in der goldenen Abendsonne, funkelte auf tausend Eiskristallen – oder lag es an ihren feuchten Augen? Hatte sie ihre Lieben daheim verlassen, um in dieser eiskalten Speicherkammer zu wohnen? Warum war sie nur von zu Hause fortgezogen, fort von den Menschen, die sie kannten und mochten und wohl auch schätzten. Und nun sollte sie hier leben, bei einem hochmütigen Herrn und einer Hausfrau, deren

Verhalten sie nicht verstand? Und was wußte sie von den Mädchen, die sie unterrichten sollte? Würde sie überhaupt unterrichten können? Taugte sie als Lehrerin? Wäre es nicht am besten, die Treppe hinunterzumarschieren und zu sagen: »Ich möchte nicht bleiben, ich möchte wieder nach Hause fahren.«?

Weit weg! Alles neu! Die Worte hallten in ihr wider.

Nun ja. Aber wie hoch war der Preis für die große Entfernung und all das Neue? Sie hatte Hunderte Kilometer zwischen sich und Einar Stjernström legen wollen, und das hatte sie auch getan.

Dann dachte sie: Natürlich bleibe ich! Ich weiß, daß es kein Tanz auf Rosen wird. Aber ich werde es schaffen. Ich werde doch nicht wie ein jammerndes kleines Kind wieder nach Hause laufen. Na also!

Hedvig Henderson stand plötzlich hinter ihr; sie war die Treppe so leise heraufgekommen, daß Susanna ihre Schritte nicht gehört hatte. Sie drehte sich um und sah Hedvig Henderson an. Susanna dachte: Wenn ich klug werden könnte aus dem Blick dieser Frau – aber ich werde es nicht, noch nicht.

Das einzige, was Hedvig Henderson sagte, war: »Die Kleiderkammer ist sehr kalt. Wenn Sie die Kleidung wechseln wollen, denken Sie daran das Kleid rechtzeitig hervorzunehmen. Es ist nicht gesund, eiskalte Kleider anzuziehen. Können wir jetzt ins Schulzimmer gehen? Es befindet sich im Ostflügel.«

Sie gingen zusammen den von Schnee freigeschaufelten Weg entlang zum östlichen Flügel.

»Die Jungen – es sind Zwillinge, vierzehn Jahre alt, James und Percy – lernen bei Herrn Stenberg. Ihr Schulzimmer ist hier rechts, und dahinter hat Mattias Stenberg sein Zimmer. Das Schulzimmer der Mädchen ist hier links. Sie machen gerade ihre Mathematikaufgaben, Herr Stenberg unterrichtet sie in diesem Fach. Wie ist es, beherrschen Sie Mathematik?«

»Nicht die höhere Mathematik. Aber so weit sind die Mädchen vermutlich noch nicht?«

»Darüber müssen wir mit meinem Mann ..., ich meine, darüber sprechen wir später.«

Drinnen im Schulzimmer erhoben sich die beiden Mädchen.

»Das ist Constance, zwölf Jahre alt, und das ist Angela, zehn. Mädchen, das ist eure neue Gouvernante, Mamsell Lindman. Wer hat die Tür zu Mamsell Lindmans Zimmer verschlossen?«

Wie um alles in der Welt hat sie das erfahren? dachte Susanna. Hat Emma gepetzt? Aber das glaubte sie nicht; die Frau des Hauses hatte es vermutlich an der Kälte gespürt, die noch in der Bodenkammer hing.

Constance wurde blutrot, Angela verzog keine Miene.

»Du warst es, Angela?«

Jetzt trat ein ängstlicher Blick in die Augen des Mädchens.

»Ja, Mama.«

»Das kommt nicht noch einmal vor.«

»Nein, Mama.«

Dann wird wohl etwas anderes vorkommen, dachte Susanna, behielt es aber für sich.

»Wir wollen auch die Jungen und ihren Lehrer begrüßen«, sagte Frau Henderson. »Die Unterrichtsstunden haben wir so gelegt, daß sie sich teilweise überschneiden. Bei der Arbeit des Tages sind die Kinder getrennt. Es genügt, wenn sie sich in der Gegenwart ihrer Eltern treffen.«

Susanna gab keine Antwort, es wurde auch keine erwartet. Aber sie fröstelte. Was für ein trauriges Leben auf Berga, wenn die Geschwister nie ohne Aufsicht zusammensein durften. Wie sollte man das verstehen? War einmal etwas passiert? Und wenn es so war, würde sie es je erfahren?

Hedvig Henderson klopfte nicht an die Tür zum

Schulzimmer der Jungen, sondern öffnete sie gleich. Susanna folgte ihr.

Ein schmächtiger Mann mit braunem Haar erhob sich von seinem Platz am Arbeitstisch. Er verneigte sich höflich, auch die Jungen verbeugten sich. Hedvig stellte alle vor, und Susanne begegnete den Augen Mattias Stenbergs.

Wie nett er aussieht! dachte sie. Er kann nicht viel älter sein als ich, bestimmt nicht älter als fünfundzwanzig. Er sieht den anderen jungen Männern ähnlich, die ich kenne – nicht gerade den Berggrens, aber den Pfarrhofjungen von Trollenäs und von Konga.

Ihr war gleich etwas leichter ums Herz, vielleicht wurde es gar nicht so schwer, vielleicht nicht so einsam und kühl, wie es ihr noch vor einer Minute erschienen war. Sie sah Mattias Stenberg an und lächelte.

Hedvig Henderson bemerkte das Lächeln, und ihr Gesicht straffte sich. »Bald gibt es Abendessen«, sagte sie. »Die Mädchen und Mamsell können mich jetzt gleich begleiten; ihr nehmt eure Bücher mit. Euer Onkel Adrian kommt heute zum Abendessen, und er möchte sie sehen.«

Niemand antwortete, alle knicksten oder verbeugten sich. Still kehrten sie zurück zum Hauptgebäude.

»Die Kinder und Herr Stenberg essen sonst allein im Frühstückszimmer«, sagte Hedvig, »in Zukunft natürlich auch mit Mamsell Lindman. Aber heute abend wünscht Gutsbesitzer Henderson, daß alle an einem Tisch im großen Eßzimmer sitzen.«

Gutsbesitzer Henderson, dachte Susanna. Der unbekannte »Onkel Adrian«, von dem Tante Betty erzählt hatte. Er, dem der Hof gehörte und der über alles bestimmte. Er, der möchte, daß die Mädchen eine eigene Gouvernante bekamen.

Die Gouvernante, das bin ich. Ich möchte wissen, was er von mir hält.

IV

Er kann noch nicht so alt wie Vater sein, lange nicht, dachte Susanna und schaute verstohlen zu Gutsbesitzer Adrian Henderson. Sein Haar ist allerdings schlohweiß, aber es ist voll, und sein Gesicht ist jung. Die Augen sind auch nicht die eines alten Mannes, sie sind klar und scharf und blau wie Kornblumen. Ihnen entgeht wahrscheinlich nicht viel.

Sie haben Angst vor ihm. Auch die Kinder, aber das ist wohl nicht verwunderlich. Er ist gekommen, um sich über den Stand ihrer Ausbildung zu informieren, und bestimmt hält er mit seiner Meinung nicht hinterm Berg, wenn sie ihren Pflichten nicht nachkommen. Mattias Stenberg wirkt ruhig, er ist der einzige, der ganz entspannt am Tisch sitzt. Frau Henderson sagt fast nichts, sie bietet an, aber sie nötigt nicht. Vermutlich weiß sie, daß es keinen Sinn hat. Der Hausherr verhält sich kriecherisch. Er redet zuviel, er verneigt sich fast bei jedem Wort. Er hat ganz gelbe Zähne, genau wie Sämischleder. Pferdezähne! Er sollte den Mund lieber geschlossen halten.

Ich tu das, ich halte meinen Mund, aber bisher hat sich auch noch niemand an mich gewandt. Alles dreht sich um ihn, den Herrn, unser aller Herr hier. Gutsbesitzer Adrian Henderson.

»Fräulein Lindman, Sie sind gerade erst in Berga eingetroffen, nicht wahr?«

»Ja«, sagte sie. »Ich bin erst vor wenigen Stunden angekommen. Ich habe …«

»Die Mamsell ist natürlich sehr dankbar für die Anstellung«, fiel ihr Edward Henderson ins Wort. »Sie ist ohne Zweifel …«

»Fräulein Lindman kann bestimmt für sich selbst sprechen. Und die Dankbarkeit beruht wohl auf Gegenseitigkeit, würde ich meinen. Die Kinder haben gute Lehrer bekommen. Wie es auch beabsichtigt war.«

Susannas Wangen brannten. Mattias Stenberg sah sie mit einem Blitzen in den Augen an.

»Ich bin noch nie Gouvernante gewesen«, sagte sie ehrlich. »Aber mein Vater hat mich in allen Schulfächern unterwiesen, außer vielleicht in höherer Mathematik. Und ich glaube, es wird mir Spaß machen, selbst zu unterrichten.«

Von Mattias kam ein kleines Nicken, freundschaftlich und ermunternd. Richtig geantwortet, bedeutete es.

Adrian Henderson schaute von Mattias zu Susanna. »Ich sehe, wir können den Kindern gratulieren«, sagte er.

Herr Edward brach in lautes Lachen aus, wie über einen geglückten Scherz. Niemand sonst lachte, und er verstummte bald. »Was meinst du, Onkel?« fragte er nach einer Weile. »Ich dachte gerade an die Mathematik. Ist es nicht am besten, wenn Herr Stenberg den Unterricht von Anfang an übernimmt? So eine junge Person, außerdem eine Frau, ich weiß wirklich nicht, ob …«

»Das ist eine Sache, die Fräulein Lindman und Herr Stenberg unter sich ausmachen müssen.«

Hedvig sah starr auf ihren Teller, Edward wurde rot. »Ja, natürlich richten wir uns danach, was du für das Beste hältst.«

Adrian Henderson antwortete nicht, er nickte nur. Sehr bald erhob er sich; alle vier Kinder holten ihre Arbeitsbücher und Schreibhefte und stellten sich im Kreis um ihn auf. Mattias Stenberg saß auf einem Stuhl am Fenster, nah genug, um einzugreifen, falls es nötig wäre, aber nicht so nah, daß er in das Gespräch mit einbezogen wurde. Susanna fühlte sich plötzlich ein wenig unsicher; sie blieb stehen, in Hörweite von Edward und Hedvig.

»Es war ziemlich unnötig, daß die Kinder mit bei Tisch saßen«, sagte Edward leise und gehässig. »Ganz zu schweigen von der Mamsell und dem Lehrer.«

»Dein Onkel wollte, daß alle dabei sind.«

Edward preßte die Lippen zusammen und drehte sich heftig um. Über die Schulter zischte er: »Übrigens war das Omelett viel zu salzig. Und die Kinder dürften nicht die Erlaubnis haben, von allen Gerichten zu nehmen.«

»Es tut mir leid, daß das Essen nicht geschmeckt hat.«

»Hast du gehört, was ich gesagt habe? Die Kinder sollten sich mit Grütze begnügen.«

»Es war der Wunsch deines Onkels.«

Hedvig ging zur Klingelschnur und klingelte nach Emma, damit sie den Tisch abdeckte. Susanna sah in Hedvigs Gesicht.

Sie läßt sich alles gefallen, dachte sie. Sie sieht, wie sein Onkel ihn schikaniert, und sie läßt es sich gefallen, daß er sie seinerseits schikaniert. Ich möchte wissen, warum. Natürlich müssen sie den Gutsbesitzer bei Laune halten, ihre Versorgung hängt von ihm ab. Aber der Neffe kümmert sich immerhin um den Hof, das muß doch auch zählen? Allein von seinen Gnaden leben sie nicht. Oh, ich verstehe überhaupt nichts, und jetzt bin ich sehr müde. Ich wünschte, sie würden die Mädchen ins Bett schicken, dann könnte ich auch schlafen gehen. Aber morgen, ich sehne mich danach, morgen anzufangen. Ich werde mein Allerbestes geben. Nicht nur wegen der Mädchen, ich möchte auch, daß er mich für tauglich hält – Gutsbesitzer Adrian Henderson!

Der eiserne Kamin der Mädchen hatte eine angenehme Wärme in den beiden Zimmern unterm Giebel verbreitet. Constance beugte sich vor und stocherte in der Glut, bevor sie ein paar riesige Birkenkloben auflegte.

»Dann hält sich das Feuer über Nacht«, sagte sie und sah zu Susanna auf. »Und dann braucht Emma morgen früh kein neues Feuer zu machen, sie muß nur die Asche hinaustragen und neues Holz auflegen.«

»Das ist sehr umsichtig von dir.«

Susanna lächelte, aber sie spürte selbst, wie müde ihr Lächeln war. Sie war so müde, daß es in ihrem Kopf summte, und sie hatte nur eine Sehnsucht: ins Bett zu kommen.

»Mama hat gesagt, wir sollen Sie fragen, ob die Tür zwischen den Zimmern heute nacht offenstehen soll«, fuhr Constance fort. »Mama sagt, es könnte vielleicht zu kalt werden, wenn sie geschlossen ist.«

»Bestimmt wird es zu kalt.«

Susanna konnte es nicht lassen, sie mußte einen Blick auf Angela werfen, die rot wurde und sich schnell bückte, um ihre Stiefel aufzuschnüren.

»Wir schließen sie, während wir uns waschen. Wenn ihr beide im Bett seid, öffne ich sie wieder. Normalerweise geht ihr vermutlich früher schlafen als ich.«

Die Mädchen knicksten und schlossen die Tür. Susanna hörte Wasser plätschern und Angelas Kichern, dann wusch auch sie sich und zog das lange Nachthemd über den Kopf. Sie band die Kordel ihres Nachtrocks um und öffnete die Tür wieder.

»Gute Nacht«, sagte sie. »Schlaft gut.«

»Gute Nacht, Mamsell. Danke, gleichfalls.«

Die Mädchen hatten ihr Nachtlicht ausgeblasen, Susannas brannte noch. Es warf dünne, tanzende Schatten an die Decke – hier gab es keine Bilder von Vögeln und Wolken wie zu Hause, die Decke war weiß gestrichen, wahrscheinlich nur ein einziges Mal, denn die Holzmaserung schimmerte unter der dünnen Farbschicht hervor. Susanna war plötzlich hellwach, und jetzt fror sie trotz der Wärme im Zimmer. Sie behielt den Nachtrock an und rollte sich unter der schweren gestrickten Decke zusammen. Die Laken waren grob, aber sie spürte die rauhe Oberfläche nicht durch die Kleidung, die Federkissen waren prall gestopft. Zu Hause hatte sie Daunenkissen über den Federkissen. Zu Hause mußte sie das Zimmer mit niemandem teilen. Sie kniff sich fest in die Nase und schluckte.

Ich bin nur übermüdet, dachte sie. Die Mädchen atmeten gleichmäßig, aber vielleicht taten sie nur so, als ob sie schliefen, und atmeten absichtlich besonders gleichmäßig und ruhig. Das hatte sie oft genug selbst gemacht.

Und ich bin weit entfernt von Einar, dachte sie. Aber so soll es ja auch sein!

Sie drehte ein wenig den Kopf, bohrte eine Vertiefung ins Kissen. Sie wollte die Fensterscheiben zählen, aber die verschwammen plötzlich vor ihren Augen. Das Feuer im Kamin summte und knisterte, der Schein, der von der Zuluftklappe ins Zimmer drang, ließ die Decke rosa schimmern. Susanna schlief.

Die Wochen vergingen, und Susanna richtete sich im Alltagsleben von Berga ein. Das bedeutete nun nicht, daß sie sich in Gegenwart Edward Hendersons wohler fühlte oder lernte, seine Frau besser zu verstehen. Sie versuchte an das zu denken, was die alte Fia zu Hause einmal gesagt hatte: Es gibt so viele merkwürdige Menschen auf der Welt. Man soll sie einfach in Ruhe lassen und weggehen, das ist das Beste.

Susanna versuchte, sich daran zu halten.

Aber sie mochte ihre beiden Schülerinnen, und in Mattias Stenbergs Gesellschaft fühlte sie sich wohl. Mittlerweile wußte sie, daß sie unterrichten konnte. Dennoch empfand sie etwas wie Angst, als sie Gutsbesitzer Henderson über den Hof auf den Ostflügel zukommen sah, um ihrem Unterricht beizuwohnen. Aber es gab keinen Grund zur Angst; er hörte aufmerksam zu, nickte nur manchmal, wenn ihm etwas besonders gefiel, was sie sagte. Als die Stunde zu Ende war und die Kinder Pause hatten, rief er Mattias Stenberg. Dann saßen alle drei am Tisch im Schulzimmer der Mädchen.

»Ich habe dem Unterricht der Jungen und dem der Mädchen zugehört«, sagte er. »Ich bin zufrieden mit allen und gratuliere zum Fortschritt der Kinder.«

Mattias Stenberg verbeugte sich leicht im Sitzen, Susanna schaute nur auf.

Gutsbesitzer Henderson wollte noch mehr sagen. »Wie ich höre, haben Sie die Stelle angenommen, um ein wenig Geld für weitere Studien zu verdienen, Herr Stenberg. Stimmt das?«

Jetzt wurde Mattias rot. »Ja«, sagte er. »Ich habe es den Eltern der Kinder gleich zu Anfang erklärt. Das ist meine einzige Möglichkeit, um ...«

»Genau. Daran ist nichts Böses, im Gegenteil, Sie haben mein tiefstes Verständnis. Aber wie lange können wir damit rechnen, Sie zu behalten?«

»Das kann ich nicht mit Gewißheit sagen. Aber mindestens noch ein Jahr.«

»Aha. Dann ist Zeit genug, daß Sie Fräulein Lindman zur Seite stehen.«

Gouvernante und Lehrer sahen einander an, beide gleichermaßen verwirrt.

Adrian Henderson lächelte. »Ziehe ich voreilige Schlüsse?« sagte er. »Ich nehme natürlich an, daß auch Fräulein Lindman sich weiterbilden möchte.«

»Ich – nein, ich ...«

»Vielleicht mische ich mich in etwas ein, was mich nichts angeht. Aber Ihre pädagogische Begabung ist auffallend, und es wäre schade, sie nicht zu nutzen. Haben Sie schon einmal vom Höheren Lehrerinnenseminar in Stockholm gehört?«

»Fast gar nichts.«

Susanna fiel das Sprechen schwer, ihre Lippen waren plötzlich ganz trocken.

»Wie gesagt, vielleicht mische ich mich ein. Womöglich haben Sie andere Lebenspläne?«

»Im Augenblick nicht.«

Ihre unruhigen Atemzüge ließen ihn aufmerken. Auch Mattias sah sie an. Susanna spürte, daß sie nichts zu erklären brauchte, keinem von beiden, die hier mit ihr am Arbeitstisch saßen. Beide verstanden sie ohne Worte.

»Vergessen Sie es nicht, beraten Sie sich mit Ihrem Kollegen.«

Adrian Henderson erhob sich. »Es ist Zeit für die nächste Unterrichtsstunde«, sagte er. »Ich rufe die Kinder.«

Die vier Henderson-Kinder hatten ihre erste freie Viertelstunde miteinander. Auch das war eine neue Einrichtung, Onkel Adrian wollte es so. Der Neffe hatte sich der Autorität beugen müssen.

»Ich begreife es nicht«, sagte Susanna leise. »Niemals wäre ich auf den Gedanken gekommen – das Seminar, meine ich. Und daß er daran denkt! Ihm kann es doch gleich sein, was aus mir wird.«

»Er ist es gewohnt, für andere mitzudenken«, antwortete Mattias. »Und natürlich mischt er sich ein, das sagt er ja selbst. Aber die Idee ist gut.«

»Das könnte ich mir nie im Leben leisten. In Stockholm zu wohnen ...«

»Ich könnte es mir nie im Leben leisten, in Lund zu wohnen, wenn ich nicht diesen Dienst angenommen hätte. Ich spare jede Öre, die mir übrigbleibt. Und wenn ich es kann, Susanna, dann sollten Sie ... Ich meine, Fräulein Lindman, entschuldigen Sie bitte!«

Er wurde blutrot.

Susanna lachte ein wenig kläglich. »Zu Hause bei uns auf dem Lande ..., wir Mädchen und Jungen von den Pfarrhöfen«, sagte sie dann, »wir nennen uns immer beim Vornamen. Das können wir doch wohl auch? Aber vielleicht ...«

»Aber vielleicht nur dann, wenn niemand anders es hört«, ergänzte Mattias. »Das ist sicher am besten. Da kommen die Kinder.«

Röter als jetzt konnte er nicht mehr werden, und er drehte sich etwas zu hastig um. Er ist lieb, dachte Susanna. Lieb und nett, genau, wie ich gedacht habe, als ich ihn das erste Mal sah. Wie ein Bruder oder ein Cousin. Kein bißchen wie … Sie brach ihren Gedanken jäh ab.

»Wir fangen mit Französisch an, wie gewöhnlich«, sagte sie zu den Mädchen. »*Avoir* und *être*, einmal durch, alle Stammformen. Möchtest du mit *avoir* anfangen, Angela?«

»So fangen wir jede Französischstunde an«, maulte Angela. »Das können wir doch längst.«

»Wie schön, dann fang jetzt an!«

Sie konnten es wirklich; sie wechselten sich ab. Susanna fragte sie die Phrasen zu dem Text ab, den sie lasen, korrigierte und ermunterte. Sie war nicht ganz bei der Sache, die Worte drängten sich vor: pädagogische Begabung. Weiterbildung. Lehrerinnenseminar. Stockholm – Stockholm – Stockholm … Aber wie sollte sie genügend Geld dafür zusammenbekommen? Und selbst wenn sie es sich leisten konnte, wie sollte sie es anstellen, Mutter und Vater zu überreden?

Wenn sie nun noch ein Jahr auf Berga bliebe? Und jede Öre sparte, genau wie Mattias? Vielleicht konnte Tante Betty ihr ein wenig helfen; Mutter pflegte zu sagen, Tante Betty sitze wahrhaftig nicht auf dem Trockenen. Ihr verstorbener Mann war Kaufmann in Jönköping gewesen, und jetzt war Tante Betty eine wohlhabende Witwe. Wie auch immer – Susannas Puls hämmerte, sie wurde fast atemlos. Ach, wenn der Unterricht doch zu Ende wäre, sie mußte mit Mattias sprechen! Er wußte so viel mehr über Ausbildung als sie.

Plötzlich dachte sie: Und wenn er es nicht weiß, dann weiß es Adrian Henderson.

Als der Unterricht für den Tag beendet war und die Kinder hinaus in den Park verschwunden waren, sagte Mattias nachdenklich: »Ich glaube, das Seminar wurde 1861 gegründet. Da bin ich ziemlich sicher. Vor gut zehn Jahren also.«

»Wie lange – ich meine, wie lange muß man dort studieren? Bis man sein Examen ablegen kann?«

»Drei, vier Jahre, ich weiß es nicht genau. Aber wir können ja Unterlagen von dort anfordern.«

»Oh ... o ja!«

Mattias sah Susannas zarte Haut, die sich jetzt rötete. Er sah ihre grauen Augen, die voller Eifer waren, er wurde selbst angesteckt von diesem Eifer. Wenn sie nur nicht diese Antwort gegeben hätte, als Henderson nach ihren weiteren Plänen fragte! Da hatte sie so tief Luft geholt, fast wie ein Seufzer war es gekommen: »Im Augenblick nicht.« Hatte sie denn etwas anderes im Kopf gehabt? War sie verliebt? Doch wenn es so wäre, wie sollte sie jetzt so eifrig sein?

»Nichts wird entschieden, nur weil die Schule irgendwelche Papiere schickt«, sagte er ruhig. »Sie müssen wissen, worauf Sie sich einlassen.«

»Ja. Doch. Ich verstehe schon. Aber ich habe auf jeden Fall das Gefühl, als ob ich einen Schritt voran getan hätte – als ob ich schon ein wenig unterwegs wäre.«

Ein Jahr, dachte Mattias. Ob wir es beide zusammen erleben? Ein Jahr zusammen, wir studieren ein Jahr, arbeiten ein Jahr. Ein Jahr ist lang. Vielleicht lang genug, daß dieser Seufzer, den ich gehört habe und den ich eigentlich nicht hätte hören wollen, daß dieser Seufzer im Wald verschwindet, zwischen den Bäumen. Weit weg und fort.

Gutsbesitzer Henderson – daß ausgerechnet er mit dem Vorschlag gekommen war! Daß ich nicht selbst daran gedacht habe. Aber er ist scharfsichtig und klug, daran besteht kein Zweifel. Und vielleicht, wenn wir ihn auf unserer Seite haben … Wir. Und »unsere Seite«. Nein, das ist Wunschdenken, das weiß ich wohl. Aber vielleicht, mit der Zeit.

»Fordern Sie noch heute abend die Unterlagen an«, sagte er und räusperte sich heftig. »Um so eher wissen Sie Bescheid.«

V

»Die Aufnahmeprüfungen sind am Ende des Frühjahrsemesters«, sagte Mattias Stenberg.

»Nicht in diesem Frühjahr, das schaffe ich nicht. Aber im nächsten.«

»Ich glaube, Sie würden die Prüfung jetzt schon bestehen.«

Susanna schüttelte den Kopf. »Ich muß erst mit meinen Eltern sprechen«, sagte sie. »Sie wissen nichts von diesen neuen Plänen. Und dann die Mädchen – ich meine, *wenn* ich die Prüfung schaffe, *wenn* ich angenommen werde, dann bin ich ja nur etwas mehr als ein halbes Jahr hier gewesen. Das wäre ein Gefühl, als ob ich sie sitzenließe.«

Mattias blinzelte sie schelmisch an. »Dann hat Angela die Tür nicht mehr versperrt?«

»Nein. Sie hat mir nur einmal Wasser ins Bett gegossen, da hab ich ihr Tannenzapfen ins Bett getan. Dann waren wir quitt, dumm ist sie nicht.«

Mattias lachte laut. »Ich bin froh, wenn Sie bleiben«, sagte er. »Ich habe ja auch versprochen, noch ein Jahr zu bleiben, weil ich alles Geld brauche, das ich verdiene.«

»Ich auch«, sagte Susanna offen. »Und gerade über Geld muß ich sprechen, wenn ich in den Sommerferien nach Hause fahre. Fahren Sie auch nach Hause?«

»Meine Schwester ist mit einem Buchhalter in Värmland verheiratet«, antwortete er, und sein Lächeln erlosch. »Dort pflege ich im Büro zu helfen. Dann habe ich zu essen und eine Unterkunft.«

Susanna sah auf, aber Mattias hatte den Kopf abgewandt, und sie fragte nicht weiter.

»Onkel Adrian kommt jetzt öfter als früher«, sagte Angela zu ihrer Mutter.

»Das kann schon sein. Jetzt schau mal, du schlägst den Saum zweimal ein und streichst ihn mit dem Fingernagel glatt. Dann nähst du ihn mit kleinen geraden Stichen. Man darf sie kaum sehen.«

Angela nahm die Serviette und nickte. All das wußte sie ja längst. »Klar«, sagte sie. »Das hast du mir schon einmal gezeigt. Warum, glaubst du, kommt Onkel Adrian häufiger als früher?«

»Ich habe keine Ahnung.«

»Ich finde es nett, wenn er hier ist. Er erzählt von England und von seinem Großvater und ist kein bißchen – kein bißchen steif. Wie er früher war, meine ich.«

»Das ist ja schön. Jetzt fang mit den Servietten an.«

»Onkel Adrian, Herr Stenberg und unsere Mamsell unterhalten sich oft, und manchmal lachen sie zusammen. Er wirkt überhaupt nicht mehr alt.«

An Hedvig Hendersons dünnem Hals erschienen rote Flecken.

»Euer Onkel Adrian möchte natürlich sichergehen, daß ihr ordentlich unterrichtet werdet«, sagte sie. »Er hat den Lehrer und die Mamsell eingestellt, dann muß er den Unterricht auch überwachen. Außerdem gibt es Dinge, die gehen dich überhaupt nichts an.«

Angela ließ sich jedoch nicht von dem Thema ablenken. »Ich hätte nie gedacht, daß man lachen kann, wenn man schon ganz weiße Haare hat«, sagte sie. »Früher hat er ja auch nicht gelacht.«

Hedvig verlor die Geduld. »Zum hundertsten Mal, Mädchen, das geht dich nichts an! Säum jetzt deine Servietten, und mach es ordentlich. Es gibt offenbar noch andere Leute, die sich um ihre Arbeit kümmern sollten.«

»Wen meinst du denn? Onkel Adrian?«

»Jetzt reicht es. Geh in dein Zimmer, und dort bleibst du. Nein, halt, die Servietten nimmst du mit!«

Mürrisch kehrte Angela noch einmal zurück und holte die Servietten.

»Ach, mein liebes Kind«, sagte Johannes Lindman nachdenklich. »Das sind große Neuigkeiten. Sehr groß. Aber es ist doch erst so kurze Zeit vergangen, meine Tochter. Vielleicht wirst du ...«

»Vielleicht wirst du ja doch eines Tages heiraten. Wolltest du das sagen, Vater?«

»Nun ja«, sagte der Pfarrer verlegen und räusperte sich. »Ich gebe zu, daß ich schon manchmal daran gedacht habe. Wenn ein geeigneter – wenn du jemanden finden würdest – einen Mann, den du ... Die Ehe ist doch die vornehmste Aufgabe im Leben einer Frau«, schloß er hilflos.

»Ich bin sicher, daß viele der gleichen Meinung sind wie du, Vater«, sagte Susanna und rang die Hände unterm Tisch. »Aber wenn man vielleicht nicht heiraten möchte? Oder wenigstens noch ein wenig damit warten möchte? Kann man sich dann nicht eine andere Aufgabe suchen?«

»Doch, doch, natürlich. Aber du bist noch so jung. Du brauchst ja nicht – wie soll ich es ausdrücken? –, nicht schon ...«

»Nicht schon jetzt die Hoffnung aufgeben? Im Gegenteil, Vater, ich hoffe schon, aber vielleicht nicht gerade auf die Ehe. Wie geht es übrigens Einar und Amalia von der Straßennummer sechs?«

»Gut, glaube ich. Ich wüßte nichts Gegenteiliges.«

Susanna warf ihrer Mutter einen Blick zu, aber Ulrika schwieg. Sie machte nur ein Zeichen: Darüber reden wir später.

Johannes nagte kummervoll an der Unterlippe. »Vier Jahre, sagst du? Vier Jahre in Stockholm? Liebes Kind, dir gefällt es doch so gut bei deiner Stelle. Ist es nicht besser, du bleibst dort und wartest noch ein bißchen ab? Stockholm ist so weit entfernt. Und die Ausgaben ...«

Susanna schaute auf ihre Hände hinunter. Sie mußte versuchen, ganz ruhig zu bleiben, leise zu sprechen, nicht nachzugeben. Sie wollte ihren Vater nicht betrüben, aber jetzt kämpfte sie für sich selbst. Es ging um ihr zukünftiges Leben. »Ja, Vater, ich weiß, daß es teuer ist«, sagte sie. »Es kostet viel Geld. Aber ich spare von meinem Lohn, soviel ich kann, und ich bleibe ja auch noch mindestens ein Jahr auf Berga. Und bestimmt kann ich mir später etwas leihen. Glaubst du das nicht, Vater? Wenn es für meine Ausbildung ist.«

Johannes seufzte. »Vier Jahre«, wiederholte er. »Liebes Kind, ich weiß nicht, was ich sagen soll. Wenn du ein Junge wärst, sähe die Sache natürlich anders aus.«

Das ertrug Susanna nicht länger. »Ich weiß«, sagte sie mit sehr geradem Nacken. »Wenn ich ein Junge gewesen wäre, hätte mir niemand meine Ausbildung verwehrt. Dann würde ich zu diesem Zeitpunkt schon studieren, und niemand hätte ...«

»Ich verwehre dir doch keine Ausbildung, mein liebes Kind, so ist das nicht gemeint. Aber du bist nun einmal ein Mädchen – und dieses unglückselige Geld!«

»Wirst du mir helfen, Geld zu leihen, Vater? Entweder bei jemandem, den wir kennen – aber wir kennen niemanden mit Geld, oder?«

Sie dachte: Niemanden außer Bernt Nilsson von der Nummer sechs. Und das fehlte gerade noch!

»Oder bei einer Bank«, fügte sie hinzu. »Die Rückzahlung ist dann ja meine Sache, das weißt du, Vater.«

»Gefällt es dir denn überhaupt nicht auf Berga?«

»Mit den Mädchen komme ich gut zurecht. Und der Hauslehrer der Jungen ist mir eine gute Hilfe. Aber die

Kinder auf Berga bleiben nicht ewig Kinder. Früher oder später muß ich sie ohnehin verlassen.«

»Und was ist mit dem Hauslehrer der Jungen?« sagte Johannes und hob den Kopf. »Das ist sicher ein prächtiger junger Mann ...«

»Johannes«, sagte Ulrika, die sich nicht länger zurückhalten konnte. »Warum willst du Susanna um jeden Preis verheiraten? Laß sie doch selbst bestimmen. Ich kann übrigens mit meiner Schwester Betty reden, sie hat genügend Geld und sollte uns ruhig ein wenig helfen.«

»Die Schwägerin hat doch eigene Kinder.«

»Nur Evelina. Und Evelinas Kopf ist mit Korken verstopft, da geht keine Ausbildung hinein.«

»Liebe Ulrika! Das war nun wirklich nicht nett von dir.«

»Ich weiß wohl, aber trotzdem stimmt es.«

Ein wenig später sagte Ulrika zu Susanna: »Betty ist ein Geizkragen, das weiß ich wohl. Und vielleicht ist sie neidisch, weil Evelina niemals an irgendeiner Schule angenommen würde, und wenn sie sich zweifach knotet. Aber ich werde sie auf jeden Fall fragen, bösartig ist sie ja nicht. Betty, meine ich.«

Susanna nickte nachdenklich. Ihr war etwas anderes eingefallen. »Was wolltest du sagen, als ich fragte, wie es Einar und Amalia geht?«

Sie hatte eine kleine scharfe Schere in der Hand und putzte rote Johannisbeeren für Gelee. Der Sommer stand in voller Blüte, die Büsche trugen reiche Frucht, die Obstbäume ebenso. Die Frauen auf dem Pfarrhof hatten alle Hände voll zu tun.

»Ja«, sagte Ulrika und verzog das Gesicht. »Die beiden! Sie kommen manchmal zu Besuch, und Fia sagt ...«

»Woher kann Fia etwas wissen?«

»Fia ist die Tante von einer der Mägde drüben, Vilma, daran erinnerst du dich doch? Und Vilma sagt, es herrscht nicht gerade eitel Sonnenschein auf dem Hof, wenn Amalia und dieser Einar zu Besuch sind. Amalia will immer Geld für neue Kleider, und sie bleiben länger zu Besuch, als sie sollten, und essen alles, was sie sehen. Sagt Vilma. Und Bernt Nilsson ist sauer wie ein saurer Hering, und Matilda fragt dauernd, ob sie nicht bald ein Kind haben wollen, ob Stjernström nicht als Vater taugt. Sie ist so höhnisch. So ist sie ja immer gewesen, aber es ist schlimmer denn je.«

Ulrika runzelte betrübt die Stirn. »Wahrscheinlich sollte ich mich schämen, daß ich mir diesen Tratsch anhöre«, sagte sie. »Aber ich höre trotzdem zu.«

»Das tust du meinetwegen«, antwortete Susanna. »Und ich bin kein bißchen besser, ich höre ihn gern.«

Einar! dachte sie dann. Ich verstehe mich selbst nicht. Es geschieht ihm ja recht, was ihm dort widerfährt, weil er den Troll wegen des Goldes nahm. Eigentlich hatte seine Frau eine Zierde für die Stjernströms werden sollen, aber aus der Zierde wurde nichts. Dennoch tut er mir leid, ich habe ihm nicht gewünscht, daß es ihm so jämmerlich ergeht! Ich wünschte, er wäre so, wie er war, als wir im Garten am Ringsjö standen. Er war so gutaussehend und sagte, er liebte mich, und ich – ich wollte ja alles glauben, damals glaubte ich ihm, und vielleicht glaube ich ihm immer noch. Wenn mir nur das Herz nicht immer noch so weh täte!

Nein! Er hat mich verlassen und verraten, und alles, was ihm jetzt geschieht, das geschieht ihm recht!

Sie versuchte, den Kopf in den Nacken zu werfen, aber statt dessen mußte sie sich die Nase putzen. Die Tränen drohten ihr zu kommen. In Berga war es leicht, mit Schande und Kummer fertigzuwerden, weit entfernt von zu Hause. Hier, wo Nummer sechs nur ein Stück entfernt hinter der Wegbiegung lag, hier war alles bitter und schwer zu ertragen. Dennoch war es genau das, was sein mußte, sie mußte es ertragen.

Plötzlich hatte sie Sehnsucht nach dem Schulzimmer

auf Berga, nach Mattias Stenbergs verläßlicher Kameradschaft und Adrian Hendersons ruhiger Wertschätzung. Beide glaubten an sie und daran, daß sie ihren Weg in Richtung Beruf und Ausbildung fortsetzen würde. Sie würde es Vater und allen Nilsens und außerdem der ganzen Welt beweisen, daß sie ihr Ziel erreichen konnte. Und vor allen Dingen würde sie Einar Stjernström beweisen, daß sie sich nicht in eine Ecke verkrochen hatte und seinetwegen heulte. Vielleicht glaubte er das, vielleicht war es auch so. Aber das sollte er nie erfahren!

Spät im August kehrte Susanna nach Berga zurück. Herr und Frau Henderson empfingen sie zurückhaltend, die Mädchen waren begeistert.

»Ich hab Mamsell sehr vermißt«, sagte Constance schüchtern. »Ich habe unsere Unterrichtsstunden vermißt.«

»Habt ihr allein geübt, wie wir es besprochen haben?« fragte Susanna. Connie wurde rot und sagte nichts. Sie ist immerhin schon dreizehn, dachte Susanna, ihr sollte das Reden wirklich leichter fallen, schließlich ist sie alles andere als einfältig. Ich begreife nicht, warum sie so wortkarg und still ist, ihre Schwester ist doch das genaue Gegenteil. Oder kommt es daher?

Susanna sah zu Angela und fing ihren Blick ein.

»Wir hatten keine Zeit«, sagte Angela. Und dann schnaubte sie und sah verdrossen aus. »Connie jedenfalls nicht, sie traut sich ja nicht, sich zu drücken.«

»Aber du traust dich?«

»Wenn man seine Ruhe haben will. Aber Connie ist so folgsam.«

»Jetzt versteh ich dich wohl nicht richtig.«

»Aber Mamsell!«

»Aber Angela! Nein, das mußt du mir erklären.«

Angela preßte die Lippen zusammen und sah Connie an, die unglücklich wirkte. »Sag's selbst«, bat sie, aber die

Schwester schwieg. »Dann muß ich es wohl doch tun! Connie hatte nie ihre Ruhe, sie mußte vom Morgen bis zum Abend im Haus arbeiten. Mama wollte Emma kündigen, aber das hat Onkel Adrian nicht erlaubt, ich hab gehört, wie er Mama zur Rede stellte. Sie hätte es am liebsten gehabt, wenn Mamsell nicht zurückgekommen wäre, aber Onkel Adrian hat gesagt, es gäbe schon genügend einfältige Frauenzimmer auf dieser bösen Welt, und er will, daß wir die Schulbildung bekommen, auf die wir ein Recht haben. Und daß es für Connie und mich nichts Besseres gäbe, als wenn Mamsell so lange im Haus bleibt, wie sie will.«

Die Worte sprudelten wie ein Wasserfall aus ihrem Mund hervor.

»Oh«, sagte Susanna matt.

»Angela, du hättest nicht ...«, begann Connie.

»Warum nicht? Onkel Adrian hat ganz recht mit dem, was er da über die einfältigen Frauenzimmer gesagt hat, so sollst du nicht werden. Außerdem hat Onkel Adrian gesagt, wenn Mamsell nach Stockholm zieht, dann wird er dafür sorgen, daß wir in ein Pensionat in Kalmar kommen. Papa ist feuerrot geworden und hat gesagt, er will selbst bestimmen, was aus seinen Töchtern wird, und Onkel Adrian hat gesagt, wenn das so ist, dann muß er das woanders tun als auf Berga.«

Angela verstummte, und auch Susanna holte tief Luft. Ein Familienkrach, und wahrhaftig kein kleiner. Ohne es selbst zu wollen, war sie Ursache dieses Krachs, obwohl sie nicht einmal zugegen gewesen war.

»Ich glaube, es ist das beste, wir vergessen alles, was da gesagt worden ist«, begann sie vorsichtig. »Jetzt bin ich jedenfalls wieder da, und wir fangen mit dem Unterricht an.«

»Mamsell?« fragte Connie mit Tränen in der Stimme. »Mamsell, Sie ziehen doch hoffentlich nicht von uns weg?«

»Früher oder später braucht ihr keine Gouvernante mehr. Dann seid ihr groß und kommt allein zurecht.«

»Bis dahin ist es noch lang.«

Susanna strich Connie eine feuchte Haarsträhne aus dem heißen Gesicht. »Ich bleibe noch mindestens ein Jahr hier«, sagte sie ruhig. »Aber im Frühling mache ich Prüfungen am Höheren Lehrerinnenseminar in Stockholm, und wenn ich dort angenommen werde, fange ich an zu studieren, vier Jahre lang. Das Semester beginnt im August in einem Jahr.«

Constance sah wortlos zu Boden. Susanna wünschte, sie könnte sagen: Liebes Kind, ich bleibe hier, bis du erwachsen genug bist, die Verantwortung für dich selbst zu übernehmen. Aber das wäre eine Lüge gewesen; weder wollte noch konnte sie länger als das eine Jahr bleiben. Außerdem fragte sie sich plötzlich, ob Connie jemals erwachsen würde und für sich selbst sorgen könnte.

Es gab nur eins, was Susanna tun konnte: Sie wollte Connie ein Stück auf dem Weg in diese Richtung begleiten.

Am nächsten Tag rollte eine Mietkutsche vor dem Ostflugel vor, in dem die Schulräume lagen. Mattias Stenberg sprang ab und entlohnte den Kutscher. Er hob seinen zerschlissenen Koffer hoch und betrat das Haus. Die Tür zum Arbeitszimmer der Mädchen stand offen; die Augustwärme brannte heiß auf Dach und Wände, und sie brauchten frische Luft.

»Herr Stenberg!« riefen die Mädchen und knicksten.

»Willkommen«, sagte Susanna und lächelte ihm entgegen.

»Vielen Dank euch allen! Und ihr seid schon bei der Arbeit? Wie ich mich freue, euch wiederzusehen. Wo sind meine Jungen?«

»Sie angeln auf dem See«, sagte Angela kichernd. »Sie sind schon den ganzen Tag draußen. Die Köchin hat gesagt, sie dürfen nicht ohne Fisch zum Mittag nach Hause kommen.«

Mattias lachte. »Dann dauert es wohl noch eine Weile«, sagte er. »Bestimmt werfen sie alle Fische, die sie fangen, zurück ins Wasser, nur um noch ein wenig länger bleiben zu können.«

Er scherzte mit den Mädchen, aber seine Augen ließen Susanna nicht los. »Wie war es zu Hause in Bosarp?« fragte er leise. »Was haben Ihre Eltern gesagt?«

»Ich glaube, es wird gelingen.«

Sein kantiges Gesicht leuchtete auf, und ihr wurde warm ums Herz. Er war ein so guter Freund, ein Kamerad, wie sie noch nie einen hatte. Ach, warum konnte sie sich nicht in ihn verlieben, statt Herzweh wegen eines Menschen zu haben, der es nicht wert war – und der an eine Ehe angekettet war.

»Dann wollen wir arbeiten«, sagte er nur.

»Das werden wir tun«, antwortete sie.

Constance hatte sich schon wieder an den Tisch gesetzt, aber Angela stand noch. Sie sah von Mattias zu Susanna und wieder zurück. Plötzlich begannen ihre Augen zu glitzern, aber sie sagte nichts, und die beiden merkten es nicht. Sehr sittsam ging sie zum Tisch und ließ sich neben ihrer Schwester nieder. Daß sie Constance in den Arm kniff, sahen weder der Lehrer noch die Mamsell.

Angela flüsterte: »Er ist in sie verliebt! Und sie weiß es nicht.«

»Davon verstehst du doch gar nichts«, zischte Connie zurück. »Du bist doch noch ein kleines dummes Kind.«

»Du wirst schon sehen. Ich bin gespannt, was Onkel Adrian dazu sagt.«

V

Susanna stand regungslos vor dem mächtigen Gebäude des Stockholmer Hauptbahnhofs, der erst vor einem Jahr eingeweiht worden war. Ihr wurde schwindlig bei dem Gewimmel von Menschen und Wagen, ihr Mund war staubtrocken, und ihr Herz hämmerte rasend schnell.

»Gehen Sie direkt über die Straße«, hatte Adrian Henderson gesagt. »Dann nach links abbiegen und etwa hundert Meter geradeaus. Dort finden Sie das Hotel, nur ein kleines Familienhotel, aber es hat einen guten Ruf. Man weiß dort, daß Sie kommen.«

»Wie können sie es wissen? Ich meine …«

»Ich habe ihnen geschrieben.« In seinen scharfen blauen Augen blitzte es auf. »Ich selbst pflege dort nicht zu wohnen, aber meine Schwägerin. Sie hat es empfohlen.«

»Danke«, sagte Susanna, immer noch ein wenig verwirrt. »Sehr freundlich von Ihnen … Ich …« Sie nahm allen Mut zusammen: »Ich hab mein Lebtag noch nicht in einem Hotel gewohnt.«

»Natürlich nicht, warum hätten Sie das auch tun sollen«, sagte Gutsbesitzer Henderson ruhig. »Alles wird anfangs ein bißchen ungewohnt sein. Stockholm ist größer als Bosarp, sogar größer als Eksjö! Sie werden keinem einzigen Menschen begegnen, den Sie kennen, und es wird ein anderer Dialekt gesprochen. Sie sind in einem fremden Land. Aber halten Sie's aus, nichts ist so gefährlich, wie es aussieht.«

Susanna unterdrückte den Schauder, der in ihrem Nacken lauerte: »Ich werde mir Mühe geben.«

»Ausgezeichnet. Hier habe ich einen Stadtplan. Der Weg in die Riddargata ist nicht schwer zu finden. Und soweit ich weiß, werden alle Prüfungen dort im Seminar abgenommen.«

Susanna nickte nur. Für einen Augenblick überfiel sie ein Gedanke: Woher weiß er das alles? Woher hat er den Stadtplan, wie kann er überhaupt etwas über die Prüfungen am Seminar wissen? Aber sie schob den Gedanken beiseite; sie war einfach nur dankbar, daß er es wußte und sein Wissen mit ihr teilte. Sie packte die Dinge, die sie in Stockholm brauchen würde, in ihren gestreiften Reisesack, der sich ziemlich prall anfühlte, als sie ihn zusammenfaltete.

Und nun war sie da. Möglichst aufrecht überquerte sie die Vasagata, bog nach links ab und erreichte das Hotel.

Jetzt war Frühsommer, die Sommerferien waren nah. Die Schüler und alle, die vielleicht Schüler werden würden, kamen aus allen Teilen des Landes und trafen sich in dem hübschen Gebäude in der Riddargata. Sie sahen einander an; noch wagte niemand, sich einem anderen richtig zu nähern. Aber in aller Augen stand dieselbe Erwartung.

Das Mädchen dort, das so belesen aussieht, fast zu belesen, sie wird bestimmt angenommen. Aber die da mit den runden Augen – sie hält nicht mal den Mund richtig geschlossen –, nein, das glaub ich nicht, sie wird es wohl nicht schaffen. Und die am Fenster, die so fein gekleidet ist und so hübsch – warum will sie Lehrerin werden? Guter Gott, was mögen die anderen von mir denken? Mein zweitbestes Sommerkleid, ist es nicht zu kurz? Und meine hellen Stiefel sind schon abgetragen. Sieht man mir die Landpomeranze nicht schon von weitem an? Oh, Hilfe!

»Haben Sie auch solche Angst?« sagte eine leise Stimme neben Susanna. Ein ziemlich kleines, dunkelhaariges

Mädchen sah sie mit pfefferkuchenbraunen Augen an. Ihre Wangen waren blaß, nicht einmal die Lippen hatten viel Farbe. Aber ein Blitzen in den Augen ließ Susanna zurücklächeln.

»Ja«, antwortete sie. »Ja, die hab ich. Ich habe gräßliche Angst.«

Sie standen vor den schweren Türen des Seminars. Durch die Dachfenster des Vorraums fiel Licht, und plötzlich sahen sie beide gleichzeitig hinauf zur mächtigen Lichtquelle.

»Oh«, sagte das dunkelhaarige Mädchen. »Wie schön! Stellen Sie sich vor, wir schaffen es tatsächlich. Stellen Sie sich vor, wir dürfen das jeden Tag sehen. Wäre das nicht wunderbar?«

Sie griff nach Susannas Hand und hielt sie fest. Dann sagte sie schnell und etwas verlegen: »Ich hab's ganz vergessen – ich heiße Maja Ekander. Ich bin aus Västerås, mein Vater ist dort am Gymnasium Mathematiklehrer.«

»Und ich bin Susanna Lindman aus Bosarp in Schonen. Mein Vater ist Pfarrer.«

Sie sahen einander an. Als kleine Mädchen wären sie jetzt aufeinander zugestürzt und hätten gesagt: Ich heiße Maja, ich heiße Susanna, wollen wir spielen? Nun war das nicht möglich, aber beider Augen fingen an zu glänzen.

»Ich werde zur Untermiete bei einer Tante wohnen«, sagte Maja dann etwas unsicher. »Das heißt, falls ich angenommen werde. Tante Ottilia hat gesagt, ich soll mich unter den anderen Mädchen umsehen. Ich weiß noch nicht, ob ich mich traue, eine zu fragen – ich möchte das Zimmer schon gern mit jemandem teilen. Dann wird es viel billiger.«

Sie errötete heftig.

Susanna nickte. »Das mit dem Geld ist für mich auch sehr wichtig«, sagte sie ehrlich. »Ich wäre froh, wenn ich so wohnen könnte. Wenn Sie ...«

»Ach«, sagte Maja und fing an zu lachen, »dann brauchen wir einander nicht mehr zu siezen, nun nicht mehr. Wie schön, daß wir uns sofort begegnet sind! Es ist richtig wie …«

Sie brach ab. Eine hochgewachsene grauhaarige Dame kam aus einem der Zimmer im Erdgeschoß. Sie sah das Häuflein Bewerberinnen und lächelte freundlich. »Der Schreibsaal ist im ersten Stock«, sagte sie. »Folgen Sie mir bitte.«

Religion und Muttersprache, Fremdsprachen und Geschichte. Geographie und Mathematik, Biologie, Chemie und Physik. Und Übungsthemen. Die folgenden Tage waren gefüllt mit mündlichen und schriftlichen Prüfungen, und Susanna fühlte sich, als ob ein Herbststurm sie über die Ebene wirbelte.

Am letzten Tag sagte sie zu Maja: »Was für ein Glück, daß wir uns schon am ersten Tag begegnet sind. Ich weiß nicht, wie ich es ohne dich ausgehalten hätte. Du bist so ruhig.«

»Wirklich? Es ist doch genau umgekehrt, du bist ruhig. Ich hatte ja Wackelpudding in den Knien, wenn ich das Papier nur rascheln hörte. Aber was meinst du? Was glaubst du?«

»Ich wage nicht einmal zu denken. Aber so schwer, wie ich es mir vorgestellt habe, war es nicht. Jedenfalls nicht richtig schwer.«

»Nein.«

Sie sahen einander an, und Maja nickte. »Wir schreiben uns, sobald wir Bescheid haben«, sagte sie. »Oh, Susanna, vier Jahre. Stell dir vor, wir könnten die vier Jahre zusammenbleiben und hier lernen – und etwas *werden*!«

»Etwas lernen. Etwas richtig können und es an andere weitergeben.«

»Ich bin so glücklich.«

»Ich auch.«

»Jetzt müssen wir uns trennen. Aber wir schreiben uns. Und im Herbst treffen wir uns wieder.«

Die Reise nach Stockholm war Susanna lang erschienen. Aber die Rückreise nach Berga verflog wie ein glücklicher Traum. Sie saß mit gefalteten Händen da und sah vor sich hin; in ihr sang es vor Freude. Das war die Freiheit, das war das Tor zu ihrem zukünftigen Leben! Sie würde lernen und lehren dürfen, sie würde Freunde und Kameraden finden – Maja sowieso, aber bestimmt auch andere. Es gab schon mehrere unter den Mädchen im Schreibsaal des Seminars und im großen Treppenhaus, die einander lange angesehen hatten, noch ein wenig schüchtern, unsicher. Aber mit derselben Sehnsucht in den Augen, derselben eifrigen Röte auf den Wangen. Sie würden bestimmt einen verläßlichen Freundeskreis bilden, sie würden einander gute Kameradinnen sein. Noch nie hatte sie sich so auf Freundschaft gefreut wie jetzt.

Das stimmt ja gar nicht ganz, dachte Susanna plötzlich. Mattias Stenberg war ein guter Freund und Kamerad. Aber das war nicht das gleiche, nicht, wie wenn sie mit anderen Mädchen zusammen wäre. Mit Mädchen konnte man über alles sprechen, mit einem jungen Mann ging das nicht. Nicht einmal mit Mattias.

Und die anderen jungen Männer? Aber vorher war sie ja eigentlich nur Einar Stjernström begegnet, mit ihm hatte sie Spannung erlebt und – Susanna wußte nicht genau – eine merkwürdige Sehnsucht, ein unsicheres Fragen. Aber keine Geborgenheit, nicht die geringste. Vielleicht war die auch nicht nötig? Vielleicht waren Spannung und Sehnsucht das eine, verläßliche Freundschaft etwas anderes? Aber konnte man nicht hoffen, daß sich alles vereinen ließ? Zu etwas – Susanna ahnte es unbestimmt –, was vielleicht Liebe war.

Am späten Nachmittag erreichte Susanna Berga. Niemand kam ihr auf der Treppe entgegen, sie stieg aus dem Wagen und bezahlte den Kutscher. Die Geldscheine und Münzen klebten in ihrer Hand. So warm war es, die Luft war schwer und schwül. Vielleicht würde es ein Gewitter geben? Dann würde sich die Luft ein wenig reinigen, und das Atmen würde wieder leichter fallen.

Sie hatte noch ein paar Wochen mit Connie und Angela vor sich, bis die Sommerferien begannen. Die Woche in Stockholm hatte sie nicht geschenkt bekommen. Das war klar, die mußte sie nacharbeiten bis zur letzten Sekunde. Aber das war nur gut so; in der Zwischenzeit würde der Bescheid vom Seminar eintreffen. Mitten in der Hitze fröstelte sie plötzlich.

Aber die Prüfungen waren gutgegangen, das wußte sie, obwohl sie kaum daran zu denken wagte. Bei Mathematik hatte Maja es allerdings leichter gehabt. Das war ja kein Wunder bei einem Vater, der in dem Fach unterrichtete! Aber allzu dumme Fehler hatte sie, Susanna, bestimmt nicht gemacht. Ihr neugewonnenes Selbstwertgefühl durchströmte ihren ganzen Körper.

Die Haupttür war verschlossen, und sie nahm ihr Gepäck und ging um das Haus herum. Die Gartentür war auch geschlossen. Merkwürdig, war niemand zu Hause? Aber sie hörte Stimmen aus der Küche und ging hinein.

Emma stand am Herd und bewachte den Kochtopf mit den ersten Sommeräpfeln, die leckeres Mus werden sollten. Sie schaute auf und knickste leicht, als sie Susanna in der Tür bemerkte. Aber ihr rundes, liebes Gesicht war blaß, und bestimmt hatte sie geweint – Susanna öffnete den Mund, um zu fragen, was geschehen war.

Im selben Augenblick sprangen Connie und Angela von ihren Schemeln und liefen auf sie zu. »Mamsell – o Mamsell! Willkommen zu Hause!«

Sie waren erhitzt, im Küchenherd brannte ein kräftiges Feuer, und Fenster und Türen waren geschlossen, um Wespen und Fliegen auszusperren. Die Hände der Mädchen waren rot und geschwollen von Seifenlauge, aber sie griffen nach Susannas Händen, und ihre Gesichter leuchteten vor Freude.

»Was fällt euch ein! Seid ihr von eurer Arbeit weggelaufen? Kehrt sofort zurück.«

Hedvig Hendersons Stimmte war scharf. Sie warf Susanna einen Blick zu, und darin war kein Willkommensgruß. »Heute gibt es keinen Unterricht und morgen auch nicht«, sagte sie kurz. »Die Mädchen müssen lernen, Schränke zu putzen. Das hat Emma offenbar nie geschafft.«

Was sollte man darauf antworten? Susanna stand einen Augenblick betroffen da. Der Frau des Hauses, der Mutter der Kinder, konnte sie nicht widersprechen. Aber in ihr tobte es. Emma schuftete vom Morgen bis zum Abend, noch nie hatte Susanna gesehen, daß sie etwas vernachlässigt hätte. Und wo war die Köchin? Sollte Emma ihre Arbeit auch noch erledigen? Die Ungerechtigkeit würgte Susanna.

Hier hatte sich wahrhaftig nichts verändert. Der Geiz, das Schäbige und Stickige. Und hier mußte sie ihre Schülerinnen zurücklassen, Connie und Angela mußten bleiben. Aber was sollte sie sonst tun? Die Eltern hatten das Recht, über ihre Kinder zu bestimmen.

Nein, das hatten sie nicht. Hieß es nicht, daß jeder sich seines ärmsten Nachbarn annehmen soll? Das war ein wahres Wort. Gutsbesitzer Henderson war Herr über seinen Neffen und dessen Frau. Letzten Endes hatte er das Sagen, vor allen Dingen besaß er die Macht des Geldes, und das war in einem Fall wie diesem nicht zu verachten. In Susanna brodelte es. Sie würde sich nicht scheuen, dem Mann, der die Macht besaß, einiges zu sagen, keinen Augenblick.

Was sagte Angela da? Onkel Adrian will uns nach Rostad schicken, in Mamsell Fryxells Pensionat. Susanna wußte nur wenig über dieses Pensionat. Aber sie würde sich informieren. Sie würde damit anfangen, indem sie Adrian Henderson selbst fragte.

War es nicht das Pensionat, in dem Frau Henderson zu ihrer Zeit selbst gelebt hatte? Dort hatte Maria Håkansson, Ulrika Lindmans gute Freundin, Frau Henderson kennengelernt. Aber was hatte Hedvig Henderson der Schulbesuch gebracht? Nichts, soweit Susanna das beurteilen konnte.

Sie warf einen Blick in Hedvigs mageres dunkles Gesicht und wurde plötzlich nachdenklich. In dem bitteren Blick war kein böser Wille zu lesen, es war etwas anderes, es war mehr. Wenn sie einmal ins Gespräch kommen könnte, wenn Susanna ihr Herz erreichen könnte? Jetzt kam es darauf an, nicht den Kopf zu verlieren und nicht allzu hart die Meinung zu sagen, was den Unterricht und die Freiheit der Mädchen betraf.

»Heute abend wird sowieso nichts mehr aus dem Unterricht«, sagte sie nur. »Es ist schon spät, und ich bin den ganzen Tag unterwegs gewesen. Wie heiß es ist. War es die ganze Zeit so warm?«

Ihre ruhige Stimme half, die Atmosphäre in der Küche etwas zu entspannen. Emma strich sich mit dem Handrücken das schweißnasse Haar aus der Stirn und rührte tiefer im Topf.

»Ich glaube, das Mus ist jetzt fertig«, sagte sie. »Soll ich die blauweißen Steinkrüge nehmen?«

»Tu das. Eigentlich hättest du das wissen ...«

Hedvig schluckte die Fortsetzung hinunter und ging zu den hohen Schränken. »Das muß genügen«, sagte sie. »Laßt die Türen weit offen, dann trocknet das Holz über Nacht. Nichts darf wieder hineingestellt werden, bevor die Schränke nicht ganz trocken sind. Einräumen könnt ihr dann gleich morgen früh.«

Sie warf Susanna einen scharfen Blick zu, aber Susanna verzog keine Miene.

Ich bin einfach viel zu froh, dachte sie. Ich bin selbst zu glücklich, ich will nicht mit jemandem streiten, der nicht glücklich ist. Aber ich werde versuchen herauszufinden, was mit ihr passiert ist, was sie zu der gemacht hat, die sie jetzt ist. Das hätte ich schon längst tun sollen, statt mich immer nur zu ärgern. Und ich werde versuchen, alles über dieses Pensionat herauszubekommen, und ich muß wissen, ob Adrian Henderson es wirklich ernst meint. Aber das ist wohl so, er meint es immer ernst. Und Connie und Angela dürfen nicht im Stich gelassen werden!

»Es war wirklich sehr warm«, sagte Hedvig dann. »Viele sind erkrankt, Diarrhöe und Brechreiz. Niemand weiß genau, was es ist. Die Sommerkrankheit, sagt man, aber das erklärt ja nichts.«

»In Stockholm war es auch sehr heiß«, sagte Susanna. »Dort ist es verständlich, denn die Häuser stehen so eng beieinander.«

»O ja, die Hitze dort kann man besser aushalten, nicht wahr? Mamsell ist ja aus freiem Willen gefahren.«

Da haben wir es wieder, dachte Susanna, ein kleiner Stich ist auch ein Stich. Aber ich werde nicht zurückstechen.

Sie lächelte nur und nahm ihren Reisesack. Während sie die Treppe zu ihrer Kammer hinaufging, überlegte sie: Einen Winter bin ich hier gewesen, auch einen Frühling. Den Sommer über war ich zu Hause, und dann einen Herbst und Winter hier, bis jetzt. Nun bin ich schon ein gutes Jahr Gouvernante, fast ein Jahr habe ich selbst unentwegt gelernt. Ich fühle, daß es Zeit ist zu gehen, ich fühle es im ganzen Körper. Hier bin ich fertig. Jetzt müssen meine Flügel mich tragen!

Aber ich will die Mädchen nicht im Stich lassen. Ich muß wissen, daß es ihnen gutgehen wird. Ich möchte auch sicher sein, daß Mattias sein Studium in Lund wiederaufnehmen konnte. Schlimmstenfalls muß er wieder als Hauslehrer arbeiten. Aber die Mädchen sind mir am wichtigsten. Connie und Angela – um sie geht es in erster Linie.

Himmel, ich möchte ja immer alles richten! Aber vielleicht will man das, wenn es um die Menschen geht, die man gern hat.

Schön, daß sie heute abend Mattias sehen und ihm alles erzählen würde, was in Stockholm geschehen war. Er wird es verstehen, er weiß, wie es ist. Und noch schöner, daß Gutsbesitzer Henderson kommt. Es war nett von ihm, alles so gut für mich vorzubereiten; ich muß ihm zu verstehen geben, wie dankbar ich ihm bin. Und auch, wie sehr ich mich freue. Aber das weiß er sicher ohnehin.

Noch zwei Wochen. Dann besucht Mutter Tante Betty in Jönköping, und dort treffe ich sie. Und dann weiß ich es! Dann weiß ich, ob ich auf dem Seminar angenommen worden bin! Ich kann es kaum noch erwarten.

Adrian Henderson lehnte sich ein wenig in dem Stuhl zurück und blickte in Susannas eifriges Gesicht. Was er darin sah, war ein Ausdruck sehnsuchtsvoller Freude. Er lächelte etwas ironisch, ein kleines Lächeln, das sie nicht wahrnahm. Diese Art Sehnsucht hatte er selbst nie erlebt – doch, einmal in der Jugend, die Erinnerung schmerzte ihn nicht mehr, einmal hatte ihn eine junge Frau mit dieser Sehnsucht in den Augen angeschaut; damals hatte der Blick ihm gegolten. Das Schicksal hatte gegen ihn entschieden, und er war ein anderer geworden. Er war danach kein weichherziger junger Mann mehr gewesen, er war hart geworden, viele nannten es herrschsüchtig, und er mußte zugeben, daß etwas daran war. Er wollte bestimmen, er wußte es einfach am besten.

Er war sich wohl bewußt, daß Susannas Sehnsucht und Eifer nicht ihm galten. Zum Glück galten sie auch nicht dem jungen Lehrer. Es ging um sie selbst und ihre Zukunft, und er würde alles tun, damit sie sich diese Freude und den Eifer erhalten konnte.

»Ich denke an die Mädchen«, sagte sie, und jetzt war ihr Blick ernst. »Sie haben Rostads Pensionat erwähnt.«

»Es wird Erziehungsanstalt genannt«, antwortete Adrian Henderson und lächelte. »Das klingt schrecklich, aber so wird es vermutlich seit altersher genannt. Mamsell Cecilia Fryxell ...«

»Mamsell?« unterbrach Susanna.

»Mamsell Fryxell hält nichts von der Fräulein-Reform. Sie zieht die Anrede ›Mamsell‹ vor.«

Susanna nickte und schwieg.

»Es ist offenbar eine ausgeprägt christliche Schule, nach allem, was ich erfahren habe. Aber sie ist einzigartig, insofern als dort kein religiöser Zwang ausgeübt wird. Und es bleibt Raum für Freude und Freiheit.«

»Ein besseres Urteil über eine Schule kann es gar nicht geben«, sagte Susanna nachdenklich.

»Das finde ich auch. Jetzt habe ich aber leider erfahren, daß Mamsell Fryxell sich langsam zu alt fühlt. Es könnte sein, daß sie das Pensionat nicht mehr lange weiterführt. Aber die Jahre, in denen sie noch bleibt, müßten für Angela und Constance reichen.«

Susanna hob den Kopf. »Wie viele Jahre muß ein Mädchen auf diesem Pensionat lernen?«

»Drei, vielleicht vier. So ist es mir gesagt worden.«

»Connie wird vierzehn; in vier Jahren ist sie fast erwachsen. Aber Angela ist gerade erst zwölf. Ich habe viel über ihre Zukunft nachgedacht, die beiden sind mir sehr ans Herz gewachsen.«

»Das ist ein feiner Zug, Fräulein Lindman«, sagte Gutsbesitzer Henderson und blinzelte sie ein wenig verdrossen an, aber auch freundlich. »Im Augenblick sollten Sie jedoch ausschließlich an sich denken. Was Sie brauchen, ist eine gesunde Portion Egoismus.«

»Eine gesunde Portion Egoismus«, wiederholte Susanna und fing an zu lachen. »Seit ich aus Stockholm zurück bin, denke ich doch nur an mich selbst und an meine Zukunftspläne. Und ich bin dabei so glücklich. Ich weiß jetzt schon, daß es genau das richtige für mich ist, das Studium und der Unterricht, den ich erteilen werde, und – alles!«

»Das freut mich zu hören. Für die Mädchen auf Berga werden wir schon alles regeln.«

»Es muß wunderbar sein«, sagte Susanna langsam.

»Was?«

»So handeln zu können wie Sie. Alles zu lenken und zu regeln, ins rechte Lot zu bringen. Und andere verstehen es.«

»Alle verstehen es wohl nicht«, sagte der Gutsbesitzer kühl und erhob sich. »Es hat seinen Preis, das kann ich Ihnen versichern.«

»Darf ich etwas fragen?«

»Natürlich.«

»Woher wußten Sie das alles über die Prüfungen am Seminar? Und wie haben Sie den Stadtplan beschafft?«

Er sah sie an, und in seinen scharfen blauen Augen blitzte es auf. »Ich habe an eine Buchhandlung geschrieben und mir den Stadtplan schicken lassen. Außerdem habe ich Bekannte in Stockholm, die ich gebeten habe, herauszufinden, was ich wissen wollte. Ich habe schon schwerere Aufgaben gelöst.«

»Oh«, sagte Susanna. Ihre Wangen wurden sehr rot. »So war das also.«

»Versprechen Sie mir, daß ich es sofort erfahre, wenn Sie Nachricht vom Seminar bekommen.«

»Das verspreche ich.«

Ihm werde ich als erstem schreiben, dachte Susanna. Noch bevor ich es Mutter und Vater erzähle, bevor ich Maja schreibe. Ich weiß nicht, warum ich will, daß er es als erster erfährt. Aber ich will es.

VII

In der folgenden Woche wurde Connie eines Nachts sehr krank. Susanna wachte auf, weil Angela an ihrem Bett stand und sie an der Schulter rüttelte. Sie schrie fast vor Verzweiflung. »Sie muß sich ständig übergeben, und es riecht so furchtbar! Mamsell, helfen Sie ihr – sie weint …«

Schlaftrunken taumelte Susanna aus dem Bett. Connie hing über ihrer Bettkante, und aus ihrem Mund floß ein stetiger Strom. Der Flickenteppich vor dem Bett war durchtränkt, das Bettzeug verschmutzt.

»Mamsell – o Mamsell! Ich kann nichts dagegen machen – ich kann nichts dagegen machen …«

»Liebes Kind, du bist ja krank. Dafür kannst du doch nichts. Meine arme Kleine …«

Susanna sprach so ruhig, wie sie konnte, aber der Ekel gewann auch bei ihr fast die Oberhand. Angela saß auf ihrem Bett, die Hände vors Gesicht geschlagen, und schluchzte laut.

»Hol den Eimer«, sagte Susanna.

»Ich kann nicht. Dann krieg ich alles an die Füße.«

»Tu, was ich dir sage. Beeil dich!«

Angela schloß die Augen, während sie sich zum Waschtisch vortastete und den Toiletteneimer holte. Dann machte sie einen falschen Schritt und schrie wie am Spieß. »Ich hab was abgekriegt! Ich will das nicht, Mamsell!«

Susanna riß ihr den Eimer aus der Hand. Es gelang ihr,

ihn beim nächsten Brechanfall bereitzuhalten. Connie keuchte und hustete, aus ihren Augen spritzten Tränen.

»Lauf nach unten und weck Emma! Angela, schrei nicht so, nicht du bist krank. Sag ihr, sie soll Wasser und Wischlappen mitbringen. Und öffne zuerst das Fenster. Hast du gehört, was ich sage?«

Angela stürzte davon, das Fenster vergaß sie. Susanna war mit zwei Schritten am Fenster und stieß es auf. Klare Luft strömte herein, und sie atmete tief durch. Connie sank zitternd zurück auf ihr Kissen. Sie weinte mit kurzen, jammernden Schluchzern.

»Meine Kleine, sei nicht traurig. Ich helfe dir, es wird alles wieder gut, weine nicht. So, ja, so ja … Bald geht es dir wieder besser, Liebes, so ja …«

Susanna redete ununterbrochen, ruhig und tröstend, während sie den verschmutzten Flickenteppich aufrollte und aus dem Fenster warf. Wo er landete, war ihr egal, Hauptsache, er war draußen. In der Wasserkanne war genügend Wasser, sie goß etwas in eine Schüssel und griff nach einem Handtuch.

»Kannst du dich ein wenig aufrichten? Nur so weit, daß ich das Bettzeug und dein Nachthemd wegnehmen kann. Dann wasche ich dich, und bald geht es dir wieder besser …«

Hilfe, dachte sie, alles ist so abgenutzt wie der Teppich, raus damit, weg mit allem, das arme Kind …

Zitternd und frierend saß Connie auf der Bettkante. Susanna wusch ihr rasch und gründlich Gesicht, Hals und Hände. Emma kam zur Tür herein, sie hatte einen Rock über das Nachthemd gezogen, und der Zopf hing ihr über den Rücken. Scheuereimer, Wasser, Schmierseife und Wischlappen hatte sie bei sich, sie fragte nicht und beklagte sich nicht. Sie arbeitete rasch und gründlich, und bei jedem ihrer Handgriffe verschwand etwas mehr von dem Gestank.

Angela saß leise weinend auf einem Schemel in der

Ecke und schaute zu. »Emma, du mußt mir auch helfen«, sagte sie schluchzend. »Du mußt meine Füße waschen, es ist eklig.«

»Nimm meine Waschschüssel«, sagte Susanna. »Wasch dich allein, in der Kanne ist Wasser. Wir müssen uns jetzt um Connie kümmern.«

»Uh-hu, es klebt so. Ich will nicht ...«

»Unsinn, jetzt sei still. Wo sind eure Nachthemden?«

»In der Kommode da«, sagte Emma. »In der zweiten Schublade von oben. Ich kann nichts anfassen, ich bin ganz naß.«

»Ich kümmere mich darum. Die Betten müssen neu bezogen werden.«

»Aber ich muß das hier erst nach unten bringen, dann komme ich wieder. Armes Kind, sie ist ja weiß wie ein Bettlaken.«

»Ich lege sie in Angelas Bett«, sagte Susanna. »Sie darf nicht so lange sitzen, dann ist sie schnell unterkühlt.«

»Nein! Sie soll nicht in meinem Bett liegen. Sie ist eklig.«

»Das ist sie keineswegs, wir haben sie gewaschen. Du solltest dich schämen, so zu reden.«

»Sie darf nicht in mein Bett! Sie darf nicht!«

»Dann kommt sie eben in meins. Sei jetzt still und weck nicht das ganze Haus.«

Aber es war zu spät. Hedvig Henderson stand schon auf der Schwelle. Sie trug einen knöchellangen Schlafrock, und ihre schwarzen Haare waren zu Zöpfen geflochten.

»Was geht hier vor sich? Still, Constance, warum heulst du?«

Susanna versuchte sich zu beherrschen. »Constance ist krank.«

»Das merk ich wohl.« Hedvig verzog keine Miene. »Nun ja, bis morgen wird es vorbeigehen. Ich nehme an, sie hat zu viel gegessen. Was macht Emma hier oben? Und wo sind der Teppich und das Bettzeug?«

»Ich habe alles aus dem Fenster geworfen«, antwortete Susanna scharf. »Und ich bin dankbar, daß Emma hier ist. Ihr ist es zu verdanken, daß das Zimmer wieder einigermaßen sauber ist.«

Hedvig sagte nichts. Emma kam mit sauberen Laken auf dem Arm an ihr vorbei, Decke und Kissen hatte sie aus der Bettzeugkiste auf dem Speicher geholt. Es war, als ob sie die Herrin des Hauses weder hörte noch sah; still und rasch richtete sie das Bett für das kranke Kind her.

Connie saß mit gesenktem Kopf da und sah niemanden an. Sie zitterte am ganzen Körper.

»Komm, meine Kleine«, sagte Susanna weich. »Komm, ich deck dich zu, bald kannst du wieder schlafen. Danke, liebe Emma.«

»Ich habe einen Topf mit Wasser aufgesetzt. Sobald es kocht, bringe ich eine Wärmflasche.«

Connie schaut ihre Mutter nicht an, dachte Susanna. Angela starrt nur zu Boden. Und Emma und ich, wir handeln und reden, als ob wir die einzigen erwachsenen Frauen im Zimmer wären. Niemand kümmert sich um Hedvig Henderson oder spricht mit ihr. Wie mag sie das empfinden?

Das erfuhr sie nicht. Hedvig sagte nichts mehr. Sie stand noch eine Weile da, eine knappe Minute vielleicht, dann ging sie. Susanna und Emma tauschten einen Blick, ohne etwas zu sagen, es lohnte sich nicht. Angela kroch in ihr Bett und zog sich die Decke über den Kopf; nur ein Zipfel ihres hellen Zopfes war noch zu sehen. Connie lag ganz still, ihr blasses Gesicht hob sich vom Kissen ab. Susanna setzte sich neben sie, ohne ihre Hand zu nehmen. Sie wollte die warme Decke, die sie um das Mädchen gestopft hatte, nicht verschieben.

Als Emma mit der Wärmflasche eintraf und sie ans Fußende des Bettes legte, sah Connie auf. »Du bist so lieb«, flüsterte sie. »Und Mamsell ist auch so lieb. Danke. Vielen Dank.«

Emma wischte sich mit der Hand unter der Nase entlang. »Arme liebe Kleine. Versuch jetzt zu schlafen, dann wird alles wieder gut.«

Connie drehte den Kopf. Sie sah vor sich hin, aber Susanna verstand den Ausdruck in ihren Augen nicht. Sie hatte plötzlich das heftige Verlangen zu weinen.

Hedvig Henderson täuschte sich: Connie hatte nicht zuviel gegessen. Nichts war am nächsten Morgen wieder gut. In den letzten Stunden der Nacht hatte Susanna unruhig geschlafen, aber Connie lag ganz still. Ob sie schlief, war nicht zu sagen, sie lag mit geschlossenen Augen da und rührte sich nicht. Als Susanna aufstand und sich über sie beugte, merkte sie, daß das Mädchen vor Fieber glühte.

»Muß ich denn ganz allein frühstücken gehen?« fragte Angela verdrossen.

»Das ist doch wohl nicht schlimm. Du siehst ja, daß Connie krank ist.«

»Schon. Aber Mamsell muß doch auch frühstücken.«

»Richte unten aus, wie es um Connie steht. Und dann kannst du mir vielleicht ein Tablett mit Frühstück heraufbringen.«

»Das macht Emma.«

»Emma hat ohnehin genug zu tun. Lauf jetzt.«

Angela verschwand, aber es war doch Emma, die Susanna das Frühstückstablett brachte.

»Frau Henderson läßt sagen, daß Angela heute mit den Jungen zusammen lernt. Sie wird nachher selbst heraufkommen.«

Susanna beherrschte sich nur mühsam, und Emma blieb am Bett stehen und sah auf Connie hinunter.

»Das arme Kind«, sagte sie leise. »Sie wird es nicht leicht haben, wenn Mamsell aufhört, das ist mal sicher.«

»Sprich nicht so, Emma, ich bekomme ein schlechtes Gewissen.«

»Das wollte ich nicht. Man wünschte bloß, daß so manches anders wäre. Ja, ja. Soll ich später etwas Milch bringen?«

»Keine Milch, ich glaube, die verträgt sie nicht. Vielleicht ein wenig Bouillon, falls welche da ist.«

»Es ist keine da, aber es wird welche geben.«

Erneut tauschten sie einen einzigen Blick, damit war alles gesagt.

Am Abend des dritten Tages ging es Connie schlechter. Sie hatte nichts essen können, nicht einmal die Bouillon konnte sie schlucken. Susanna flößte ihr fürsorglich ein wenig Zuckerwasser ein, teelöffelweise ging es, aber trinken konnte Connie nicht.

Als Hedvig heraufkam, blieb sie in der Tür stehen und sah ihre Tochter an. Dann holte sie einen Stuhl und setzte sich an die andere Seite des Bettes. »Heute nacht bleibe ich hier.«

Susanna antwortete nicht, sie blieb still sitzen.

»Übrigens, für Sie ist gestern ein Brief angekommen. Das habe ich ganz vergessen.«

Darauf gab es nichts zu sagen. Susanna nahm ihren Brief, dickes Papier mit Wasserzeichen und Druck. Er war vom Seminar in Stockholm. Sie sah Connie an; das Mädchen lag wie im Dämmerzustand da und merkte nichts. Susanna ging zum Licht, das auf dem Tisch stand, und öffnete ihren Brief. Sie holte heftig Luft.

»Sie sind angenommen worden«, sagte Hedvig. »Sie sind am Seminar angenommen worden.« Sie sah weder Susanna noch Connie an, sondern starrte in ihren Schoß. Dort lagen ihre Hände, schwer und regungslos.

»Ja«, sagte Susanna nur. »Ich bin angenommen worden.«

Sie hätte sagen können: und zwar mit Auszeichnung, genau, wie ich es gehofft habe. Sie sagte es nicht. Sie hielt das steife Papier umklammert und dachte: Wenn ich nur jemanden hätte, mit dem ich meine Freude teilen könnte! Mit Mattias, mit meinen Eltern, mit Adrian Henderson. Ihm hatte ich es als erstem erzählen wollen; zu ihm möchte ich gehen und es erzählen und ihn so froh sehen, wie ich selbst es bin, so froh, wie er sein wird, ich weiß es. Aber jetzt hat Hedvig es vor ihm erfahren. Das darf mir nichts ausmachen, das darf meine Freude nicht schmälern. Und doch ist es so.

»Ich habe es mir schon gedacht«, sagte Hedvig langsam. Und dann fügte sie hinzu: »Sie gehören ja zu denen, die alles im Leben bekommen.«

Was sagt sie da? dachte Susanna. Was in aller Welt sagt sie? Haßt sie mich wirklich so sehr? Oder mißgönnt sie es mir nur? Wie kann sie so etwas sagen?

»Oder?« fügte Hedvig hinzu. Ihre Stimme war scharf geworden. »Sie sind das einzige Kind Ihrer Eltern, sicherlich von klein auf verwöhnt und verhätschelt. Die Stelle als Gouvernante bei uns haben Sie vermutlich nur als Zeitvertreib angenommen. Jetzt sind Sie die Stelle leid, und nun ist die Großstadt an der Reihe. Sagen Sie nur nicht, Sie seien nicht so eine, die alles bekommt. Und die es versteht, immer das Beste für sich selbst herauszuholen.«

Die Ungerechtigkeit schnitt Susanna tief ins Herz; sie brachte kein Wort heraus.

»Unser Hauslehrer, er glotzt Sie an wie ein krankes Kalb. Und der Onkel meines Mannes macht sich höchst lächerlich. Interessiert sich für Ihr Studium – du lieber Himmel, hat man so was schon gehört. Und die Mädchen will er ins Pensionat schicken. Dummheiten!«

»Sie sind doch selbst in diesem Pensionat gewesen, Frau Henderson.«

Endlich fand Susanna Worte. Alles andere, was Hedvig gesagt hatte, war so grotesk, daß sie nicht darauf antworten konnte.

»Sie sind selbst dort geschult worden. Warum gönnen Sie es den Mädchen nicht auch?«

»Geschult? Wozu war das gut? Was hat es mir gebracht? Es ist besser, Connie und Angela werden zur Beschäftigung im Haushalt angehalten und lernen, was eine Frau können muß. Das andere, all diese Büchergelehrsamkeit, mit der Sie sich die Zeit vertreiben, das lohnt sich doch nicht, das führt zu nichts. Das macht einen nur unglücklich.«

Himmel, dachte Susanna. Jetzt bricht die Eiterbeule auf, und alle Bitterkeit kommt heraus. Diese arme Frau!

»Die Mädchen sind noch sehr jung«, sagte sie nur. »Alles kann für sie besser werden. Wir leben in anderen Zeiten, man denkt anders als früher.«

»Bilden Sie sich das wirklich ein? Daß sich die Denkweise ändert? Nein, meine liebe Gouvernanten-Mamsell, ich hätte doch angenommen, daß Sie etwas klüger sind.«

Sie sprachen im Flüsterton, um das kranke Mädchen nicht zu stören.

Hedvigs Stimme war heiser vor Erregung, sie atmete kurz und rasselnd. »Sie sehen nicht übel aus, Sie werden Freier haben, und Sie werden auch heiraten. Aber warten Sie nur ab, dann ist der Alltag da. Und im Alltag ist die Frau die erste Magd im Haus, vergessen Sie das nie. Dann ist es aus mit edlem Gedankenaustausch und all dem Gerede über Gleichwertigkeit. Darauf können Sie sich verlassen!«

»Wenn Sie es so empfinden, Frau Henderson«, sagte Susanna und versuchte ruhig zu bleiben, »dann tun Sie mir leid, dann muß es Ihnen sehr schlechtgehen. Aber alle Männer sind nicht gleich.«

»Ich verbitte mir Ihr Mitleid!«

Connie drehte sich langsam im Bett um und schlug die fieberglänzenden Augen auf. Sie waren blicklos. Susanna wurde es eiskalt vor Angst. Sie hob die Hand, um Hedvig zum Schweigen zu bringen.

»Wir stören Connie«, sagte sie leise. »Sie braucht ihre Ruhe.«

Hedvig sah Connie an. In ihre Augen kam ein anderer Ausdruck, ein erster Anflug von Sorge. »Ja«, sagte sie nur, aber es klang unerwartet ruhig.

»Vielleicht können wir ein andermal über das sprechen, was Sie da angeschnitten haben. Es ist nicht sicher, daß Sie recht haben – weder in der einen noch in der anderen Sache.«

Hedvig zuckte mit den Schultern, aber sie sah Connie unverwandt an. »Das spielt keine Rolle«, sagte sie. »Eines Tages werden Sie es selbst merken. Das Leben besteht nicht nur aus Honig und Mandelmilch, auch die bittere Galle gehört dazu. Aber wir wollen Connie nicht stören.«

Sie zog ihren Stuhl näher an das Bett des Mädchens und strich über eine Falte in der Bettdecke. Susanna hatte gedacht, ihre Bewegungen würden ruckartig und angespannt sein, aber die schmalen Hände glitten weich über Falten und Unebenheiten, strichen glatt und richteten. Connies Augen schlossen sich wieder.

»Sie verstehen es nicht«, sagte Hedvig dann langsam, fast wie zu sich selbst. »Sie verstehen nicht, daß sogar Mitleid einen Menschen hart machen kann. Wenn man weiß, wie sich das Leben seiner Kinder gestalten wird. Wenn man weiß, welches Schicksal sie erwartet. Dann denkt man vielleicht, es wäre genausogut ...«

Sie brach ab und faltete die Hände im Schoß.

Nicht das, dachte Susanna. Sag jetzt nicht, was du denkst. Sag nicht, daß es genausogut wäre, es würde Connie erspart bleiben, ins Leben zurückzukehren. Du bist verbittert um deiner selbst willen, weil es dich getroffen hat, und ich verstehe, daß du recht hast, verbittert zu sein. Aber die Mädchen haben ihr Leben. Sie müssen eine Chance bekommen, die du niemals hattest – oder nie wahrgenommen hast. Und soweit es in meiner Macht steht, werde ich ihnen dabei helfen.

Adrian Henderson sagte: »Meinen Glückwunsch, Fräulein Lindman. Ich habe es ja gewußt, es konnte nur gutgehen. Aber ich gratuliere trotzdem.«

»Danke«, antwortete Susanna. »Ich bin wirklich sehr froh.«

»Sie haben auch allen Grund dazu. Aber warum sind Sie so bedrückt? Da ist doch etwas, das merke ich.«

Ich erinnere mich daran, was ich mir gesagt habe, als wir uns das allererste Mal begegnet sind, dachte Susanna. Ich sagte mir, daß Augen wie den deinen nicht viel entgeht. Und es ist ja wohl auch so.

»Es sind die Mädchen«, sagte sie leise. »Ich mache mir Sorgen um sie.«

»Das brauchen Sie nicht. Ich bin kürzlich im Rostad-Pensionat gewesen und habe mit Mamsell Fryxell gesprochen. Sie können im Herbst kommen.«

»Vielleicht haben ihre Eltern etwas dagegen? Ich weiß, daß ...«

Nein, dachte sie. Ich kann nicht von Hedvigs Bitterkeit und ihren harten Worten erzählen. Es ist in der Nacht aus ihr hervorgebrochen, und es wäre nicht recht von mir, es zu erwähnen. Aber Connie ist noch so schwach, sie kann sich kaum auf den Beinen halten, und diese elende Hitze nimmt ihr noch die letzte Kraft. Ich weiß nicht, wie es werden soll!

»Mein Neffe und seine Frau müssen sich mit dem Arrangement abfinden«, antwortete Adrian Henderson kühl. »Das wissen sie auch.«

»Das wissen sie wohl«, sagte Susanna. Sie sprach leise, und er beugte sich vor, um sie zu verstehen. »Aber es ist vermutlich nicht immer leicht, sich abzufinden, sich ständig unterzuordnen.«

Adrian Henderson räusperte sich, kurz und gereizt. »Es erfordert eine gewisse Intelligenz, über sich selbst zu bestimmen«, sagte er. »Und die besitzt keiner von beiden; sie sind beide ziemlich einfältig. Übrigens«, fügte er hinzu, und in seine Augen kam ein scharfes Glitzern, »übrigens fügen sie sich nicht umsonst. Berga wirft ein gutes Einkommen ab, und das ist nicht zu verachten.«

In diesem Augenblick, dachte Susanna, in diesem Augenblick läßt mich jedes Wort, das du sagst, frieren. Es ist, als ob dein hübscher Rittermantel aus Seide für einen Moment beiseite geglitten wäre. Und darunter blitzt der blaue Stahl.

Hörte Adrian Henderson die Worte, die nicht laut ausgesprochen wurden? Seine Stimme veränderte sich. »Wie wäre es, wenn Sie und die Mädchen – und, wenn Sie wollen, auch die Mutter der Mädchen – eine kleine Reise nach Kalmar unternähmen, sobald Constance wieder stark genug ist? Die beiden könnten ihre Schule kennenlernen, und Sie hätten Gelegenheit, mit Mamsell Fryxell zu sprechen. Ich glaube, es wäre durchaus ein Gewinn für Sie, ihr zu begegnen, sie ist eine Persönlichkeit.«

Susanna sah zu ihm auf.

Er lächelte etwas förmlich. »Sie dürfen Ihre eigene Ausbildung nicht vergessen«, sagte er. »Sehen Sie den Besuch auf Rostad als einen Studienbesuch an. Für die Mädchen wird alles bestens geregelt, und was die Eltern der beiden angeht – Sie können nicht allein die Welt verändern, Fräulein Lindman.«

Nein, das kann ich wohl nicht, dachte Susanna. Er hat recht, im Augenblick geht es nicht um die Herrschaften Henderson, es geht um Connie und Angela. Und auch um mich.

»Ich möchte sehr gern mit nach Rostad fahren«, sagte sie. »Ich freue mich darauf, Mamsell Fryxell kennenzulernen.«

Adrian Henderson nickte nur.

VIII

Ulrika schrieb aus Bosarp, daß Johannes Probleme mit dem Herzen gehabt habe und daß ihre Reise zu Betty nach Jönköping einige Tage aufgeschoben werden müsse. Es war sicher nichts Ernstes; der Vater bekam leicht Krämpfe, wenn sein gewohntes Leben durch Veränderungen bedroht wurde, wie unbedeutend sie auch sein mochten. Und natürlich war es schön für die Mutter, zu wissen, daß er sich davor fürchtete, allein zu sein, und sich nach ihr sehnen würde. Aber sie hatte sich schon so lange auf die Reise gefreut, und wenn sie erst einmal abgereist wäre, käme Johannes ganz gut zurecht, das wußte sie. Fia und Stina würden sich auf jede erdenkliche Weise um ihn kümmern.

Susanna verzog den Mund, als sie den Brief las. Sie wußte genausogut wie die Mutter, daß Johannes auch die kleinste Veränderung haßte. Aber für sie war es am besten so; Connie konnte in der Zeit wieder gesund werden und sich richtig erholen. Und die Reise nach Kalmar konnte gemäß Adrian Hendersons Zeitplan stattfinden.

»Natürlich werden wir fahren, da es offenbar erwünscht ist«, sagte Hedvig kühl. »Daß die Mädchen das Pensionat unbedingt vorher sehen sollen, finde ich – na ja ... Aber wenn sich die Reise noch weiter hinauszögert, dann weiß ich wirklich nicht ... Gutsbesitzer Henderson wünscht natürlich, daß die Mädchen unbeschwerte Sommerferien haben, man muß sich also fragen, was Mamsell Lindman sich vornehmen möchte.«

Den Wink verstehe ich sehr wohl, dachte Susanna. Dir gefällt der Gedanke nicht, daß ich hier bleibe, esse und wohne und noch nicht einmal für das Salz in der Suppe arbeite. Aber du hast keinen Grund, ein Wort darüber zu verlieren.

»Es wird sich schon etwas finden, was ich in der Zeit tun kann«, sagte sie. »Ich bin ziemlich geschickt mit der Nadel, könnte Näharbeiten erledigen und Kleider flicken. Ich könnte sogar Angela und Connie ein wenig anleiten.«

»Danke, um die häusliche Ausbildung meiner Töchter möchte ich mich selbst kümmern. Aber es stimmt, zu flicken gibt es mehr als genug. Und auf diese Weise ...«

Sie brach ab. Susanna sagte nichts. Der Satz war leicht zu ergänzen: auf diese Weise mache ich mich wenigstens etwas nützlich, nicht wahr? – aber sie sagte es nicht. Sie konnte nicht vergessen, was sie in jener Nacht an Connies Krankenbett gesehen hatte: die Erinnerung an Hedvigs Bitterkeit und Enttäuschung quälte sie immer noch. Ihr Mitleid durfte sie nicht zeigen, das war ihr klar. Wenn sie es zeigte, würde sie der Last, an der Hedvig Henderson trug, nur noch einen weiteren Stein aufbürden. Aber Mitgefühl war eine andere Sache. Das konnte man auf vielerlei Weise zeigen.

Susanna hatte nichts dagegen, sich mit Näharbeiten zu beschäftigen, dann konnte sie sich glücklichen Träumereien hingeben. Nur noch wenige Monate, und es war Zeit für das erste Semester in Stockholm. Maja Ekander hatte ihr geschrieben: einen jubelnden Brief; auch Maja hatte die Prüfung mit Auszeichnung bestanden. Und in Stockholm war ihre Tante Ottilia schon damit beschäftigt, das Zimmer herzurichten, das die beiden Mädchen sich teilen würden.

»Meine Tante wohnt in der Skeppargata«, schrieb Maja. »Besser könnte es gar nicht sein, das ist nur einen Steinwurf vom Seminar entfernt. Du solltest ihre Wohnung sehen – ja, bald ist es ja soweit. Große, hohe Räume, getäfelte Wände, überall Parkett. Und Troddeln! Troddeln an Lehnstühlen und Sofas, Troddeln an den Schnüren, die die Vorhänge zurückhalten. Manchmal glaube ich, aus meinen Ohren wachsen auch bald Troddeln. Aber Tante Ottilia ist lieb und nett, und sie freut sich, daß wir kommen. Ihr behagt es eigentlich nicht, daß wir Miete zahlen müssen, aber sie braucht das Geld. Sie lebt in ziemlich dürftigen Verhältnissen, seit Onkel Manfred gestorben ist. Unser Zimmer ist gemütlich, obwohl es zum Hof hinaus liegt, es ist groß und hell und ganz frei von Troddeln. Susanna, ich sehne mich so, du kannst dir gar nicht vorstellen, wie sehr!«

Eine Welle von Freude durchströmte Susanna, als sie Majas Brief zusammenfaltete. Jetzt würden sie zunächst die Reise nach Kalmar unternehmen; sie würden mehrere Tage in der Kutsche unterwegs sein und viel zu sehen bekommen, hatte Adrian Henderson gesagt. Und dann die Begegnung mit Mamsell Fryxell, von der sie sich so viel erhoffte! Und die Reise nach Hause zusammen mit der Mutter, einige Wochen daheim auf dem Pfarrhof – und schließlich endlich Stockholm!

»Oh, Maja«, sagte sie halblaut vor sich hin. »Wenn du dich sehnst, was meinst du, was ich erst tue? Ich bin so glücklich. Genauso egoistisch glücklich, wie er zu sein mir empfohlen hat – Adrian Henderson.«

Weit weg. Alles neu. Das habe ich mir damals selbst gesagt, als ich hierherfuhr, und jetzt habe ich es wieder vor mir. Aber diesmal ist es noch verlockender, eine noch größere Herausforderung. Damals war mein einziger Gedanke, von Einar wegzukommen, jetzt ist es mir gleichgültig, wo er ist und was er tut. Jetzt bin ich frei!

Sie steckte den Brief in die Tasche und wollte ihre Näharbeit wiederaufnehmen, da sah sie Mattias Stenberg den Gartenweg entlangkommen und winkte ihm zu.

Er nahm den Hut ab und winkte zurück. »Was machen Sie da?«

»Ich wende Laken.«

»Wie bitte?«

Susanna brach in Lachen aus und hielt das dünne Gewebe hoch. »Ein Laken wird in der Mitte am stärksten verschlissen«, erklärte sie. »Deshalb teilt man es längs, wendet die Teile und näht die Wegkanten zusammen, die vorher außen waren. Dann hält es noch einige Wäschen aus.«

»Das klingt genauso langweilig wie eine deutsche Grammatik«, sagte Mattias und setzte sich ins Gras neben sie. »Warum beschäftigen Sie sich damit?«

»Ich verdiene mir Essen und Unterkunft. Wir wollen nach Rostad reisen, sobald Connie kräftig genug ist. Aber das dauert noch einige Tage, und das Schuljahr ist ja zu Ende. Einen Lohn bekomme ich also nicht mehr.«

»Ich auch nicht. Ich fahre jetzt, Susanna.«

»Wohin?«

»Zu meiner Schwester nach Värmland, den Sommer über, wie üblich. Und dann nach Lund. James und Percy werden auf dem Gymnasium in Eksjö angemeldet.«

»Und meine Mädchen sollen nach Rostad.«

Sie blickten einander an. Es würde lange dauern, bis sie sich wiedersehen würden, und es war, als würde ihnen das erst jetzt bewußt. Still saßen sie da.

»Ja«, sagte Mattias schließlich. »Wir haben es so gewollt, darauf haben wir hingearbeitet. Aber trotzdem, jetzt, da alles Wirklichkeit werden soll, ist es doch ein sonderbares Gefühl.«

Susanna dachte: Ich werde dich vermissen, das nette Beisammensein, deine Freundschaft … Sie erinnerte sich plötzlich an Hedvigs Worte: Der Lehrer glotzt Sie an wie ein krankes Kalb … Sie wurde blutrot.

»Ob es Ihnen in Lund gefallen wird?« fragte sie schnell.

»Natürlich, bestimmt wird es mir gefallen. Wird es Ihnen in Stockholm gefallen?«

»Da bin ich ganz sicher. So viel Neues! Und es sind vier Jahre ...«

»Bei mir wird es auch so lange dauern. Armer Student.«

»Armes Seminarfräulein.«

Mattias schaute zu ihr auf. Er riß einen breiten, langen Grashalm ab und klemmte ihn zwischen die Daumen. Dann blies er darauf und erzeugte einen durchdringenden Ton, scharf und schrill.

Susanna lachte; als Kind hatte sie es selbst viele Male gemacht. »Das war die Siegerfanfare«, sagte sie. »Die Fanfare, die verkündet, daß wir beide, jeder an seinem Platz, die Ausbildung schaffen.«

»Und dann?«

»Das kann niemand wissen.«

Ich kann dir nicht sagen, was ich dir am liebsten sagen möchte, dachte Mattias. Ich kann es nicht, weil ich dir nichts anzubieten habe. Aber wenn es ist, wie du sagst, und ich weiß, daß du es so meinst – wenn es also die Siegesfanfare ist, dann werden wir uns wiedersehen.

Hedvig Henderson sagte bedächtig: »Ich beabsichtige nicht, mit nach Rostad zu kommen.«

»Aber ...«, begann Susanna.

»Meine Entscheidung ist meine Sache. Sie tun natürlich das, was Sie für richtig halten, Mamsell Lindman. Im übrigen kann Gutsbesitzer Henderson die Mädchen gewiß auch allein dorthin begleiten. Das Ganze war schließlich seine Idee.«

Susanna stand einen Augenblick wie vor den Kopf geschlagen da. Hedvig sprach, ohne sie anzusehen; sie hatte das Gesicht abgewandt, die Schultern waren hochgezogen und angespannt. Die Stimme klang tonlos, aber der scharfe Ton war nicht zu überhören.

»Das ist schade«, sagte Susanna vorsichtig. »Möchten Sie wirklich nicht die Schule der Mädchen sehen? Sie haben doch selbst einst dort gelebt.«

»Ich dachte, ich hätte mich klar genug ausgedrückt. Nein, ich möchte nicht hin.«

Susanna schwieg. Darauf gab es nichts zu antworten; eine weitere Frage würde eher weh tun. »Ich möchte sehr gern mitfahren«, sagte sie nur. »Ich habe mich darauf gefreut, Mamsell Fryxell kennenzulernen.«

»Aha, also dann, bitte.«

Adrian Henderson hatte für sie alle Zimmer in einem Familienhotel in Kalmar gemietet. Am Nachmittag stand Susanna in ihrem Zimmer und knüpfte das Band ihres Sommerhutes unterm Kinn. Sie wagte nicht, in das Zimmer zu gehen, das Connie und Angela mit ihrer Mutter teilten, um die beiden zu holen; ihr grauste davor, wieder Hedvig zu begegnen. Sie ging hinunter in das kleine Gemach im Erdgeschoß, wo Adrian Henderson wartete.

»Der Wagen ist vorgefahren«, sagte er und erhob sich. »Wo bleiben die Mädchen und ihre Mutter?«

»Frau Henderson hat – hat Migräne«, stotterte Susanna und wurde dunkelrot. Sie war keine gute Lügnerin und haßte es, ihm ins Gesicht lügen zu müssen. Aber sie wußte nicht, was sie sonst hätte sagen sollen.

Er lächelte und zog die schwarzen Augenbrauen hoch. »Aha, so«, sagte er. »Manchmal ist es gut, Migräne zu haben. Aber die Mädchen – ach, da kommen sie ja.«

Connie ist abgemagert nach ihrer Krankheit, dachte Susanna. Aber ihre Augen blicken wieder klar, und jetzt freut sie sich. Angela, der kleine Troll, ist lebhafter und lustiger. Doch Connie steht meinem Herzen näher.

»Es gibt einen hübschen Park um Rostad«, erzählte Adrian Henderson. »Deswegen waren die Bewohner von Kalmar sehr besorgt, als der Hof verkauft wurde und eine Schule darin eingerichtet werden sollte; man befürchtete, es werde streng und ernst zugehen da draußen. Aber die Leute kannten Cecilia Fryxell noch nicht.«

Susanna saß neben Adrian Henderson in der bequemen Kutsche, die Mädchen saßen auf dem Rücksitz.

»Oh«, platzte Susanna heraus, als Rostad in Sichtweite kam. »Wie hübsch! Und so groß. Es sieht aus wie ein Herrenhof mit den Pfeilern davor. Ich hätte nie geglaubt ...«

Sie sah die Mädchen an. Connie hatte plötzlich Farbe auf den Wangen, ihre Augen waren aufgerissen und rund. Angela saß dicht neben ihr. Die beiden hielten einander fest an den Händen.

Sehr bald knicksten sie vor Mamsell Fryxell. Sie waren die Treppe hinauf in den großen Salon geführt worden, ein lichter Raum mit hohen Fenstern. Gutsbesitzer Henderson verneigte sich knapp, die Mädchen knicksten hinter ihrer Gouvernante, sie wagten kaum aufzusehen. Aber Susanna schaute Cecilia Fryxell an. Und konnte ihren Blick nicht abwenden.

Eine Persönlichkeit, hatte Adrian Henderson gesagt. Susanna sah eine kleine Dame vor sich, nicht mehr jung, nicht besonders hübsch, aber mit feinen Gesichtszügen und einem Blick, der Susanna die Beklemmung nahm. In Mamsell Fryxells Nähe, unter ihrer Obhut, würden Connie und Angela es gut haben.

Warum, ach, warum, ist es ihrer Mutter nicht gut ergangen?

»Wer ist jetzt Constance, und wer ist Angela?« fragte Mamsell Fryxell. »Willkommen auf Rostad, meine Kinder. Mamsell Uddenberg wird euch herumführen und euch alles zeigen – und Ihnen auch, Herr Henderson.«

Susanna blieb sitzen. »Es sind liebe Mädchen«, sagte sie schüchtern, als die anderen draußen waren, »Connie – Constance – ist eine Zeitlang sehr krank gewesen, aber sie hat sich gut erholt. Angela ist auf ihre Art ein Schelm, aber im Grunde ihres Herzens gut und ...«

»Da ist sie nicht die einzige an dieser Schule«, sagte Cecilia Fryxell lächelnd. »Wir haben viele von ihrer Art. Aber Sie selbst, was werden Sie machen, wenn Sie nicht mehr die Gouvernante der Mädchen sind?«

Susanna erzählte. Sie wußte nicht, wie eifrig ihre Stimme klang, als sie von den Freundinnen sprach, die sie auf dem Seminar in Stockholm gewinnen würde, und von ihrer Sehnsucht danach, zu lernen und zu lehren. Mamsell Fryxell hörte zu.

»Ich gratuliere Ihnen«, sagte sie, als Susanna verstummte. »Ich gratuliere Ihnen und den Schülern, die Sie später haben werden. Vielleicht sehen wir uns wieder, Fräulein Lindman, man kann nie wissen. Und Sie werden die Verbindung zur Familie auf Berga vermutlich aufrechterhalten?«

»Das möchte ich gern«, antwortete Susanna ein wenig niedergeschlagen. »Jedenfalls zu den Mädchen und dem Onkel ihres Vaters, zum Herrn Gutsbesitzer, meine ich. Aber Frau Henderson ist nicht gerade – sie wird es nicht wollen.«

Jetzt rede ich schon wieder zuviel, dachte sie. Mamsell Fryxell muß mich für geschwätzig halten. Aber es heißt ja: Wes' Herz voll ist ... Und ich habe niemanden gehabt, mit dem ich über das, was mich bewegt, hätte sprechen können.

»Es ist schon lange her«, sagte Cecilia Fryxell bedächtig. »Aber ich erinnere mich sehr gut an sie, Hedvig Blomberg, so hieß sie als Mädchen. Eines Tages stellte sie mir ihren Verlobten vor. Und in dem Jahr verließ sie dann auch das Pensionat.«

Eine Weile saß sie still da, ehe sie fortfuhr: »Ich mochte ihn nicht. Er schien sehr von sich eingenommen.«

»Dazu hat er wahrhaftig keinen Grund«, sagte Susanna verdrossen. »Und was wäre er ohne seinen Onkel. Adrian Henderson hat entschieden, daß Connie und Angela nach Rostad kommen.«

»Ich weiß. Ich habe so manches gehört von Freunden, die ich in der Gegend habe. Nein, ganz so meine ich es nicht. Aber Edward Henderson muß ihr – Hedvig – das bißchen Selbstwertgefühl genommen haben, das ohnehin nicht sehr groß war. Sie war keine glänzende Schülerin, aber sie war ehrgeizig. Er hatte sehr egoistische Vorstellungen von der Rolle der Frau, damit steht er natürlich nicht allein da, aber trotzdem! Ich denke mir, daß Hedvig zu oft nachgegeben hat.«

»Ja«, sagte Susanna. »Ja, das hat sie getan. Und jetzt – sie ist auch mit uns gefahren, aber sie wollte nicht nach Rostad herauskommen.«

»Ich kann sie verstehen«, sagte Mamsell Fryxell. »Sie hat ihre Träume gehabt. Aber ich hätte sie gern wiedergesehen.«

Susanna wußte nicht, was sie antworten sollte; sie fühlte sich unbeholfen und unsicher. Leise sagte sie: »Ich bin so froh, daß die Mädchen hierherkommen.«

»Danke. Ich fühle, daß Sie es so meinen. Ich wünsche Ihnen Glück. Und sollten Sie einmal das Bedürfnis haben, mich zu treffen, dann finden Sie mich hier. Das heißt, solange ich noch leben und arbeiten darf.«

Gesundheitlich wirkt sie nicht sehr stark, dachte Susanna und erhob sich. Aber Seele und Gemüt scheinen um so stärker zu sein. Wie ich mich freue, daß ich sie kennenlernen durfte.

Die Mädchen kamen mit Mamsell Uddenberg zurück; Adrian Henderson verneigte sich zum Abschied. Er warf Susanna einen Blick zu. »Sind Sie bereit zu fahren?«

Susanna senkte den Kopf und knickste, genau wie Connie und Angela.

»Möchtet ihr denn wiederkommen?« fragte Cecilia Fryxell lächelnd.

»O ja, das möchte ich«, sagte Angela und knickste noch einmal.

»Und Connie?«

»O ja«, sagte Connie leise.

Mamsell schaute von ihr zu Susanna und wieder zurück.

»Ich freue mich auf euch, meine lieben Kinder«, sagte sie.

»Nun?« fragte Adrian Henderson, als sie auf dem Rückweg nach Kalmar waren.

»Wie sie möchte ich auch einmal werden. Sie ist so klug und trotzdem so fröhlich, so freundlich.«

»So sind Sie doch jetzt schon«, sagte Connie. Sie beugte sich vor und nahm Susannas Hand. »Sie sind auch so gut wie Mamsell Fryxell.«

Adrian Henderson lachte. »Du hast recht, Connie«, sagte er. »Ich bin ganz deiner Meinung.«

Er lehnte sich zurück und nahm den Hut ab. Der Sommerwind zauste in seinem weißen Haar, und er blinzelte in die Sonne. Leise begann er, vor sich hin zu pfeifen, eine lustige kleine Melodie. Susanna hatte sie nie zuvor gehört, dennoch klang sie ihr noch den ganzen Abend in den Ohren.

Am nächsten Tag machten sie sich auf die Heimreise nach Berga.

IX

Die Hitze in der Kutsche war drückend, und die Reisenden sehnten sich nach einem Windhauch. Die Pferde kamen gut voran, aber die schwüle Wärme lag wie eine feuchte Decke über ihnen allen. Adrian Henderson saß in seiner Ecke, sein Gesicht war plötzlich zerfurcht und grau. Hedvig hielt sich gerade, aber an ihren Schläfen bildeten sich Schweißtropfen, die ihr über die Wangen liefen, ohne daß sie den Versuch machte, sie wegzuwischen. Auf der hinteren Bank hingen Connie und Angela, keine von beiden sagte ein Wort, keine hatte die Kraft aufzuschauen.

Noch zwei Tage, dachte Susanna. Diesen ganzen Tag und morgen. Erst gegen Abend können wir zurück auf Berga sein. Ich möchte wissen, ob es in Jönköping genauso drückend schwül ist. Mutter ist jetzt seit fast einer Woche dort. Während wir unterwegs waren, ist sie bei Tante Betty gewesen. Ich werde zu ihr fahren, sobald ich kann, auf Berga hält mich nun nichts mehr. Connie und Angela werden es auf Rostad gut haben, und ihre Eltern müssen sich um sich selbst kümmern. Sie gehen mich nichts an.

Ich werde Adrian Henderson vermissen. Er hat mich gebeten, ihm zu schreiben und von meinen Studien zu berichten, das werde ich gern tun. Es ist nicht dasselbe, wie mit ihm zu sprechen, aber das hilft nichts. Dafür bekomme ich so viel anderes.

Wie heiß es ist! Ich habe das Gefühl, als hätte ich Ameisen am ganzen Körper, wie das juckt und brennt. Und es dauert noch Stunden, ehe wir ein Wirtshaus erreichen, wo wir uns waschen und umkleiden können. Connie ist weiß wie ein Bettlaken, hoffentlich wird sie nicht wieder krank. Hier in der Kutsche – das wäre eine schlimme Geschichte. Aber sie ist vermutlich nur müde, und das ist kein Wunder. Wenn nicht einmal Angela noch Kraft hat, etwas zu sagen.

»Morgen«, sagte Adrian Henderson plötzlich, »morgen werden wir die Mittagszeit meiden. Wir fahren in den frühen Morgenstunden und ruhen uns am Tag aus. Die Abende sind hell, dann können wir weiterreisen.«

Niemand widersprach ihm. Hedvig saß da, als habe sie nichts gehört, die Mädchen hatten gelernt zu schweigen, wenn sie nicht gefragt wurden. Susanna nickte nur stumm.

Aber dann drehte Hedvig den Kopf. Sie sprach abgewandt von Adrian, aber es gab keinen Zweifel daran, daß ihre scharfen Worte ihm galten: »Es gibt vollkommen überflüssige Reisen. Man sollte sie vermeiden.«

Angela war an Connies Schulter eingeschlafen, aber Connie sah hastig auf. Susanna fing ihren Blick auf und schüttelte leicht den Kopf. Das wäre gar nicht nötig gewesen; Connie wagte nicht, den Mund zu öffnen.

Adrian verzog keine Miene. Er sagte nur: »Die Reise nach Rostad war nötig. Das mußt du einsehen, Hedvig.«

Die kühle Stimme erstickte alle Proteste. Hedvig sagte nichts mehr, sie strich sich mit feuchten Fingern über die Augen.

Doch Adrian gab sich nicht zufrieden. »Nicht wahr?«

Sag nichts mehr! dachte Susanna außer sich. Sie ist übermüdet und erschöpft, ihr geht es überhaupt nicht gut. Zwing sie nicht, mit Worten nachzugeben, das hat sie doch im Handeln längst getan.

»Es ist wirklich sehr warm«, sagte er. »Beim nächsten Wirtshaus legen wir eine Rast ein und schauen, daß wir etwas Kaltes zu trinken bekommen. Dann wird es dir bessergehen, Hedvig.«

Die Anzüglichkeit in seiner Stimme war nicht zu überhören, aber Hedvig antwortete nicht. Sie hatte ihr Gesicht in den Händen verborgen. Susanna holte ein sauberes Taschentuch hervor und spritzte ein wenig Lavendelwasser darauf. Das steckte sie in Hedvigs Hand, aber Hedvig stieß es beiseite. Ziemlich verblüfft schob Susanna die Riechwasserflasche und das Taschentuch zurück in ihren Reisebeutel, und Adrian Henderson lächelte.

Spät am Abend des nächsten Tages erreichten sie endlich Berga. Emma kam ihnen entgegen, um sie zu empfangen, doch Adrian Henderson war schon ausgestiegen und half Hedvig aus der Kutsche; Hedvig schwankte, als sie den Fuß auf die erste Treppenstufe setzte. Susanna stieg leichtfüßig aus, aber Connie stolperte und wäre fast gefallen.

Emma fing sie in ihren Armen auf. »So«, sagte sie, »armes Kind, du bist ja ganz erschöpft.«

Hedvig öffnete den Mund, wie um zu sagen: Das sind wir alle. Aber sie sagte es nicht, sie sah Edward an, der auf der Verandatreppe erschien.

»Du bleibst doch wohl über Nacht, Onkel?«

Kein »Willkommen zu Hause!«. Kein »Die Reise muß ja sehr ermüdend gewesen sein«.

Susanna preßte die Lippen zusammen und legte einen Arm um Connie. »Ich bring dich ins Bett.«

»Danke«, sagte Hedvig, aber Edward fiel ihr ins Wort: »Für Mamsell Lindman ist Post gekommen. Zwei Briefe. Sie sind von Ihrer Mutter in Jönköping aufgegeben. Ich habe von der Krankheit dort gehört …«

Wenn einem bis vor kurzem noch so entsetzlich heiß war, wie konnte man dann plötzlich zu Eis erstarren? Susanna stand regungslos da. Sie hielt Connie nicht mehr umschlungen; Emma nahm die beiden Mädchen mit ins Haus. Susanna merkte nichts.

»Die Krankheit in Jönköping?« fragte Adrian scharf.

»Man hat ja lange geglaubt, die Schwüle sei die Ursache. Aber es ist anscheinend etwas anderes und Schlimmeres; die Magenbeschwerden wollen einfach nicht nachlassen. Und man muß sich wohl fragen, ob ...«

»Wo sind die Briefe?«

Susannas trockene Lippen spannten, als sie sprach.

»Wir können etwas später darauf zurückkommen. Jetzt ist die Frage, ob mein Onkel uns die Ehre gibt und zum Abendessen und über Nacht bleibt.«

»Gib Fräulein Lindman die Briefe.«

Adrian Hendersons Gesicht war wie aus Holz geschnitzt, Edward wandte sich mürrisch ab und ging ins Haus.

»Wir wollen nicht hier draußen stehenbleiben«, sagte Adrian dann. »Die Kutsche kann warten, bis Sie die Briefe gelesen haben.«

Er hielt Susanna die Tür auf. Susanna wußte nicht, ob sie oder Hedvig voran ins Haus gingen; plötzlich saß sie auf einem Stuhl am Fenster im Salon und hielt ihre beiden Briefe in der Hand. Das Datum war deutlich zu entziffern, sie öffnete den Brief, der zuerst gekommen war.

»Meine liebe kleine Tochter«, fing er an.

Es war ein lebhafter und lustiger Bericht über die lange Reise von Bosarp nach Jönköping, über Bettys reich ausgestattetes Zuhause, das so anders war als Ulrikas eigenes, und über das nette Zusammensein der ersten Tage.

Dann las Susanna: »Es heißt, in der Stadt grassieren sonderbare Magenbeschwerden, sie kommen wahrscheinlich von der schweren Hitze und den unguten Dünsten, die von den versiegenden Brunnen aufsteigen, sogar aus dem See. Betty hatte einen leichten Anflug der Krankheit, und ich konnte mich um sie kümmern und mich ein wenig des Haushaltes annehmen. Evelina ist offenbar über alle Hausarbeit erhaben, und die Magd hat nicht gelernt, selbständig zu arbeiten – aber sag um nichts in der Welt etwas zu jemandem, wenn Du kommst! Vielleicht sollte ich mich schämen, daß ich Dir dies erzähle, Betty ist schließlich meine eigene Schwester. Aber sie ist keine einfache Patientin, abwechselnd nörgelig und fordernd, und ich bin ziemlich müde, ehrlich gesagt. Ich freue mich, wenn Du kommst, liebes Kind, dann können wir nach Hause fahren. Du bist jetzt von der Reise nach Rostad zurückgekehrt, nehme ich an. Laß mich bitte wissen, wie bald Du bei mir sein kannst.«

Susanna saß regungslos da mit dem steifen Papier in der Hand.

»Nun?« fragte Adrian.

»Meine Tante hatte eine merkwürdige Magenkrankheit. Und Mutter schreibt, daß sie sie gepflegt hat, und jetzt ist sie ziemlich müde.«

»Dann wollen wir hoffen, daß der zweite Brief erfreulichere Nachrichten enthält.«

Aber Adrian Henderson war blaß geworden. Die Krankheit hatte möglicherweise schon früher begonnen, und er wußte, was für Gerüchte seit Wochen umgingen. Er räusperte sich heftig. »Wir wollen hoffen, daß der zweite Brief erfreulichere Nachrichten enthält«, wiederholte er.

Doch er glaubte nicht an das, was er sagte. Er erinnerte sich nur zu gut. Seit dem letzten Mal waren sieben Jahre vergangen; da hatte man das Jahr 1865 geschrieben.

Auch jener Sommer war schwer und heiß gewesen, schwül und drückend. Die Tage vergingen, die Wochen, aber Regen wollte nicht kommen. In den Brunnen sank der Wasserspiegel, immer mehr Menschen holten sich Wasser direkt aus dem Vättersee. Die Luft stand still über den Dächern. Es wurde immer wärmer.

Erschreckende Gerüchte verbreiteten sich. Ein Reisender war in die Stadt gekommen und plötzlich in einem Wirtshaus gestorben; der Doktor war noch bei ihm gewesen, konnte aber nicht sagen, welche Krankheit den Reisenden das Leben gekostet hatte. Der Fremde wurde auf dem Friedhof der Stadt begraben; der Wirt, seine Frau und der Stallknecht folgten ihm dicht hintereinander. Sie waren die ersten, die starben, und sie waren nicht die letzten.

Über die Bewohner der Stadt kam eine große Müdigkeit. Krankheit und Magenschmerzen wurden immer schlimmer, Krämpfe und Durst plagten die Menschen. Niemand wußte, wie die Ansteckung erfolgte, nur daß die Krankheit wütete und ohne Rücksicht auf Stand und Reichtum gnadenlos zuschlug. Einige warfen sich hilflos tage- und nächtelang in ihren Betten herum, andere starben nach nur wenigen Stunden. Die Glocken läuteten ohne Unterlaß, und an den Straßenecken brannten Teerfeuer mit dickem Rauch. Der sollte die Luft reinigen, aber das tat er nicht. Und Tag und Nacht rollten Karren, die die Toten abholten, mit schweren Rädern durch die Straßen.

Nicht immer war genug Zeit, die Familiengräber zu öffnen. Es gab Massengräber, in denen der Kalk siedete und brodelte …

Adrian Henderson erinnerte sich an alles, was geschehen war. Er erinnerte sich auch daran, daß damals niemand Jönköping verlassen durfte, und niemand kam hinein. Wenn es war, wie er befürchtete, dann durfte Susanna nicht zu ihrer Mutter reisen, auch dann nicht, wenn die Mutter nicht ernstlich krank war. Er würde sie auf jeden Fall daran zu hindern versuchen. Er sah zu ihr hin; sie saß da mit dem ungeöffneten Brief in den Händen.

»Lesen Sie auch den zweiten Brief«, sagte er schroff.

Sie öffnete ihn und las.

»Liebste«, begann er. Die Handschrift hatte sich im Vergleich zum ersten Brief verändert, sie war unsicher und fahrig. »Liebste, jetzt bin ich offenbar an der Reihe. Nun bin auch ich erkrankt, dieselbe Krankheit wie Bettys. Warte bitte mit dem Kommen, meine Liebe, Du sollst Dich nicht auch noch anstecken. Du wirst sehen, bald bin ich wieder gesund. Deine Mutter.«

»Ist Ihre Mutter jetzt auch erkrankt?«

»Ja. Dieselbe Krankheit. Sie möchte nicht, daß ich komme. Ich muß sofort hinfahren.«

»Wenn es das ist, was ich glaube ...«, begann er.

Sie schaute auf. Sein Gesicht war tiefernst; es war ein Mitleid darin zu lesen, das sie noch nie gesehen hatte, und sie begann zu zittern. Sie hatte sich ja auch schon Gedanken gemacht, die schlimmsten Gedanken.

»Sie glauben – Sie meinen – es könnte ...«

Er machte eine kleine Handbewegung, und sie verstummte.

»Genaues kann man nicht wissen. Noch nicht.«

Hedvig stand plötzlich neben ihr, eine blasse Hedvig, die nichts sagte. Susanna wollte allerdings auch nicht, daß sie etwas sagte, ihr Mitleid würde sie schwer ertragen. Adrians ja, aber nicht das Mitleid von einer anderen Person.

Er hielt ihren Blick fest. »Es ist spät«, sagte er. »Versuchen Sie, sich heute nacht auszuruhen, so gut es geht. Morgen ist ein neuer Tag, und dann wollen wir sehen, was wir machen können. Heute abend kann ohnehin nichts mehr passieren.«

Nichts weiter, als daß vielleicht ein Mensch stirbt, dachte Susanna, aber sie senkte nur den Kopf und erhob sich. Hedvig blieb neben ihr stehen, sie rührte sich nicht.

Hausherr Edward kam hereingepoltert. »Wie nett, daß du bleibst, Onkel. Jetzt wollen wir uns endlich stärken, wir freuen uns ...«

»Danke, ich möchte nichts. Ich rede noch mit meinem Kutscher, dann ziehe ich mich zurück. Aber sag dem Mädchen, sie soll Fräulein Lindman ein Tablett aufs Zimmer bringen.«

Hedvig nickte.

Edward stand mit offenem Mund da. »Aber, ich muß schon sagen ...«

Susanna hatte keine Kraft, gegen ein Tablett mit dem Abendessen zu protestieren. Sie ging hinaus in den Vorraum und dann die Treppe zum Dachgeschoß hinauf, aber bei jeder Stufe mußte sie genau hinschauen, damit sie sich erinnerte, wie man eine Treppe hinaufging.

Angela saß auf ihrer Bettkante und schielte neugierig zu Susanna. Connie hatte Susannas Bett aufgedeckt, die Kissen aufgeschüttelt und ihr Nachthemd bereitgelegt. Sie stand in der Tür zwischen den Zimmern. »Mamsell«, sagte sie schüchtern, »Mamsell, ich war doch auch so krank. Aber es ist vorbeigegangen, und ich bin wieder gesund geworden.«

Woher weißt du es? hätte Susanna sie fragen mögen, aber ihre Lippen waren so trocken, daß sie keine Worte formen konnte. Emma muß es den Mädchen erzählt haben, anders hätten sie nicht erfahren können, daß meine Mutter krank ist.

»Ja«, sagte sie nur. »Du bist wieder gesund geworden. Das ist ein Trost, daran werde ich denken.«

Sie lächelte Connie an, und das Mädchen brach in Tränen aus.

»Oh, Mamsell ...«

Susanna nahm sie in die Arme und spürte, wie die schmalen Schultern bebten.

»Connie«, sagte sie leise. »Jetzt bin ich ja nicht mehr eure Gouvernante, willst du mich nicht Susanna nennen – und du auch, Angela? Das würde mir helfen, mich nicht ganz so einsam zu fühlen.«

»Gern«, begann Angela und kicherte. »Besonders, wenn Herr Stenberg abgefahren ist, und ...«

Connies Blick brachte sie zum Schweigen. »Das möchte ich gern«, sagte Connie weich. »Es ist so ein hübscher Name. Susanna ...«

Emma stand mit dem Tablett in der Tür. »Frau Henderson möchte, daß die Mädchen zum Essen nach unten kommen. Die Jungen sitzen schon am Tisch.«

»Müssen wir auch im Eßzimmer sitzen?«

»Nein, davon war nicht die Rede. Ich habe wie üblich im Frühstückszimmer gedeckt.«

»Ich bin heute abend so müde«, sagte Connie niedergeschlagen. »Ich hab keine Kraft.«

»Bitte, meine Kleine. Es ist besser, du gehst nach unten.«

Emma stellte das Tablett auf den Tisch, und die Mädchen schlurften zur Treppe. Susanna sah auf die dampfende Bouillontasse. Ihr drehte sich fast der Magen um.

»Versuchen Sie bitte, etwas zu trinken. Sie brauchen Ihre Kräfte noch.«

»Emma«, sagte Susanna langsam, »hast du noch was aus Jönköping gehört? Hat jemand noch mehr erzählt? Von dieser Krankheit, meine ich.«

»Doch, sicher, es ist eine Menge geredet worden. Aber man weiß ja nie, ob das alles stimmt.«

»Was hat man gesagt?«

»Na ja, daß sie Teerfeuer entfacht haben, das weiß man ja. Das versteht man, das haben sie beim letzten Mal auch gemacht. Aber sie sagen, das Schlimmste ist, daß die Ärzte keine Kraft und Zeit mehr haben, sich um alle Kranken zu kümmern, also die Ärzte, die noch da sind. Zwei sind schon gestorben, sie wurden fast sofort angesteckt, und ...«

»Emma, du hast gesagt, du hast gesagt, beim letzten Mal auch. Dann weiß man sicher, daß es – Cholera ist?«

Emma starrte Susanna an, ihre Lippen zitterten. »Auf die Weise sollten Sie es nicht erfahren. Ich war so sicher, daß Mamsell es weiß.«

X

Susanna hätte nicht sagen können, wie die vielen Stunden jener Nacht vergingen. Sie lag auf ihrem Bett, gerade ausgestreckt, und irgendwo, weit entfernt, spürte sie, wie müde sie war. Die Hitze in der Kammer unterm Dach war drückend; die Bettdecke ertrug sie nicht. Sie lag in ihrem langen Nachthemd da und schaute zur weißgestrichenen Decke hinauf. Wie an jenem ersten Abend, als sie nach Berga gekommen war. Auch damals hatte sie zu den glatten Brettern hinaufgeschaut und sich nach ihrem eigenen Zimmer auf dem Pfarrhof von Bosarp zurückgesehnt. Das Dach dort wollte sie sehen, die aufgemalten Wolken trieben im Wind, und die gezeichneten Vögel flogen in ordentlichen Reihen hintereinander her. Dorthin sehnte sie sich, jetzt genauso intensiv wie damals.

»Möchten Sie, daß ich bei Ihnen sitze?« fragte Connie sehr leise aus ihrem Zimmer.

Angela schlief, aber Susanna hatte gehört, wie Connie sich in ihrem Bett herumwarf. Sie hatte gehofft, das Mädchen würde einschlafen, sie wußte, daß sie gern trösten, sprechen, beruhigen wollte. Susanna aber wollte nur eins: allein sein mit ihrer Sorge und ihrer Angst. Connie meinte es so gut. Es war schwer, ihre Freundlichkeit zurückzuweisen. Aber das Kind war klug, sie würde es verstehen.

»Das ist sehr lieb von dir«, antwortete Susanna genauso leise. »Du nimmst es mir sicher nicht übel, wenn ich sage, daß ich am liebsten ganz still sein möchte. Und außerdem bist du ja selbst erst krank gewesen, und die Reise war lang. Du mußt dich ausruhen.«

»Ich verstehe«, sagte Connie. »Manchmal hält man alles nur aus, wenn man ganz allein ist.«

Du bist gerade erst vierzehn Jahre alt, dachte Susanna. Wie kannst du das wissen? Aber in einem Zuhause wie diesem, in einer Familie wie dieser, da erfährt man so etwas vermutlich frühzeitig.

»Ja«, sagte Susanna nur.

Sie hörte, wie Connie tief seufzte und sich noch einmal umdrehte. Dann wurde es ganz still. Von Angela kamen leise Schlafgeräusche. Connie atmete lautlos. Aber sie schliefen beide.

Cholera, dachte Susanna. Nicht alle sterben an Cholera, manche überleben. Tante Betty – wenn sie also Cholera hatte, dann hat sie überlebt. Jetzt ist sie an der Reihe, sich um Mutter zu kümmern. Ob sie es tut? Tante Betty hatte immer das Recht gefordert, von dem sie meinte, es stehe ihr zu; wenn jetzt Mutter Recht auf dieselbe Fürsorge und Mitgefühl hat, bekommt sie dann auch alles? Ich weiß es nicht. Ich möchte bei ihr sein, ich will, daß es ihr so gutgeht, wie es nur möglich ist. Ich muß nach Jönköping.

Morgen ist ein neuer Tag, das hatte Adrian Henderson gesagt. Und er wird mir helfen, er wird alles tun, was in seiner Kraft steht. Das weiß ich, dessen bin ich sicher. Hedvig meint es gut, aber sie kann nichts tun, Hausherr Edward – nein. Er wollte mir nicht einmal die Briefe sofort aushändigen, stand bloß da und schmeichelte sich bei seinem Onkel ein. Von ihm ist nichts Gutes zu erwarten. Aber Adrian Henderson wird mir helfen. Er versteht, daß ich unbedingt zu meiner Mutter muß.

Langsam ließ die Spannung in ihrem Körper nach. Durchs Fenster strich Nachtkühle herein. Sie spürte, wie Arme und Beine immer schwerer wurden, wie das grauweiße Dunkel sie in die Arme nahm und zur Ruhe wiegte. Schon halb im Schlaf hörte sie Adrians ruhige Stimme: Morgen ist ein neuer Tag. Heute abend kann ohnehin nichts mehr passieren.

Sie schlief ein, bevor sie sich daran erinnerte, was sie gedacht hatte, nachdem er das gesagt hatte: Nichts weiter, als daß vielleicht ein Mensch stirbt.

Die Dämmerung war gerade erst angebrochen, da fuhr eine Kutsche vor der Treppe vor. Susanna hörte keine Stimmen, auf dem Hof war es ganz still. Nur ein Pferd schnaubte, als ob es ihm nicht gefiele, so früh angespannt zu werden. Susanna stand auf, stolperte jedoch über den Saum ihres Nachthemdes und sah nur noch die Kutsche vom Hof rollen. Es war Adrian Hendersons Kutsche.

Susanna blieb am Fenster stehen und sah ihr nach. War etwas passiert? Fuhr er fort, um mehr in Erfahrung zu bringen? Die Luft war jetzt am Morgen angenehm frisch, und Susanna atmete tief ein. Für einen Augenblick fühlte sie sich besser.

Etwas mußte geschehen sein. Sie ging zum Waschtisch und wusch sich vorsichtig, um die Mädchen nicht zu wecken. Auf Strümpfen schlich sie die Treppe hinunter. Aber niemand war zu sehen, und die Tür zu Edwards und Hedvigs Schlafzimmer war geschlossen. Susanna tappte in die Küche.

Emma kniete vor dem Herd und blies in die Glut. Sie sah zu Susanna auf und schüttelte den Kopf. »Hätte Mamsell nicht ein wenig länger schlafen können? Es ist doch gerade erst fünf.«

»Aber du bist ja auch auf, Emma. Was ist passiert? Ich habe die Kutsche gesehen.«

»Der Herr Gutsbesitzer ist heute nacht krank geworden, ganz schwer krank. Ich habe auch nicht besonders gut geschlafen – ich habe mich so sehr gegrämt, weil ich gestern so dumm war zu erzählen …«

»Denk nicht mehr dran. Er ist krank geworden? Aber die Kutsche? Holt der Kutscher Hilfe?«

»Nein, bewahre. Der Herr Gutsbesitzer hat mich gebeten, Pelle zu wecken – den Kutscher, meine ich – und ihm zu sagen, er soll anspannen. Hier wollte der Herr Gutsbesitzer nicht krank herumliegen. Aber ihm ging es ja so schlecht, daß Pelle ihn fast hinaustragen mußte. Und der Herr Gutsbesitzer hat mich gebeten, Mamsell zu grüßen.«

Susanna stand regungslos da. In einen einzigen Menschen hatte sie all ihre Hoffnung und ihr Vertrauen gesetzt – wie sollte sie jetzt ohne ihn auskommen? Aber das war nicht das schlimmste. Das schlimmste war, daß Menschen, die sie liebte, hilflos zusammenbrachen – Mutter, Adrian Henderson. Und sie selbst stand hier und war genauso hilflos. Was sollte sie jetzt tun?

Sie sah Emmas Hand nicht, die sich ihr in einer ungeschickten Geste entgegenstreckte. Sie begann heftig zu zittern, aber sie weinte nicht. Ihre trockenen Augen brannten, sie konnte kaum noch klar sehen.

»Der Herr Gutsbesitzer hat gesagt, Sie sollen nicht den Mut verlieren«, sagte Emma leise. »Er läßt Ihnen ausrichten, daß er bald wieder gesund ist.«

Genau das hat Mutter in ihrem Brief auch geschrieben, genau dieselben Worte, dachte Susanna. Aber das sind Worte, die man sagt, um jemanden zu beruhigen und zu trösten, vielleicht nicht gerade Worte, die immer der Wahrheit entsprechen. Weil niemand sicher sein kann, diese Krankheit kann niemand kontrollieren. Man muß sie akzeptieren und tragen. Einen anderen Rat gibt es nicht.

Sie nickte Emma zu, brachte jedoch kein Wort hervor, ging nur schweigend wieder die Treppe hinauf in ihr Zimmer und hockte sich auf die Bettkante. Vor dem Fenster saß ein Vogel in der hohen Birke. Er sang, jubelnd laut und klar, trillerte in munteren Kaskaden. Plötzlich fing Susanna an zu weinen.

»Aber warum um alles in der Welt, hast du uns nicht geweckt?« fragte Edward Henderson Emma gereizt. »Das ist doch wohl das mindeste, was man erwarten kann. Hast du denn gar nichts im Kopf?«

Ausnahmsweise ließ Emma sich nicht einschüchtern.

»Ich hab sehr wohl was im Kopf«, antwortete sie schroff. »Aber es ist mir nun mal aufgetragen worden, niemanden zu wecken, nur den Kutscher. Der Herr Gutsbesitzer wollte nach Hause.«

»Dann kann er ja nicht sehr krank sein.«

Edward ging zum Fenster und trommelte mit harten Fingerknöcheln gegen die Scheibe. Susanna sah seine Schultern nervös zucken.

»O doch, er ist wohl sehr krank«, beharrte Emma. »Aber wenn jemand sagt, was er will – ganz besonders, wenn es der Herr Gutsbesitzer ist –, dann führt man auch aus, was einem aufgetragen wird.«

Ganz besonders der Herr Gutsbesitzer ... Susanna biß sich auf die Lippe. Begriff Emma, was für einen Stich sie Edward Henderson versetzt hatte?

»Aha. Natürlich. Aber was macht das denn für einen Eindruck auf die Leute, wenn sie es erfahren? Daß mein Onkel den Hof zu einer weiten Reise verläßt. Als ob es ihm hier nicht gefiele. Als ob er uns nicht vertraute. Wenn er denn so krank ist, wie du sagst.«

Emma antwortete nicht, was hätte sie auch antworten sollen?

»Hat er keine Nachricht hinterlassen? Keinen Gruß?«

Die Magd wollte schon antworten: Doch, für Mamsell Lindman. Aber sie hielt ihren Mund. Sie sah nicht einmal zu Susanna, sie schüttelte nur den Kopf.

»Aha«, sagte Edward wieder, immer noch erzürnt. »Dann können wir wohl weiter nichts tun als abwarten. Ich nehme an, es wird eine Nachricht aus Jönköping kommen. Mamsell wird es doch wissen wollen.«

»Ja«, sagte Susanna.

»Edward«, sagte Hedvig plötzlich. »Mir ist Pfarrer Pilgren eingefallen. Er war doch in Jönköping im Dienst, bevor er hierher kam. Vielleicht kennt er dort jemanden, der etwas mehr darüber weiß, wie es in der Stadt aussieht.«

»Hm. Du weißt, was ich von Pfarrer Pilgren halte.«

Hedvig tat so, als habe sie nichts gehört. Sie wiederholte nur: »Jemand, der ein bißchen mehr weiß. Mir fällt niemand ein außer ihm.«

»Wir wollen nichts übereilen. Ist das Frühstück noch nicht serviert?«

»Das Frühstück wird serviert, wenn es die Herrschaften wünschen«, sagte Emma und ging zur Tür.

»Mamsell ißt wie üblich mit den Kindern«, sagte Edward hochmütig. »Meine Frau und ich habe etwas zu besprechen.«

Wie üblich, dachte Susanna. Alles ist wie üblich, die angespannte Stimmung, die Sticheleien über alle und alles. Und Mutter ist vielleicht sterbenskrank und Adrian Henderson auch. Aber hier auf Berga wird den Kindern und der Mamsell Frühstücksgrütze serviert, und die Herrschaften bekommen weichgekochte Eier.

Ich habe das Gefühl, als müßte ich platzen. Aber es geschieht nicht, alles läuft einfach so weiter.

Nicht den Mut verlieren. Das war Adrian Hendersons Gruß an mich. Ich möchte wissen, ob er weiß, was er von mir verlangt.

Nach dem Frühstück ging Susanna in den Garten auf der Rückseite des Hauses, wo der Schatten tief und kühl war. Sie konnte nicht ruhig dasitzen, sie hatte auch nichts zu tun, rastlos ging sie auf und ab. Hedvig hatte die Mädchen zu sich gerufen, die Jungen waren verschwunden. Susanna war mit sich allein. Am liebsten hätte sie sich mit Emma unterhalten. Emma war immerhin diejenige, die Adrian am Morgen noch gesehen hatte. Mit ihr hatte er zuletzt gesprochen, sie war die einzige, die wissen konnte, wie ernst sein Zustand war. Aber Hedvig war auch in der Küche; es widerstrebte Susanna, Emma in ihrer Gegenwart zu fragen. Da gab es soviel, was man mißverstehen könnte … Nein, ihr blieb nichts anderes übrig, als ihre ruhelose Wanderung fortzusetzen. Dann dachte sie plötzlich: Pfarrer Pilgren? Frau Henderson hat seinen Namen genannt. Es war zu warm, um den weiten Weg zum Pfarrhof zu Fuß zu gehen, aber wenn sie vielleicht den kleinen Korbwagen leihen durfte? Mit Pferden kann ich umgehen, und die Öländer sind so brav. Dann würde ich allein hinfahren und mir Auskunft holen. Irgendwie muß ich erfahren, wie ich nach Jönköping gelange. Ganz gleich, was geschieht, ich muß nach Jönköping.

Ich habe niemanden, der mir jetzt hilft. Ich muß mich auf mich selbst verlassen und tun, was ich für richtig halte.

An der Tür begegnete sie Edward. Sie pflegte ihn nie von sich aus anzusprechen, um sich nicht unnötig seinen Anzüglichkeiten auszusetzen. Aber jetzt würde sie keine Stichelei aus dem Gleichgewicht bringen; ihre Angst war wie ein Panzer.

Sie blieb direkt vor ihm stehen. »Darf ich den Korbwagen und die Öländer leihen?«

Edward legte den Kopf schief und musterte sie von Kopf bis Fuß. »Mamsell beabsichtigt doch wohl nicht, einen Ausflug nach Jönköping zu unternehmen?«

»Nein, nur zum Pfarrhof.«

»Vielleicht hat Mamsell noch nicht begriffen? Meine Einstellung zu Pfarrer Pilgren ist …«

»Ich habe gehört, was Sie gesagt haben. Aber diese Einstellung ist im Augenblick ohne Bedeutung für mich. Für mich kommt es darauf an, soviel wie möglich darüber zu erfahren, was mit meiner Mutter geschehen ist.«

Er preßte die Lippen zusammen, und Susanna dachte: Vielleicht ist es unbesonnen von mir, ihn zu reizen. Aber jetzt geht es mir wie Emma heute morgen – alles darf man sich nicht gefallen lassen!

»Kann eine junge Dame wie Mamsell wirklich mit Pferden umgehen?«

»Ja, das kann ich.«

»Mir ist es lieber, wenn das die Jungen übernehmen. James und Percy können Sie begleiten.«

Susannas Wangen wurden heiß, aber sie antwortete nicht. Das Wichtigste im Moment war, daß sie Pferde und Wagen leihen durfte.

»Danke«, sagte sie. »Dann werde ich nach ihnen suchen.«

Er sieht aus wie eine Ratte, wenn er so grinst, dachte sie. Geizig und spitz. Und diese gelben Zähne, die aufblitzen ...

»Das wird kaum Erfolg haben«, sagte er. »Ich habe sie mit einem Brief zu meinem Onkel nach Eketorp geschickt, um etwas über seinen Gesundheitszustand zu erfahren. Die Fahrt kann also nicht vor dem Nachmittag stattfinden.«

Er genießt es, seine Verachtung zu zeigen, dachte Susanna. Er genießt es, seine Macht zu zeigen. Das Gefühl habe ich beim Gutsbesitzer auch manchmal, aber es ist nicht das gleiche, keineswegs. Jeder fühlt sich mal überlegen. Ich denke nicht daran, ihn merken zu lassen, wie sehr er mich verletzt.

»Heute nachmittag ist mir auch recht«, sagte sie, und zu ihrer Genugtuung sah sie das Lächeln verschwinden. Sein Gesicht war wie immer, mürrisch und spitz.

Als Susanna endlich auf der heißen, staubigen Landstraße unterwegs war, saß sie allein auf dem Rücksitz des Korbwagens. James und Percy wechselten sich ab, die Zügel zu halten; die beiden Öländer kümmerte es nicht, wer von ihnen gerade Kutscher spielte. Sie trabten in dem Takt voran, der ihnen gefiel. Percy versuchte, sie mit Rufen anzufeuern, aber das war vergebliche Müh.

James versetzte dem Bruder einen irritierten Knuff. »Führ dich nicht so auf! Du schreist ja wie ein alter Zigeuner.«

Er warf Susanna einen verlegenen Blick zu, und sie nickte. Er war ein lieber Junge. Er glich Connie und war anderen gegenüber fürsorglich. Aber sie hatte keine Kraft, etwas zu sagen, sie wollte nicht reden. Mit im Schoß gefalteten Händen saß sie da, und jeder Meter Weg kam ihr endlos vor.

Pfarrer Lars Pilgren war nicht jung und nicht alt. Er hatte graugesprenkeltes gewelltes Haar und sehr dunkle braune Augen. Die große Nase, die aus seinem Gesicht ragte, verlieh ihm einen Ausdruck von Kampfeslust. Susanna konnte wohl verstehen, warum Edward Henderson seinen Seelsorger nicht mochte. Er hatte kein Patronatsrecht über ihn, auch kein anderes Recht. Bei dem Gedanken war sie nahe daran, mitten in all ihren Sorgen ein wenig zu lächeln.

Aber die braunen Augen des Pfarrers hatten jetzt keinen streitlustigen Ausdruck. Sie waren ernst und voller Mitleid. Susanna sah ihn an. Er brauchte nichts zu sagen, den Mund gar nicht zu öffnen. Sie wußte genau, was für eine Nachricht er für sie hatte.

»Frau Betty Jakobsson«, sagte er langsam.

»Meine Tante.«

»Ja. Sie hat sich an meinen Amtsbruder gewandt, und er hat mir geschrieben. Jönköping steht unter Quarantäne, niemand darf die Stadt betreten oder verlassen, aber die Post kommt an, bis jetzt jedenfalls. Ich konnte mir kaum vorstellen, daß die Situation noch schlimmer werden würde, aber es scheint der Fall zu sein.«

Sprich nicht so viel, dachte Susanna. Sag, was zu sagen ist. Ich ahne, was es ist, aber du sollst es in Worten ausdrücken, die du wählst. Sie sah ihn still an.

»Den Brief habe ich heute morgen bekommen«, sagte

Lars Pilgren. »Ich wollte sofort nach Berga hinüberreiten. Aber ich wurde zu einem Sterbenden gerufen, und das hatte Vorrang.«

»Ja«, sagte Susanna. »Tote stellen keine Forderungen mehr.«

Er nickte, und in seinen Augen blitzte etwas wie Achtung auf. »Aber die Überlebenden haben ein Recht, Forderungen zu stellen«, sagte er.

»Meine Mutter ist tot?«

»Ja, Fräulein Lindman. Ihre Mutter ist tot. Frau Ulrika Lindman ist noch am selben Tag gestorben, an dem sie erkrankte.«

Derselbe Tag, an dem sie mir ihren letzten Brief geschrieben hat. Es ist drei Tage her.

»Insofern war es ein gnädiges Schicksal, viele müssen sich lange quälen. Sie war nicht mehr als zwei Stunden krank.«

Zwei Stunden können sehr lang sein.

Als ob er ihre Gedanken gelesen hätte, sagte der Pfarrer: »Ja. Aber ihr sind die schrecklichsten Phasen der Krankheit erspart geblieben. Sie bekam heftiges Fieber, starke Bauchschmerzen und Krämpfe, verlor das Bewußtsein, und dann ist sie gestorben.«

Susanna saß still da. Sie weinte nicht. Sie hatte vom Krankheitsverlauf gehört und wußte, wie es sein konnte. Wie damals, als Connie krank war, nur schlimmer. Das Austrocknen, die Pein – sie sah zu Lars Pilgren auf. »Ich verstehe«, sagte sie nur. »Aber meine Mutter – wenn Jönköping unter Quarantäne steht, wie kann ich ihren Sarg nach Hause bringen? Nach Hause, damit mein Vater sie beisetzen kann – seine Frau. Zu Hause auf unserem Friedhof.«

Er schloß fest die Augen, aber nur für eine Sekunde. »Mein Amtsbruder hat auch darüber geschrieben«, sagte er. »Fräulein Lindman, es ist zu spät. Die Ansteckungsgefahr ist zu groß, die Toten werden am selben Tag beerdigt, an dem sie gestorben sind. Es wird keine Ausnahme gemacht.«

»Bedeutet das, sie ist im Familiengrab meiner Tante beigesetzt worden?«

Jetzt schaute er weg. »Es war keine Zeit, es zu öffnen. Ulrika Lindman ist in einem Massengrab beerdigt worden.«

XI

Die Fenster von Lars Pilgrens Arbeitszimmer sahen nach Norden; das niedrige Zimmer war geräumig und kühl. Susanna saß im Lehnstuhl auf der anderen Seite des Schreibtisches. Sie saß sehr still und wünschte, sie müßte sich nie mehr erheben, müßte nie mehr aufsehen und sprechen.

Ulrika Lindman ist in einem Massengrab beerdigt worden.

Susanna wußte, was das bedeutete. Sie hatte so ein Grab noch nie gesehen, aber sie konnte es sich vorstellen. Aus ihrer Kehle kam ein sonderbarer heiserer Laut. Sie lauschte und begriff nicht, daß sie ihn selbst hervorgebracht hatte.

»Ihre Tante erwähnt in ihrem Brief eine Frau Håkansson, Maria Håkansson in Eksjö. Sie schreibt, sie sei eine gute Freundin.«

»Meine Mutter kennt sie. Ich kenne sie nicht.«

Lars Pilgren hörte, daß Susanna sagte: »kennt« und nicht: »kannte«. Er tat so, als sei ihm das nicht aufgefallen.

»Sie wollen nicht zu ihr fahren? Wollen Sie lieber auf Berga bleiben?«

»Keins von beiden.«

Susannas Stimme war tonlos, und der Pfarrer fragte nicht weiter.

Dann fuhr sie fort: »Ich werde nach Hause fahren. Ich muß nach Hause zu meinem Vater.«

»Natürlich sollen Sie fahren. Ich dachte nur an die unmittelbare Zukunft. Aber wenn Ihnen jemand auf Berga behilflich ist ...«

Er sagt es so vorsichtig, dachte Susanna. Wenn Edward Henderson Pfarrer Pilgren nicht mag, dann gilt das umgekehrt wohl auch. Sie schaute auf und begegnete seinen Augen.

»Auf Berga gibt es niemanden, der mir helfen kann«, sagte sie. »Niemand außer einer meiner Schülerinnen, aber sie ist noch viel zu jung. Und eine freundliche Magd. Aber Sie wissen vermutlich, wie wenig sie auszurichten vermag.«

»Das verstehe ich«, sagte Lars Pilgren finster. »Ich dachte eher an den Verwandten des Hausherrn, an Gutsbesitzer Henderson auf Eketorp. Ich kenne ihn als großartigen, anständigen Mann.«

Wie konnte ich das vergessen? dachte Susanna. Wie konnte ich vergessen, die Jungen zu fragen, welche Nachricht sie von Eketorp mitgebracht haben? Aber alle meine Gedanken waren bei meiner Mutter. Sie reichten für keinen anderen Menschen.

»Adrian Henderson ist selbst erkrankt«, antwortete sie, »heute nacht – wir sind gestern abend von einer Reise nach Rostad zurückgekommen. In der Dämmerung heute morgen hat er anspannen lassen, um nach Hause nach Eketorp zu fahren.«

»Du lieber Gott!«

»Ich weiß nicht, ob ich auf ihn hoffen kann. Nicht jetzt.«

Lars Pilgren sagte nicht: Sie müssen! Sie müssen glauben und Vertrauen haben. Er beugte sich über den Schreibtisch und verbarg das Gesicht in den Händen. Es war sehr still in dem niedrigen, großen Arbeitszimmer.

Nicht einmal du, dachte Susanna. Auch du kannst mir nicht helfen. Mutter ist tot. Adrian Henderson liegt vielleicht auch im Sterben. Mattias Stenberg ist weit weg. Es gibt keinen Menschen, auf den ich mich stützen könnte. Ich muß nach Hause zu Vater. Aber ich verstehe wohl, daß er es ist, der von mir Hilfe erwartet, ich kann keine Hilfe von ihm erwarten.

»Ich muß zurück nach Berga«, sagte sie und erhob sich. »Es wird Abend. Ich muß alles vorbereiten, damit ich sobald wie möglich abreisen kann.«

»Fräulein Lindman, falls Sie ein paar Tage bei meiner Frau und mir bleiben möchten ... Ruhen Sie sich ein wenig aus vor der langen Reise. Ich weiß, daß wir Ihnen nicht wirklich helfen können, aber vielleicht können wir wenigstens etwas für Sie tun?«

»Ich bin Ihnen sehr dankbar«, antwortete Susanna.

Das war sie wirklich, sie sah ihn an und wußte, daß er es gut meinte.

»Aber ich möchte bald abreisen. Am liebsten schon morgen, ich weiß ja, daß mein Vater mich braucht. Ich möchte nur noch um eins bitten.«

»Ja?«

»Wenn Sie etwas über Adrian Henderson hören – ich meine, wie es ihm geht, würden Sie mich das bitte wissen lassen? In Berga werde ich nichts erfahren.«

»Das verspreche ich. Aber ich hoffe, Herr Henderson kann Ihnen selbst schreiben und mitteilen, daß er vollständig wiederhergestellt ist.«

Susanna antwortete nicht, sie neigte nur den Kopf und verabschiedete sich. Die Jungen warteten vor den Ställen des Pfarrhofs, sie hatten die Pferde nicht einmal ausgespannt. Percy kletterte sofort auf den Kutschbock, nur James sah Susanna an, schaute aber schnell wieder weg. Er war fast genauso groß wie sie, schlaksig und sommersprossig. Er hatte liebe blaue Augen.

»Jetzt gegen Abend ist es kühler geworden«, sagte er nur. »Wir können so schnell nach Hause fahren, wie die Pferde laufen können. Mamsell will sicher heim.«

Du hast es verstanden, dachte Susanna. Du weißt es.

Lieber Junge, Connie und du, ihr beiden, euch werde ich vermissen.

Aber sie konnte es nicht sagen. Sie lächelte ein wenig, dann schloß sie die Augen ganz fest. Er reichte ihr die Hand, als sie in den Wagen stieg. Sie hatte nach der Nachricht fragen wollen, die sie aus Eketorp mitgebracht hatten, aber sie hatte kein Vertrauen in ihre Stimme. Und mit der Zeit würde sie es schon erfahren.

In der Küche auf Berga stand Emma und sah direkt in Susannas Augen. Dann knickste sie, so tief, daß ihre Röcke sich auf dem Fußboden bauschten.

»Ich sehe Ihnen an, was Sie erfahren haben«, sagte sie nur.

»Du siehst die Wahrheit«, antwortete Susanna. »Ja, meine Mutter ist tot. Jetzt muß ich nach Hause zu meinem Vater. Ich reise ab, sobald ich kann. Aber ich möchte wissen, wie es dem Herrn Gutsbesitzer geht.«

»Ich habe nichts gehört«, sagte Emma bitter. »Einer Magd erzählt man doch nichts.«

Sie wandte sich wieder dem Herd zu.

»Wenn Mamsell abreist«, sagte sie, »und ich verstehe wohl, daß es sein muß, dann wasche ich bis heute abend Ihre Kleider. Sie sollen nichts Getragenes einpacken müssen. So warm, wie es ist, trocknet sicher alles über Nacht, und ich kann gleich morgen früh bügeln.«

»Du bist so lieb, Emma. Aber bügeln sollst du die Sachen nicht, es genügt, wenn du sie wäschst. Und am Vormittag hast du ja immer am meisten zu tun.«

»Wenn ich es sage, dann schaffe ich es auch. Ich werde es jedenfalls so gut machen, wie ich kann.«

Susanna ging hinauf in ihr Zimmer. Sie holte den mächtigen alten Lederkoffer aus dem Schrank und breitete Kleider und Röcke auf dem Bett aus. Sie bewegte sich wie in einem Dämmerzustand.

»Kann ich helfen?«

Connie kam aus dem Zimmer der Mädchen. Susanna hatte gar nicht bemerkt, daß sie dort drinnen war. Connie war blaß. Man merkte, daß sie geweint hatte.

»Meine kleine Freundin, ich weiß nicht. Ich weiß selbst kaum, was ich tue. Nur daß ich packen muß, damit ich abfahren kann.«

»So viele Meilen«, sagte Connie traurig. »So weit von uns entfernt.«

Einmal war ich froh über die vielen Meilen, dachte Susanna. Als ich von zu Hause weg wollte, weg von Einars Verrat und all den glotzenden Augen. Jetzt können die Leute im Dorf, all die anderen Menschen, glotzen und reden, so viel sie wollen, es ist mir gleich. Jetzt will ich nach Hause.

»In Nässjö nehme ich die Eisenbahn«, sagte sie zu Connie. »Ich weiß nicht, wie weit ich damit komme, aber das werde ich schon erfahren. Für den Rest des Weges bin ich auf Fuhrwerke angewiesen.«

Connie nickte nur. Sie öffnete den Kofferdeckel und begann, Kleidungsstücke zusammenzulegen und in den Koffer zu schichten. Sie arbeitete still und geschickt, und Susanna stand daneben und sah zu. Ihre eigenen Hände waren schwer wie Blei.

»Ich verstehe, daß Sie fahren müssen, Susanna«, sagte Connie dann leise. »Ich verstehe es, aber ich wünschte, es wäre nicht so.«

»Mein Vater braucht mich zu Hause.«

»Das verstehe ich«, sagte Connie wieder. »Es ist nur so – wir alle brauchen Sie auch. Und wenn jetzt Onkel Adrian ...«

Sie brach ab, und Susanna starrte sie an. »Weißt du etwas, Connie? Ist etwas passiert? Was haben die Jungen für eine Nachricht gebracht?«

»Nur, daß er sehr krank ist. Und es läßt sich kein Doktor auftreiben. Sein Diener pflegt ihn, das ist das einzige, was ich weiß.«

Susanna setzte sich auf die Bettkante, die Beine trugen sie nicht mehr.

»Mama meint, sie müßte hinfahren, aber Papa will es nicht. Er sagt, es gibt genügend Frauensleute in dem Haus – eine Köchin und auch ein Dienstmädchen. Man soll die Sache ihren Lauf nehmen lassen.«

Die Sache ihren Lauf nehmen lassen. Was war das nur für ein Mann!

»Der Diener hat zu James gesagt, daß er schon Kranke gepflegt hat. Er hat es auch beim letzten Mal getan, er hatte selbst diese Krankheit, aber nur ein wenig, und dann bekommt man sie nicht noch einmal, hat er gesagt. Aber Susanna – er hat gesagt, es kann geschehen, daß man wie tot ist, obwohl man es nicht ist. Wie sollen andere dann wissen ... Die, die sich um einen kümmern, meine ich.«

»Ich weiß es nicht.«

»Der Diener hat gesagt, wie man es prüft. Und daß wir uns keine Sorgen machen sollen. Wenn der Kranke nicht blutet – er hat was von Pulsadern gesagt. Wenn es nicht blutet, dann ist man tot. Aber Mamsell – Susanna! –, das ist doch schrecklich. Kann man so etwas mit einem Menschen machen?«

»Es gibt Dinge, die sind noch schrecklicher«, sagte Susanna mit steifen Lippen.

Sie hätte sagen können: Wenn man einen Menschen lebendig begräbt. Sie sagte es nicht. Sie wollte Connie nicht erschrecken und auch sich selbst nicht um den Verstand bringen. Sie schwieg. Schließlich richtete sie sich ruckartig auf. Zusammen packten Connie und sie den Koffer – mit der Geschwindigkeit der Verzweiflung.

An diesem Abend sagte Edward: »Natürlich muß Mamsell abreisen, es ist ja wirklich viel Zeit vergangen. Diese Reise zum Pensionat, auf der mein Onkel bestanden hat, ist dazwischengekommen – nun ja, jetzt ist es erledigt, und wir brauchen nicht mehr an Rostad zu denken. Nicht, wie sich die Dinge gerade entwickeln.«

Hedvig schlug die Augen nieder. Connie und Angela hüteten sich, etwas zu sagen, aber Susanna sah Edward Henderson gerade in die Augen. »Wie meinen Sie das?« Ihre Stimme klang sehr scharf.

»Ich meine, daß man kleinen Mädchen keine Grillen in den Kopf setzen sollte«, antwortete er, und seine Stimme war mindestens genauso scharf. »Davon haben sie in ihrem späteren Leben keinen Nutzen. Sie bekommen nur eine Menge Ideen, die sich für Frauen überhaupt nicht geziemen.«

»Mit dieser Ansicht stehen Sie vermutlich ziemlich allein da.«

»Das glaube ich keineswegs.«

Das glaube ich, Gott sei's geklagt, auch nicht, dachte Susanna und wiederholte in Gedanken das, was Cecilia Fryxell gesagt hatte. Aber das bedeutet nicht, daß ich mir alles gefallen lasse und ihm recht gebe.

»Wenn es so wäre, wäre das sehr beklagenswert«, sagte sie nur. »Und ich freue mich, daß mir auch schon die entgegengesetzte Meinung begegnet ist.«

Hedvig warf ihr einen bittenden Blick zu, aber Susanna ließ sich nicht beirren. Edward wurde rot bis zum Haaransatz.

»Wenn Mamsell damit meinen Onkel und seine bizarren Ideen meint«, sagte er schrill, »so soll Sie wissen, daß er wohl bald gar keine Ideen mehr haben wird! Und dann wird sich vieles in diesem Haus ändern.«

Er hatte das letzte Wort behalten; Susanna schwieg entsetzt. Hedvig hatte sich erhoben. Sie stand am Fenster und zupfte mit zitternden Fingern an den Blättern der Balsaminen. Angela hatte mit runden Augen gelauscht, sie fand den Meinungsaustausch spannend und genoß ihn. Es war Connies Weinkrampf, der Susanna von einer Erwiderung abhielt und Edward seinen Triumph ließ.

An diesem Abend hielt sie das Mädchen oben im Dachzimmer fest in den Armen. Sie fühlte sich wie eine Verräterin, sie wollte sie nicht verlassen. Connie hatte aufgehört zu weinen. Sie strich Susanna über die Wangen und das Haar.

Ihre Stimme hatte jetzt die Ruhe einer erwachsenen Frau. »Wir wissen es ja noch gar nicht sicher. Vielleicht geht doch alles gut aus. Seien Sie nicht traurig, Susanna. Versprechen Sie uns nur, daß Sie uns nicht vergessen und uns schreiben werden. Und an uns denken.«

Susanna hätte sagen mögen: Kind, liebes Kind, du bist am klügsten von uns allen. Du hast Mut, abzuwarten und anzunehmen, was kommt. Und du bist meine Freundin. Ich freue mich so sehr, daß du meine Freundin bist.

Mitten in ihrer Trauer blitzte eine Freude auf. Sie war nicht allein, es gab Menschen, die sie mochten. Eines Tages wäre Connie erwachsen, und Mattias Stenberg würde schreiben …

Und Maja Ekander! Wenn das Herbstsemester begann, würde sie Maja wiedertreffen, sie würden Kameradinnen und Freundinnen sein, und alles würde so werden, wie sie es gehofft hatte.

Und vielleicht kam es ja auch so, wie Connie sagte: Vielleicht ging schließlich doch alles gut. Man konnte die Cholera überleben! Adrian Henderson hatte gesagt, Susanna dürfe den Mut nicht verlieren, dann würde sie es auch nicht tun! Er konnte wieder gesund werden! Und dann würde Edward Henderson dastehen mit seinen zerschlagenen Hoffnungen!

Susanna umarmte Connie ganz fest.

XII

Mit steifen Beinen, verschwitzt und staubig stieg Susanna vor der Treppe des Pfarrhofs von Bosarp aus der Kutsche. Hinter ihr lagen mehr als zweihundert Kilometer Reise, sie wußte kaum, wie lange sie unterwegs gewesen war. Aber jetzt war sie zu Hause.

Sie drehte sich zum Kutscher um, der dabei war, ihren Koffer loszuschnüren.

»Vielen Dank«, sagte sie. »Hier ist das Geld, und hier ist auch etwas für Sie.«

»Danke, allerbesten Dank, Mamsell.«

Er zählte das Geld genau nach und verbeugte sich noch einmal. »Sie sind vermutlich ordentlich durchgeschüttelt worden«, sagte er mitleidig. »Die Wege sind nun einmal, wie sie sind. Dafür kann ich nichts. Es ist ja viel darüber geredet worden, daß sie in Ordnung gebracht werden sollen, aber davon hat noch niemand etwas gesehen, und Gott mag wissen, ob es noch zu Zeiten dieses Königs …«

»Ich verstehe«, unterbrach ihn Susanna. Sie hatte keine Kraft mehr zuzuhören. »Würden Sie mir jetzt bitte den Koffer herunterreichen – so, ja, danke. Adieu.«

»Adieu«, antwortete der Kutscher beleidigt und kletterte wieder auf den Bock. Er wendete die Kutsche, indem er um das kreisförmige Beet vor der Treppe fuhr, und rollte auf die Landstraße vor der Hecke hinaus. Ihr Vater war aus dem Haus gekommen, er sah Susanna nicht, er sah der Kutsche nach, die schon verschwunden war.

»Kind«, sagte er dann, und seine Stimme war dünn und voller Trauer. »Du kommst allein.«

»Ja, Vater«, antwortete Susanna und stieg die Treppe hinauf. »Ich komme allein. Du hast wohl meinen Brief erhalten?«

»Ja. Doch, er ist gestern angekommen.«

Aber Johannes Lindman schaute weiter der Kutsche hinterher, und seine Augen waren die Augen eines alten Mannes, blaß und leer.

Susanna umarmte ihn unbeholfen. Sie spürte, wie schmal seine Schultern waren, und sie fröstelte. Es würde vermutlich genauso werden, wie sie es sich vorgestellt hatte. Sie mußte ihm helfen, nicht er ihr.

»Jetzt bin ich da«, sagte sie. »Es ist schön, wieder zu Hause zu sein. Laß uns zusammen hineingehen.«

In der Diele kam ihnen die alte Fia schwerfällig entgegen. »Meine Kleine«, sagte sie. »Meine liebe Kleine. Endlich bist du zu Hause. Aber, ach ...« – sie preßte sich die Schürze vors Gesicht – »aber ach, die Frau kommt nicht ... die Frau kommt nie mehr nach Hause. Was soll nur aus uns werden, aus uns armen Menschen ...«

Guter Gott! dachte Susanna verzweifelt. Ich muß Geduld haben, ich muß trösten können. Aber ich bin selbst so traurig und so müde, daß mir die Knie zittern.

»Bitte, Fia«, sagte sie und strich der Alten über die Schulter. »Bitte, Fia, wir können nachher miteinander reden. Ich muß mich ein Weilchen ausruhen.«

»Ja, ja, natürlich, mein Kind, natürlich sollst du ausruhen. Ich werde Stina Bescheid sagen, sie soll dir ein Bett richten.«

Alle zu Hause haben gewußt, daß ich unterwegs bin. Sie wußten, daß ich komme. Hätte Fia nicht ein wenig für mich vorbereiten können? Mein Zimmer liegt direkt unterm Dach, wie schwül mag es da oben sein? Sie schluckte und holte tief Luft.

Susanna! ermahnte sie sich scharf. Was bist du für ein

Mensch? Du denkst nur an dich selbst. Sie sind beide alt, Vater und Fia. Du mußt dich um sie kümmern und gut zu ihnen sein. Das ist das mindeste, was du tun kannst.

Stina kam mit einem Eimer voll Wasser aus der Küche. »Ich wollte, daß es richtig frisch ist«, sagte sie und knickste. »Willkommen zu Hause, Fräulein Susanna. Ich nehme Ihre Reisetasche, den Koffer trage ich später hinauf.«

»Konntest du nicht – konnte deine Mutter nicht ...«

»Vater, ich werde dir alles erzählen, später. Ich muß mich nur ein wenig frisch machen und mich umziehen. Die Reise war so lang, und es ist so heiß.«

Ihre Stimme klang heiser. Die Reise hatte sie alle Kraft gekostet, die sie besaß.

»Ja, natürlich. Ich dachte nur ...«

»Ich verstehe dich, Vater, sei nicht traurig. Ich erzähle dir gleich alles, was ich weiß.« Sie ertrug seinen traurigen Blick nicht, wandte sich ab und folgte Stina die Treppe hinauf.

Das Fenster in ihrem Zimmer zum Garten hin war weit geöffnet. Das Bett war bezogen, die Decke zurückgeschlagen. Stina füllte frisches Wasser in die Kanne, und Susanna seufzte vor Erleichterung.

»Ich hab die Fenster immer zur Schattenseite offen gehalten«, sagte Stina. »Dann kommen keine Schmeißfliegen herein, und es wird ein wenig durchgelüftet.«

»Oh, Stina, danke! Fia hat gesagt, sie wollte dich jetzt erst bitten, das Bett zu richten und zu lüften.«

»Ach, ich hab schließlich auch ein bißchen Verstand. Hier ist schon seit vorgestern alles vorbereitet, wir wußten doch, daß Sie kommen.«

Sie lächelten einander an. Aber dann traten Stina Tränen in die Augen. »Sie haben es schwer gehabt, das sehe ich Ihnen an«, sagte sie leise.

»Ja«, sagte Susanna. »Aber jetzt bin ich zu Hause, und wir wollen sehen, wie wir alles regeln.«

»Ich decke den Tisch, das Abendessen ist fertig.« In der

Tür drehte sie sich noch einmal um. »Es ist ein Segen, daß Sie heimgekommen sind«, sagte sie. »Vielleicht gelingt es Ihnen, Ihren Vater zu überreden, etwas zu essen. Der Herr Pfarrer hat kaum etwas gegessen oder getrunken, seit seine Frau abgereist ist. Er erträgt das Alleinsein einfach nicht.«

Nein, dachte Susanna. Er ist hilflos wie ein Kind, ich weiß es wohl. Lieber Gott, gib mir Geduld!

Sie preßte die Lippen zusammen.

Schon zum zweiten Mal bitte ich um Geduld. Vielleicht sollte ich damit aufhören und mich lieber selbst bemühen. Sie zog die verstaubte Reisekleidung aus und begann, sich zu waschen.

Stina kam mit dem Koffer herein; ihr Gesicht war dunkelrot vor Anstrengung. »Ich hab mir gedacht, daß Sie sich gleich umziehen wollen«, sagte sie und stellte den Koffer mit einem dumpfen Geräusch auf den Boden. »Sonst hätte ich Wilhelm gebeten, ihn heraufzutragen. Er ist unser neuer Knecht. Aber es wäre keine gute Idee gewesen, wenn er gerade jetzt hereingestiefelt käme.«

Susanna lächelte. »Nein das wäre es nicht«, sagte sie. »Es ist nett von dir, daß du ihn mir gebracht hast. Ich bin bald fertig.«

Sie durfte das traurige Gespräch mit dem Vater nicht länger hinausschieben, wollte es auch nicht. Es würde nur noch schwerer werden. Ausruhen konnte sie sich in der Nacht, bald war es Abend. Und ihr Vater brauchte nicht mehr allein mit seiner Trauer zu sein.

Sie entschied sich für ein dünnes Sommerkleid mit schmalen grauen und blauen Streifen, löste die Zöpfe und flocht ihre glatten braunen Haare neu. Es war schön, am offenen Fenster zu stehen und sich vom Abendwind kühlen zu lassen. Sie strich mit den Fingerspitzen über ihre geraden Augenbrauen und betrachtete sich in dem kleinen Spiegel, dessen Glas seit jeher fleckig und unklar war. Vielleicht würde sie sich in Stockholm einen neuen Spiegel anschaffen? Aber Majas Tante hatte ja vermutlich einen guten Spiegel für ihre Untermieterinnen.

Nein! Wie kann ich ausgerechnet jetzt an etwas anderes denken. Während Vater auf mich wartet, während ich ihn trösten sollte. Oder muß ich vielleicht an etwas anderes denken, um den vor mir liegenden Abend zu überstehen?

»Vater«, sagte sie halblaut. »Mein armer Vater. Gleich bin ich bei dir.«

Johannes stand am Fuß der Treppe. Es war, als habe er dort gewartet, seit sie hinaufgegangen war. Er streckte ihr eine Hand entgegen. »Aber liebes Kind«, sagte er. »Gehst du nicht in Trauer wegen deiner Mutter?«

»Ich besitze kein schwarzes Kleid, Vater. Nur ein Winterkleid aus dicker Wolle.«

»Ich finde, du hättest es trotzdem anziehen sollen.«

»Es ist warm wie ein Pelz, das kann ich jetzt nicht tragen. Morgen besorge ich mir ein schwarzes Kleid, Vater, das verspreche ich dir. Natürlich werde ich wegen Mutter Trauer tragen. Komm, jetzt gehen wir zum Abendessen.«

»Ich habe so wenig Appetit.«

Susanna schob einen Arm unter seinen, aber er befreite sich fast sofort. Es war, als wollte er sie nicht zu nah an sich heranlassen. Ihr fiel plötzlich ein, daß er sie so gut wie nie gestreichelt hatte; die Mutter war es gewesen, die sie umarmt und geküßt hatte. Ihr stiegen Tränen in die Augen.

»Ja, natürlich«, sagte Johannes. »Du mußt natürlich etwas essen, du hast eine lange Reise hinter dir. Das verstehe ich wohl.«

»Wenn wir durchhalten wollen, müssen wir beide etwas essen. Fia und Stina haben alles so schön vorbereitet, und es duftet so gut aus dem Eßzimmer.«

Es gab Schinken und Rührei, auch grüne Bohnen, Butter, Brot und Käse. Susanna knurrte der Magen, es war lange her, seit sie etwas gegessen hatte. Dennoch schob sie die Bissen in ihrem Mund lustlos hin und her, als sie Johannes in den Speisen auf seinem Teller herumstochern sah.

»Ich möchte wissen«, sagte er unglücklich und sah sie an, »ich möchte trotzdem wissen – konntest du denn gar nichts tun, liebes Kind? Konntest du deine Mutter nicht wieder mit nach Hause bringen?«

»Ich werde dir alles erklären, das verspreche ich dir. Laß uns jetzt erst essen. Wir können doch nicht über Mutter sprechen, während wir bei Tisch sitzen und essen.«

»Nein, nein, du hast wohl recht. Aber daß sie nicht hier ruhen darf ...«

Susanna legte Messer und Gabel hin. »Wie du willst, Vater«, sagte sie. »Dann reden wir erst.«

»Aber du bist hungrig. Du brauchst dein Abendessen.«

»Ich habe keinen Hunger mehr. Wo möchtest du sitzen? Im Salon oder im Arbeitszimmer?«

Sie konnte sich nur mit Mühe beherrschen, nicht wegen des duftenden guten Essens, sie hatte tatsächlich keinen Hunger mehr, sie hatte die Wahrheit gesagt. Aber die hilflose, trostlose kleine Stimme und die traurigen, blassen Augen, die wieder und wieder fragten – wie sollte sie das aushalten? Es stimmte, Johannes' Frau war tot. Aber es war auch Susannas Mutter. Sie hielt die Tränen zurück. »Möchtest du im Salon sitzen?« fragte sie wieder.

»Ja, ja. Deine Mutter hat sich immer gern im Salon aufgehalten. Sie ruhte so gern auf dem Sofa dort.«

Sie hatte selten Zeit zum Ruhen, dachte Susanna. Sie mußte sich um dich kümmern, und sie kümmerte sich um das ganze Haus. Aber Susanna sagte es nicht, sie folgte ihrem Vater in den Salon mit den zierlichen schwarzen Möbeln. Beide mieden das Sofa, Johannes nahm den einen Lehnstuhl, Susanna den anderen.

Sie putzte sich verstohlen die Nase.

»Was stand in dem Brief aus Jönköping?«

»Nicht viel. Nur daß sie ...«

Die Tränen ihres Vaters begannen zu fließen, unter seiner Nase hing ein Tropfen. Susanna verabscheute sich selbst, aber sie wandte den Blick ab.

Bald tastete er nach seinem Taschentuch und wischte sich übers Gesicht. »Susanna«, sagte er unerwartet ruhig und klar, »warum hast du deine Mutter nicht mit nach Hause gebracht? Wie konntest du sie dort oben zurücklassen?«

»Aber Vater!«

Die Ungerechtigkeit seiner Fragen schnitt ihr ins Herz. Ob sie ihn nun verletzte oder nicht – sie mußte sich verteidigen. »Wie hätte ich das denn anstellen sollen? Wer an Cholera stirbt, muß am selben Tag beerdigt werden, damit sich die Krankheit nicht noch weiter ausbreitet. Das ist eine Anordnung, der sich niemand widersetzen kann, auch ich nicht. Außerdem war Mutter schon tot und begraben, bevor ich überhaupt erfuhr, daß sie erkrankt war.«

»Sprich nicht so! Kind – sprich nicht so!«

»Aber ich muß doch die Wahrheit sagen. Du glaubst doch hoffentlich nicht, daß ich sie freiwillig dort gelassen habe? Ich konnte nichts mehr tun.«

»Und wenn du mit ihnen gesprochen hättest?«

»Mit wem? Die ganze Stadt steht unter Quarantäne, niemand kommt hinein oder heraus.«

Johannes schaute zu Boden. »So ist das also«, sagte er.

»Aber das hast du doch gewußt! Vater, ich habe Mutter auch geliebt, ich habe ihr das Beste auf der Welt gewünscht. Aber wenn die Pest wütet – denn es ist wie eine Pest –, dann versuchen die Menschen sich zu schützen, so gut es geht. Und dann muß man sich nach den Vorschriften richten, alle müssen das, auch wir.«

»Daß sie dort oben liegen muß, in deren Grab. Nicht hier zu Hause.«

»In deren Grab? In wessen?«

Jetzt konnte Susanna es nicht länger ertragen, es brach aus ihr heraus: »Mutter liegt im Massengrab. Man hatte keine Zeit, ein anderes Grab zu schaufeln. Sie liegt dort, wo man Kalk über die Toten schüttet.«

Sie bereute ihre Worte, kaum daß sie ihr über die Lippen gekommen waren. Aber Johannes schrie nicht vor Entsetzen, er saß wie vorher da und schaute zu Boden.

»Ja«, sagte er dann langsam. »Das macht ja nichts. Wenn sie sowieso nicht zu Hause bei mir ist. Wenn wir sowieso später nicht Seite an Seite ruhen dürfen.«

Susanna schlug die Hände vors Gesicht und begann laut zu weinen.

Am nächsten Tag sagte sie: »Können wir deine Schwester Jenny bitten, herzukommen und sich um den Haushalt zu kümmern? Im Herbst gehe ich doch aufs Lehrerinnenseminar in Stockholm, das weißt du ja, und jemand muß hier sein. Tante Jenny ist alt, aber sie ist lieb, und sie ist so tüchtig im Haus. Ich glaube, du würdest gut mit ihr auskommen.«

»Das Seminar?«

»Ja. Ich habe doch eine Prüfung abgelegt und bin angenommen worden. Das hast du doch nicht vergessen?«

»Nein, jetzt, wo du es sagst, fällt es mir wieder ein. Aber ich habe nicht viel daran gedacht.«

Meine Pläne haben dir ja nie gefallen, dachte Susanna. Du konntest nicht verstehen, warum ich mich nicht lieber nach einem – wie hast du Mattias Stenberg genannt? –, einem prächtigen jungen Mann umschaue. Du hast es immer für eine Schande gehalten, daß Einar mich verlassen hat. Und bist der Meinung, ich sollte trotzdem versuchen zu heiraten.

»Ich bin sogar mit Auszeichnung angenommen worden«, sagte sie. »Und ich werde mein Bestes geben. Du erinnerst dich doch bestimmt, daß ich von einem anderen Mädchen erzählt habe, das auch im Herbst anfängt, sie heißt Maja Ekander und ...«

»Ja, ja, vielleicht.«

»Deswegen muß sich jemand um das Haus kümmern«, sagte Susanna und biß die Zähne zusammen. »Stina ist nett und tüchtig, aber sie kann nicht alles allein machen. Und Fia ist ziemlich alt geworden.«

»Wie ich, meine Liebe, wie ich.«

»Schon, aber du mußt dich ja nicht ums Haus kümmern«, sagte Susanna und versuchte zu lächeln. »Und es ist angenehmer, wenn jemand ins Haus kommt, den du magst. Tante Jenny und du, ihr seid doch immer gut miteinander ausgekommen.«

»Jenny ist nett.«

»Was meinst du also? Soll ich an sie schreiben, oder willst du das machen?«

»Schreib du, Kind. So wird es am besten sein. Ich gehe jetzt hinaus, wahrscheinlich zum Friedhof.«

Susanna sah ihrem Vater nach, als er durch den Garten und zu dem kleinen gewundenen Pfad ging, der zur Pforte in der Friedhofsmauer führte. Er ging langsam und unsicher und sah vor sich auf den Boden. Sie ertrug es kaum, ihn so zu sehen.

Stina kam zur Tür herein. »Wilhelm hat eine von den alten Hennen getötet«, sagte sie. »Sie hat mit dem Eierlegen aufgehört, wir brauchten sie also nicht mehr. Ich hab den Kessel auf den Herd gestellt, wenn sie lange genug kocht, wird sie bestimmt irgendwann zart. Soll ich Suppe zum Mittagessen machen? Und vielleicht hinterher Pfannkuchen?«

»Ja, das ist gut«, sagte Susanna. Sie konnte den Blick nicht von der schwarzgekleideten mageren Gestalt im Garten lassen.

Stina trat zu ihr. »Der Herr Pfarrer geht jeden Tag zum Friedhof«, sagte sie leise. »Er geht zu dem Platz, den er und seine Frau ausgesucht haben. Dort sitzt er stundenlang.«

Susanna strich sich über die Augen, sie wollte nicht mehr weinen. »Ja«, sagte sie nur. »Jetzt will ich an meine Tante Jenny schreiben. Ich glaube, es wäre gut, wenn sie käme, ehe ich nach Stockholm gehe. Sie ist ein lieber und tüchtiger Mensch und ...«

Stina starrte sie an. »Aber hat der Herr Pfarrer es nicht erzählt? Sollte er es vergessen haben? Seine Schwester hat sich doch das Bein an der Hüfte gebrochen; es ist jetzt gut vierzehn Tage her, kurz nachdem die Frau nach Jönköping abgereist ist. Es ist ein böser Bruch, und der Doktor sagt, sie wird niemals wieder aufstehen können.«

XIII

Der Doktor sagt, sie wird niemals wieder aufstehen können …

In Susannas Ohren dröhnte es, sie bekam kein Wort heraus. Bewegungslos stand sie da und starrte Stina an.

Die Stille wurde von Fias schriller Stimme aus der Küche unterbrochen. »Du mußt auf deinen Kochtopf aufpassen, Mädel! Die Suppe kocht ja über.«

»Du lieber Himmel!«

Stina drehte sich um und rannte ins Haus. Susanna hörte Fia schimpfen, der Geruch nach angebranntem Hühnerfett kam aus den weit geöffneten Türen zwischen Küche und Eßzimmer. Stina gab keine Antwort auf die Vorwürfe; Fia hatte ja recht. Niemand, der bei Verstand war, ließ einen kochenden Topf unbeaufsichtigt auf dem Herd. Im Augenblick gab es nichts auf der Welt, was Susanna gleichgültiger wäre.

Tante Jenny lag mit ihrem schweren Bruch darnieder. Sie würde nie wieder richtig gehen können, es kam also nicht in Frage, sie zu bitten. Und Stina hatte gesagt: Der Herr Pfarrer hält es einfach nicht aus, hier ganz allein zu sein.

Als ob ich das nicht wüßte, dachte Susanna verzweifelt. Vater kann ich nicht allein hierlassen, jemand muß bei ihm sein, sich um ihn kümmern, mit ihm sprechen. Und das darf kein wildfremder Mensch sein, das würde ihn nur noch mehr schmerzen. Es muß jemand sein, den er kennt und den er mag.

Johannes Lindman hatte nur zwei Schwestern gehabt. Jenny, die ältere, und Magdalena, die jüngere. Magdalena, die man früh verheiratet hatte, war schon im ersten Ehejahr im Kindbett gestorben. Susanna konnte sich nicht an sie erinnern, es wurde wenig über sie gesprochen. Susanna wußte auch keine Einzelheiten über die unglückliche Ehe. Andere Verwandte gab es wohl nicht auf ihres Vaters Seite. Und ihre Mutter hatte nur eine einzige Schwester, Betty.

Tante Betty? Ulrika hatte sie bei ihrer Krankheit gepflegt, hatte das Beste für sie getan, wie sie es immer tat. Da mußte doch Betty für Ulrika das tun wollen, was in ihren Kräften stand? Sie mußte doch Ulrikas Rolle übernehmen, dem einsamen Ehemann ihrer Schwester helfen, ihm Trost spenden, so gut sie konnte.

Ich schreibe noch heute an Tante Betty, dachte Susanna. Ich bin ja den ganzen Sommer hier. Es reicht, wenn sie im späten August kommt, kurz bevor ich abreise. Sie hat selbst ein großes Haus geführt, viel größer als dies hier, ihr Mann war ja Kaufmann. Sie hatten immer Gäste, wie Mutter gern erzählte. Hier gäbe es viel weniger Arbeit, und alles wäre leichter zu überblicken. Ich werde es ihr in meinem Brief erklären.

Und wir müssen einander doch helfen. Wir Überlebenden. Die alle um Mutter trauern.

Susanna schaute wieder über den Garten, aber ihr Vater war nicht zu sehen. Dann war es wohl so, wie Stina gesagt hatte: Ihr Vater saß stundenlang auf dem Friedhof. An dem Platz, den er und seine Frau ausgesucht hatten.

Dort, wo er eines Tages allein ruhen wird. Armer Vater, er wird sich damit nur schwer abfinden.

Sie ging hinauf in ihr Zimmer mit dem mächtigen Eichenbett und dem wackligen Sekretär in der Ecke. Es war ein hübsches Möbelstück, obwohl es so abgenutzt war; man fragte sich, wie es einmal vor langer Zeit hierhergeraten war. Den Sekretär und das Bett gab es schon seit

Generationen von Pfarrern; anständige Möbel wurden nicht zu Feuerholz verarbeitet. Susanna zog einen Stuhl an die Schreibplatte und setzte sich.

Noch einen anderen Brief hätte sie gern geschrieben. Sie hätte jemanden fragen mögen – am liebsten Connie, aber das war unmöglich, denn auf Berga gab es kein Briefgeheimnis. Sollte sie an Lars Pilgren schreiben? Nein! Er hatte versprochen, sie sofort zu benachrichtigen, wenn er etwas über Adrian Henderson erfuhr. Würde sie ihm jetzt schreiben, könnte das übereifrig und neugierig wirken. Ihr blieb nichts anderes übrig, als zu warten.

Susanna klammerte sich an den Gedanken: Er kann die Cholera überleben!

Wenn Betty Jakobsson überlebt hatte, warum nicht auch Adrian Henderson? – sie konnte darauf hoffen.

Die Tage vergingen, und die Antwort von Betty ließ auf sich warten. Ein schrecklicher Gedanke befiel Susanna: Kam vielleicht nicht einmal Post nach Jönköping hinein und wieder heraus? Aber ihr blieb nicht allzuviel Zeit zum Grübeln, die Arbeit im Haushalt wollte kein Ende nehmen. Die Beeren und das Obst wurden reif und mußten wie immer zu Konfitüre und Saft verarbeitet werden. Und die Schneiderin aus dem Dorf kam, um eins von Ulrikas schwarzen Kleidern für Susanna passend zu machen, sie nähte auch ein neues, änderte und wendete.

Johannes betrachtete das geänderte Kleid und seufzte wehmütig. »Ja, ja, jetzt trägst du Trauer um deine Mutter. Du trägst ihr Kleid. Jetzt ist es, wie es sich gehört.«

Susanna nickte nur. Sie hatte auch zuvor getrauert. Aber sie widersprach ihm nicht.

Schließlich kam die Antwort von Betty Jakobsson. Susanna riß das Kuvert auf, ihre Finger waren plötzlich eiskalt und ungeschickt. *Ich weiß, mein Brief hat auf sich warten lassen*, begann sie. *Aber ich mußte mich wirklich erst ein wenig beruhigen nach allem, was Du schreibst.*

Liebe Susanna, ich weiß nicht, woher Du Deine Ideen nimmst? Siehst Du Deine eigene sonnenklare Pflicht nicht direkt vor Dir? Niemals im Leben könnte ich eine solche Verantwortung auf mich nehmen. Ich bin so krank gewesen, und ich bin noch lange nicht wieder bei Kräften. Es ist ja nicht so, daß ich nur kurze Zeit krank gewesen wäre. Die Umstände waren so, daß ich sie nicht einmal beschreiben kann …

Zwei Stunden! dachte Susanna. Zwei Stunden brauchte meine Mutter zum Sterben. Das war alles.

Nein, wahrhaftig, las sie weiter, *ich habe wirklich keine Kraft, meine eigenen Angelegenheiten aufzugeben. Und ich sehe keine Möglichkeit, mich um meinen Schwager zu kümmern – einen Mann, den meine Schwester zu ihren Lebzeiten verwöhnt hat. Das weiß ich sehr wohl, vergiß nicht, daß ich Euch mehr als einmal im Lauf der Jahre besucht habe, und immer, daran erinnere ich mich, hat Ulrika ihm von früh bis spät jeden Wunsch von den Augen abgelesen.*

Und jetzt meinst Du, ich könnte sie ersetzen. »Vater kann nicht allein sein, Vater ißt nichts, Vater muß jemanden um sich haben …« Johannes ist ein erwachsener Mann, ein alter Mann. Und er muß nicht mit dem Löffel gefüttert werden.

Lieber Gott, dachte Susanna, das sind meine eigenen Worte. Wie entsetzlich sie klingen, wenn ich sie so lese!

Ulrika hat ihn bemuttert und verhätschelt. Sie hat selbst erzählt, wie schwer es war, abzureisen und mich die wenigen Tage zu besuchen. Was wäre passiert, wenn sie nicht hiergewesen wäre, als ich krank wurde? Ich bin ihr dankbar, aber ich weiß sehr wohl, daß nicht ich es war, ihre einzige Schwester, deretwegen sie gekommen ist. Sie ist gekommen, weil Du von Berga erwartet wurdest. Ihr wolltet die weite Heimreise zusammen unternehmen. Dich liebte sie, wie sie ihren Mann geliebt hat. Nun zu Deiner Idee, mehrere Jahre in Stockholm zu ver-

bringen und Dich zur Lehrerin auszubilden. Ulrika war ja Feuer und Flamme bei dem Gedanken, sie sprach davon bis zum Überdruß. So etwas kostet schließlich auch Geld. Und Geld haben Deine Eltern nie gehabt. Das Geld, das sie einnahmen, wurde sofort wieder ausgegeben – vor allem für Dich. Weißt Du, daß Deine Mutter mich um Geld für Dich gebeten hat? Sie wollte Dir dieses Studium in der königlichen Hauptstadt unbedingt ermöglichen.

Nein, wahrhaftig, daraus kann nun nichts mehr werden. Nimm Dich Deiner Pflicht an, kümmere Dich ums Haus, und kümmere Dich um Deinen Vater. Das ist Deine Aufgabe, und damit mußt Du Dich zufriedengeben.

Betty, dachte Susanna. Tante Betty. Und Mutter hat dich immer in Schutz genommen …

Ich möchte wissen, wieviel ihr über meinen Plan sprechen konntet, hoffentlich nicht zuviel. Sie hatte so eine gute Meinung von dir.

Der Kloß in Susannas Hals wuchs und würgte sie. Die letzten Zeilen des Briefes las sie nicht mehr, sie erreichten sie nicht. Das machte nichts. Betty Jakobsson beendete ihren Brief egoistisch, wie sie ihn begonnen hatte.

Susanna faltete die steifen Briefbogen zusammen und stand auf, mußte sich aber eine Weile am Stuhl festhalten, ihre Knie waren so seltsam unsicher. Sie betrat das Arbeitszimmer des Vaters, doch er war nicht da. Vielleicht war er auf dem Friedhof, wie so häufig. Susanna ging durch die Gartentür hinaus und die Kieswege entlang. Die niedrigen Buchsbaumhecken waren kräftig und dunkelgrün, sie dufteten stark im Sonnenschein. Katze, dachte Susanne, es riecht nach Katze.

Warum fiel ihr das jetzt ein? Es gab wahrhaftig anderes zu bedenken. Bettys Unfreundlichkeit – Lieblosigkeit war das richtigere Wort –, Susannas Hoffnungen … Aber das alles war noch zu groß und zu schwer. Es war leichter zu denken, daß Buchsbaum nach Katze roch.

Sie folgte dem gewundenen Pfad zur Friedhofspforte. Es war, wie sie gedacht hatte: Johannes saß dort oben auf der Bank. Er trug seinen alten Leinenhut und hielt den Stock zwischen den Knien. Er saß da wie ein sehr alter Mann.

Als er sie kommen hörte, hob er den Kopf. »Liebes Kind«, sagte er, bevor sie selbst zu sprechen begann. »Ich grüble über so vieles nach. Glaubst du, es ist ein Gebet für sie gesprochen worden, ein Gotteswort, das ihr gerecht wurde?«

Susanna setzte sich neben ihn. »Ich bin sicher, Vater«, antwortete sie. Es fiel ihr schwer, die Worte herauszubringen. Aber es gab andere Wörter, die waren noch schwerer auszusprechen.

»Ja, ja, man muß eben hoffen. Aber gab es ein Wort, das nur ihr galt?«

»Ich weiß es nicht, aber es war wohl nicht möglich. Die vielen Toten. Das Wort galt vermutlich ihnen allen.«

»Meinst du? Es war für sie alle? Man muß sich fragen ...«

»Was fragst du dich?«

»Ob es dann auch seine Gültigkeit hat. Wenn man es wirklich eine christliche Beerdigung zu nennen wagt?«

Susanna schluckte. »Vertraust du dem Herrn nicht mehr, Vater?«

»Aber was sagst du dazu?«

»Unser Herr hat mehr Größe. Worte bedeuten nicht soviel, er zählt sie nicht. Du bist doch hoffentlich auch derselben Meinung, Vater?«

»Natürlich. Aber es muß alles nach christlichen Regeln ablaufen. Ich habe soviel nachgedacht – wenn du nicht Gouvernante geworden wärst, wenn du nicht weggegangen wärst, dann wäre Ulrika auch zu Hause geblieben. Warum wollte sie zu Betty, bei mir hatte sie es viel besser.«

Susanna erhob sich, sie konnte nicht still neben ihm sitzen. »Willst du damit sagen, ich bin schuld, Vater? Daß Mutter tot ist?«

»Nein, das will ich nicht sagen. Aber warum bist du eigentlich weggegangen?«

»Aber Vater! Ich bin gegangen, weil Einar Stjernström mich verlassen hat und Amalia geheiratet hat. Ich mußte fort, um dem Gerede der Leute zu entgehen.«

»Einar Stjernström, natürlich, ja, jetzt erinnere ich mich. Du hast ihn nicht geheiratet.«

»Nein, das habe ich nicht«, antwortete Susanna schärfer, als sie wollte. »Und an dem Tag, an dem ich heirate, werde ich es aus freiem Willen und aus Liebe tun. Und mich nicht verheiraten lassen.«

Johannes drehte seinen Stock zwischen den Fingern und sah nicht auf. Susanna biß die Zähne zusammen und fuhr jetzt so ruhig, wie sie konnte, fort: »Wenn ich zu dem Seminar fahre«, sagte sie, »das Semester beginnt in weniger als sechs Wochen, kannst du dir vorstellen, daß du allein zurechtkommst? Ich habe an Tante Betty geschrieben und sie gefragt, ob sie nicht zu dir kommen kann, jetzt, da Tante Jenny bettlägerig geworden ist. Aber sie will nicht. Sie will nicht kommen. Es gibt niemanden sonst.«

»Liebes Kind, du hättest erst mit mir sprechen müssen. Ich könnte Betty nicht ertragen. Das verstehst du doch wohl? Jenny, das wäre vielleicht gegangen. Aber nein, ich brauche beide nicht. Hierher soll kein fremder Mensch kommen. Susanna, meine Liebe, du und ich, wir werden uns umeinander kümmern. So hätte es auch deine Mutter gewollt.«

Das ist nicht wahr. In Susanna tobte Aufruhr. Mutter wollte mein Bestes, Mutter wollte, daß ich hinauskomme, aufs Seminar gehe, etwas lerne, etwas werde. Sie hat mich geliebt!

Aber sie hat auch dich geliebt, dachte Susanna und sah auf den grauen Kopf ihres Vaters. Das Haar begann sich über der Stirn zu lichten. Sie hat dich geliebt, und sie wollte auch dein Bestes. Aber wie sie beides verbinden wollte – ich weiß es nicht.

»Fia und Stina sind doch da. Sie werden sich um dich kümmern.«

»Ja, natürlich, sie sind lieb und treu. Aber trotzdem.«

»Warum sagst du trotzdem?«

»Sie sind doch Mägde.«

Susanna setzte sich wieder auf die Bank, sie konnte nicht mehr stehen.

»Ich verstehe nicht ganz«, fuhr Johannes fort und zog Striche mit seinem Stock in den Schotter. »Ich verstehe nicht, warum du unbedingt von zu Hause weg willst. Du bist doch auf dem Seminar angenommen worden, ich erinnere mich, daß du die Prüfungen gut bestanden hast ...«

Gut bestanden! Ich habe »mit Auszeichnung« bestanden. Sie konnte es nicht sagen.

»Damit hast du doch bewiesen, daß du dazu in der Lage bist. Dir selbst und allen anderen. Du könntest dich dort in Stockholm zur Lehrerin ausbilden lassen. Das zu wissen ist gut für dich, das habe ich begriffen. Wenn du dich dann entscheidest, auf die Schule zu verzichten, weil sich die Bedingungen verändert haben, dann nimmt dir doch niemand das Wissen, daß du gut bist. Die Schule selbst hat nicht diese Bedeutung.«

Doch, für mich! schrie es in Susanna.

»Das siehst du doch wohl selbst ein«, sagte Johannes, »du bist eine gute Tochter, bist es immer gewesen. Eine junge Frau, geschickt, einen Haushalt zu führen, jetzt, wo deine Mutter von uns gerissen wurde. In den Sprüchen Salomons ist es nachzulesen: Ein tugendsam Weib ist viel edler denn die köstlichsten Perlen.«

»Aber ich bin Tochter, nicht Ehefrau«, sagte Susanna außer sich. »Ich habe sie auch gelesen, ich kenne meine Bibel. Aber Vater, ich habe mich nicht dafür entschieden, einen Haushalt zu führen! Ich habe mich für etwas ganz anderes entschieden. Und du möchtest, daß ich diesen Plan einfach aufgebe.«

»Es bleibt doch nichts anderes übrig«, sagte Johannes mild. »So, wie es nun gekommen ist, da deine liebe Mutter von uns gegangen ist.«

Er versteht es nicht! Er meint es nicht böse, er versteht es nur nicht! Und alle meine Träume, alle meine Pläne, alles, was ich mir von Kameradschaft und Freundschaft und der Freude, etwas zu lernen, erhofft habe – alles soll mir jetzt genommen werden. Lieber Gott, das halte ich nicht aus!

Sie wartete nicht ab, bis ihr Vater sich erhob, sondern ging davon. Unten beim Pfarrhofgarten waren vor langer Zeit zwei kleine Teiche ausgehoben worden, niemand wußte genau, warum. Als Kind hatte Susanna im Winter eine Rutschbahn auf dem Eis gehabt; die Teiche waren so flach, daß sie keine Gefahr für sie bedeuteten. Jetzt im Sommer war die dunkle Wasseroberfläche von großen Seerosenblättern bedeckt. Die Blüten leuchteten elfenbeinweiß über den grünen Blättern. Susanna blieb stehen und betrachtete sie. Sie blieb so lange stehen, bis ihr Vater sie eingeholt hatte.

»Du schaust dir die Seerosen an«, sagte er und beugte sich ein wenig über den Teich. »Wie schön sie sind, so rein und weiß.«

»Ich habe Seerosen immer verabscheut«, sagte Susanna mit klarer und lauter Stimme. »Die Blüten sind weiß und hübsch, das sind sie wohl, aber denk mal an die Wurzeln! Zäh und schleimig. Und stark. Sie können einen Menschen einfangen und ihn ertränken, niemals lassen sie los.«

Johannes sah auf, seine blassen Lippen öffneten sich leicht vor Schreck. Susanna wartete nicht ab, ob er etwas sagen würde, sie ging mit schnellen Schritten durch den Garten und hinauf in ihr Zimmer. Dort legte sie Bettys

Brief beiseite. Sie würde ihn beantworten, eines Tages würde sie es tun, aber jetzt noch nicht. Es war nicht so leicht, sich einzugestehen, was sie längst begriffen hatte.

Ihre eigenen Wünsche und Hoffnungen würden sich nicht bewahrheiten. Es war wie mit den Vögeln an der Decke, die sie nie dazu gebracht hatte, mit den Flügeln zu flattern und fortzufliegen; jetzt blieben ihr nur die Träume. Sie durfte nicht fliegen, und sie wußte, daß Betty recht hatte. Es war ihre Aufgabe, sich um ihren einsamen Vater zu kümmern.

XIV

Es gab andere Briefe, die geschrieben werden mußten. Der formelle Brief an das Seminar: Wegen eines Todesfalles in der Familie muß Susanna Eleonora Lindman von Bosarp in Skåne leider auf ihren Platz als Schülerin des ersten Semesters am Höheren Lehrerinnenseminar in Stockholm verzichten.

Und dann der verzweifelte Brief an Maja Ekander in Västerås. Susannas Enttäuschung strömte über, sie schrieb Seite um Seite, ohne nachzudenken, ohne ihre Worte abzuwägen. Sie schrieb, bis ihre Finger schmerzten und die Tränen flossen, bis der Rücken steif wurde auf dem unbequemen Stuhl. Dann mußte sie aufstehen, um wieder ein Gefühl im Körper zu bekommen.

Sie trat an das offene Fenster, die Gardinen flatterten im Wind und strichen über ihr heißes Gesicht. Wie ein Schleier, dachte Susanna. Der Schleier der gefangenen Prinzessin …

Dummes Zeug, es sind ganz gewöhnliche Baumwollgardinen! Sie hob sie mit einer ruckartigen Bewegung an, ließ sie jedoch sofort wieder fallen. Unten im Garten, bei dem kleinen Rosenviereck, stand ihr Vater.

Er schaute auf die Rosen, die Ulrika am meisten geliebt hatte, die gelben Hochsommerrosen, die so stark dufteten. Er stand ganz still.

Ein alter Mann, einsam, gebeugt, grau und so mager. Sein Mantel hing lose über seinen Schultern, sein Nacken unter dem Leinenhut war schmal wie der eines Kindes.

Susanna starrte auf ihn hinunter. Ihre Atemzüge waren kurz und gepreßt, ihre Lippen trocken.

Einsam. Das stand über ihn geschrieben, stand in schwarzer, unauslöschbarer Schrift da. Susannas Herz begann rasend schnell zu schlagen, sie zitterte heftig.

Tante Betty war eine Besserwisserin und kein bißchen nett. Das war das eine. Susanna hatte sie egoistisch genannt – aber was war Susanna selbst? Ihre warme, fröhliche, liebevolle Mutter war nicht mehr da. Und zurück in der Einsamkeit blieb ihr Vater.

Die dünne Figur da unten, traurig und schwarz in der Sommerschönheit … Ihn seinem Schicksal zu überlassen, das wäre, als ließe man ein Kind mitten in einem grenzenlosen Wald allein.

Susanna blieb am Fenster stehen und betrachtete ihren Vater. Dann drehte sie sich um, nahm den Brief an Maja Ekander und las, was sie geschrieben hatte. Sie riß ihn ihn Fetzen, kleine Fetzen, die man nicht wieder zusammenfügen konnte. Die Fetzen würde sie in den Küchenherd stecken, wenn sie gleich nach draußen in den Garten ging.

Unten vor dem Rosenbeet legte sie ihren Arm auf den ihres Vaters, und diesmal schob er sie nicht beiseite. Sie hatte eher das Gefühl, als schmiegte er sich ein wenig enger an sie.

»Mutter hat ihre gelben Rosen geliebt«, sagte Susanna weich. »Im Herbst dürfen wir nicht vergessen, die Erde anzuhäufeln, damit sie im Winter keinen Schaden nehmen.«

Ihr Vater sah sie an. Sein Mund bebte, ein kleines, hilfloses Lächeln brach hervor. »Nein, das dürfen wir nicht vergessen«, sagte er.

Eine besondere Art von Liebe war es: Mitleid, Zuneigung und Fürsorge schwangen darin.

Aber immer würde es nicht leicht sein; Susanna wußte

es von Anfang an. Sie hatte sich entschieden, sie würde tun, was sie tun mußte und wohl auch wollte, dennoch kamen Tage, da bäumte sie sich auf: Und ich? Meine Träume, meine Hoffnungen, meine Sehnsucht? Ich weiß, daß ich das Richtige tue, aber wenn ich das Richtige nur widerstrebend tue? Wen zermürbt das?

Ihr Vater gewöhnte sich rasch. Er liebte seine einzige Tochter, nie hätte er sich einfallen lassen, sie bewußt traurig zu stimmen oder zu verletzen. Aber bald war es ganz selbstverständlich, daß sie ihm die Fürsorge zukommen ließ, die Ulrika ihm gegeben hatte. Das war ja ganz natürlich. Die Tochter hatte den Platz der Mutter eingenommen, das Haus hatte seine Hüterin. Nun war alles wieder, wie es sein sollte.

»Die Schwester von Frau Lindman – Frau Jakobsson – hätte nicht hierhergepaßt«, sagte Fia eines Tages.

Sie stand am Arbeitstisch unterm Fenster. Stina war in der anderen Küche und spülte das Mittagsgeschirr; Fia nahm sich der Reste an.

Susanna kam mit einer Liste aus der Speisekammer. »Wir haben nicht mehr viele Gewürze«, sagte sie zerstreut. »Wenn Stina oder ich das nächste Mal in den Laden gehen, dürfen wir sie nicht vergessen ... Was hast du gesagt, Fia?«

»Daß Frau Jakobsson nicht hierhergepaßt hätte. So, aus dem Fleisch, das übriggeblieben ist, machen wir morgen Bauernfrühstück. Aber so ein Essen würde sie nicht dulden. Reste durften es nicht sein, das hat sie immer gesagt, wenn sie hier war.«

»Ach, wirklich? Nun ja, sie ist ja auch nicht hier.«

»Nein, zum Glück. Sie kann gern da oben bleiben und ihre Goldbeutel bewachen, der reiche Troll. Uns geht's besser ohne sie. Sie will immer etwas Besonderes sein.«

Es war sehr warm in der Küche. Susanna schlug nach einer der summenden Fliegen und war plötzlich gereizt. »Wenn Tante Betty gekommen wäre«, sagte sie ein wenig scharf, »dann hätte ich jedenfalls das tun können, was ich wollte.«

»Meinen Sie die Schule in Stockholm?«

»Ja, die meine ich.«

»Ah, aber das wäre doch nie gegangen. Und man kann doch nicht einfach vor der eigenen Pflicht weglaufen.«

»Das hab ich ja auch nicht getan.« Susanna holte tief Luft. »Aber was ist mit mir?« Und für eine Sekunde wurde ihre Stimme schrill. »Fia, verstehst du nicht, wie mir manchmal zumute ist?«

»Aber, liebes Kind, natürlich verstehe ich das. Es ist nur so – wer hat denn je nur an sich selbst denken können? Ich kenne niemanden.«

Susanna sah die alte Magd an, die lieben blauen Augen, die jetzt blaß waren im Herbst ihres Lebens. Sie sah die abgearbeiteten, braunfleckigen Hände, die niemals ruhten, solange Susanna sich erinnern konnte, immer beschäftigt, immer in Bewegung. Nein, Fia gehörte bestimmt nicht zu denen, die an sich selbst hatten denken können. Es stimmte, was sie gesagt hatte: Sie kannte niemanden.

Susanna wollte es aussprechen, aber Fia redete weiter. Sie stand immer noch am Tisch, drehte sich aber ein wenig zur Seite, so daß sie aus dem Fenster schauen konnte. Von der Küche sah man nur hinunter zu einem kleinen Erdwall, der den Garten abgrenzte. Dort standen die Haselnußbüsche dicht, und dort blühten im Frühjahr die ersten Blumen. Sie waren jetzt verblüht, aber der Schatten sorgte dafür, daß das Gras trotz der Trockenheit noch grün war.

»Unsereins bekam immer zu hören, daß man im kleinen treu bleibt«, sagte sie nachdenklich. »Daß man die Arbeit erledigt, die man zugeteilt bekommen hat, und sich nicht nach etwas streckt, was man nicht erreichen kann. Und nicht dünkelhaft wird.«

»Fia, ich ...«

»Sie meine ich nicht, Susanna. Ich spreche von mir. Ich

frage mich, ob ich das jemals in meinem Leben getan habe. Seit ich ein junges Ding war, bin ich hier auf dem Pfarrhof gewesen. Ich war ja auch beim vorherigen Pfarrer, aber er ist gestorben, und dann kamen Ihre Eltern. Und so gut ist es mir noch nie ergangen, sie waren beide immer so gut zu mir. Aber, Susanna – jetzt will ich Ihnen etwas sagen, was niemand weiß und wonach auch niemand je gefragt hat. Ich kann weder lesen noch schreiben. Das habe ich noch nie jemandem erzählt, es ist eine solche Scham. Aber es hat ja auch niemand danach gefragt.«

»Fia! Wie um alles in der Welt ist das gekommen? Es gab doch eine Schule im Dorf, warum bist du nicht hingegangen?«

»Doch, ich bin hingegangen, jedenfalls wenn es der Bauer erlaubt hat. Aber ich war zu dumm zum Lesen, hat der Lehrer gesagt, ich konnte es nicht lernen. Er schimpfte und hat geschlagen, aber ich konnte nicht sehen, was da stand ...«

»Du konntest es nicht sehen? Warum nicht? Sind deine Augen nicht in Ordnung?«

»Ich weiß nicht. Ich begriff, daß die anderen die Wörter auf eine andere Art sahen als ich. Für mich waren sie alle wie ein zerrupfter Weidezaun – zeigten hierhin und dahin, so kamen mir die Buchstaben vor. Ja, und dann sagte der Lehrer, es lohne sich nicht, daß ich es weiter versuchte, außerdem war ich ja schon als Magd in Diensten.«

»Oh«, sagte Susanna matt und setzte sich auf einen Schemel. »Oh, Fia, du Liebe, du hattest es schwer.«

»Ja – aber das ist nun lange her. Das fiel mir nur ein, als Sie das sagten, an sich selbst denken ...«

»Vergiß es! Ich habe nur Unsinn geredet.«

»Nein, nein, das haben Sie nicht. Und ich wollte auch nicht klagen. Viele haben übrigens nicht schreiben gelernt, noch viele andere außer mir. Das halbe Schuljahr kostete ja einen Zwölferschilling, deshalb lernten meistens nur Jungen. Mädchen, wozu sollten die schreiben können? Ja, ja. Jetzt ist es, wie es ist, und nicht mehr zu ändern. Aber Sie verstehen doch hoffentlich, daß ich Ihnen nur das Beste gönne?«

»Das weiß ich, Fia.«

»Ich hätte das wahrscheinlich nicht sagen sollen über die Schwester Ihrer Mutter, über diese Frau Jakobsson. Es bringt nie etwas, schlecht über andere zu reden.«

»Aber manchmal erleichtert es«, sagte Susanna.

Auf dem Pfarrhof gab es eine einzige Kuh. Sie war beim Pachtbauern Mattis Persson untergestellt, und Mattis' Stallknecht kümmerte sich um sie. Aber als sie noch ein Kälbchen war, hatte sie Susanna gehört; sie war fast ganz weiß, und Susanna hatte sie Goldblume genannt.

Früh im Sommer kam Goldblume mit den anderen Kühen nach Jären auf die Sommerweide; alle Kühe des Dorfes wurden dorthin getrieben, und jeden Morgen und jeden Abend zogen die Mägde zum Melken nach Jären. Manchmal ging Mattis' Frau selbst mit – »Sonst wird ja doch nur geschwatzt, und furchtbar lange dauert es«, sagte sie finster. Aber Anna Mattis Per hatte alle Hände voll zu tun mit ihrem großen Haushalt. Deswegen blieben die Mägde meistens ungestört. Es war die einzige kleine Gelegenheit am Tag, andere zu treffen und darüber zu schwatzen, was im Dorf geschehen war. Außerdem kamen auch gern einige der jungen Knechte mit, um Kannen tragen zu helfen …

Susanna molk nicht, aber sie streifte gern auf dem langen, niedrigen Waldkamm umher. Dort gab es einen unvorstellbaren Reichtum an Bäumen und Blumen, und es war eine Freude anzuschauen, wie die Kühe aus der Quelle unten am Bach tranken und vor der Sonnenglut den Schatten suchten. Goldblume erkannte sie und kam zu ihr, um sich zwischen den Ohren kraulen zu lassen. Susanna tat das gern. Sie streichelte und schmuste mit ihrer kleinen Kuh, aber ihre Gedanken waren weit entfernt.

Kein Brief von Connie; darauf hatte sie auch nicht zu hoffen gewagt. Edward Henderson würde schon aufpassen, daß kein Portogeld für irgendwelche Briefe an die Schulmamsell vergeudet wurde. Kein Brief von Adrian Henderson – aber zum Glück auch keiner von Lars Pilgren. Er hatte versprochen zu schreiben, wenn er etwas über den Gutsbesitzer von Eketorp erführe, aber er hatte auch gesagt, er hoffe, Adrian würde selbst schreiben und berichten, daß er wieder vollkommen genesen war. Nichts von Mattias Stenberg, aber ein verzweifelter Brief von Maja Ekander, die Antwort auf Susannas Brief. Susanna hatte ja versucht, so ruhig und vernünftig wie möglich zu schreiben: Es ging eben nicht alles, wie man es gehofft und erträumt hatte, aber sie mußte das tun, was sie jetzt tat. Maja verstand das doch sicher? Doch, Maja verstand das sehr gut, und sie begriff, daß Susanna sich um ihren Vater kümmern mußte. Aber traurig und verlassen fühlte sich Maja trotzdem, und es würde nicht so lustig werden auf dem Seminar, worauf sie sich so gefreut hatte.

Susanna ärgerte sich ganz unvernünftig darüber, daß Maja verstand, daß sie bei ihrem Vater bleiben mußte.

Sie fuhr fort, Goldblume zwischen den Ohren zu kraulen, und schlug nach den Fliegen, die sie umschwärmten. Vielleicht wäre es am besten, die kleine Kuh zu den anderen in den Schatten unter den Bäumen zurückkehren zu lassen, wo sich die Kühe die lästigen Fliegen an den Stämmen abscheuerten. Und Susanna mußte wieder nach Hause, es war bald Zeit fürs Abendessen, und Vater wollte danach immer noch eine Weile sitzen bleiben und sich unterhalten, bevor er sich schlafen legte.

»Gute Nacht«, sagte sie zu Goldblume.

Es kam kein Muh zur Antwort. Susanna lachte, als sie über das Gatter kletterte und zum Weg zurückging.

Jemand kam ihr in der Biegung entgegen. Die Abendsonne schien ihr ins Gesicht, und sie blinzelte, aber sie sah nur die Silhouetten von zwei Personen und konnte nicht erkennen, wer es war.

»Ah, Susanna! Du mußt doch hoffentlich nicht selbst melken, hoffe ich? Willkommen zu Hause, sollte ich wohl erst einmal sagen.«

Die Stimme, diese von Kindheit an ein wenig verächtliche Stimme, die erkannte sie.

»Guten Abend, Amalia. Und Einar. Nein, ich muß nicht melken, ich habe einen Spaziergang gemacht. Seid selbst willkommen zu Hause. Ihr seid also zu Besuch?«

»Wir sind häufig hier«, sagte Amalia und lächelte selbstzufrieden. »Vater und Mutter freuen sich, wenn wir bei ihnen sind. Sie fühlen sich vermutlich ein wenig einsam auf dem Lande.«

Susanna fiel ein, was Fia von den langen Besuchen auf Nummer sechs gesagt hatte: Diese beiden? Sie bleiben, solange sie können, und essen alles, was sie sehen. Und Bernt Nilsson sieht zähneknirschend zu.

Sie biß sich auf die Innenseite der Wange, um ernst zu bleiben. »Wie nett«, sagte sie nur.

Das Glitzern in ihren Augen ließ Amalia die Lippen schürzen. Sie nahm wieder Einars Arm und strich über seine Hand. Siehst du, was ich habe, sagte diese Geste. Ich habe den Mann, der deiner hätte werden sollen, in den du so kopflos verliebt warst. Aber jetzt gehört er mir.

Vielleicht hätte es sie treffen sollen, das zu sehen? Sie bis ins Herz treffen? Aber es wurde ihr nicht schwer ums Herz. Susanna sah Einars Hand, die auf Amalias Arm ruhte, und sie erinnerte sich. Mehr war es nicht.

Einmal habe ich dich geliebt, dachte sie. Ich wurde nicht die Deine, obwohl du es wolltest, obwohl ich es auch wollte. Aber daraus ist nichts geworden. Natürlich erinnere ich mich an die Liebe oder die Verliebtheit oder wie man es nennen will. Und natürlich war ich damals sicher, daß ich dich liebte. Aber ich weiß nicht, ob ich dich überhaupt gern gehabt habe.

Ich frage mich, ob ich jemals erleben werde, was man Liebe nennt. Richtige Liebe, eine Liebe, die hält. Nicht diese flatterhafte Verliebtheit, nicht nur ein Gefühl von Sympathie, wie stark es auch sein mag. Ein Feuer in meinem Herzen – vielleicht werde ich mich daran verbrennen, aber es wird nie verlöschen.

Sie merkte plötzlich, daß sie Einar betrachtete. Er fing ihren Blick auf, und Röte stieg ihm in die Wangen, die jetzt runder waren als früher, zufriedene Wangen. Susanna gab den Blick zurück, sehr ruhig.

Amalia sagte etwas zu honigsüß: »Wie traurig, daß deine Mutter so früh von euch gegangen ist. Und jetzt mußt du dich um den Haushalt auf dem Pfarrhof kümmern, nicht wahr? Statt deine Ausbildung in Stockholm anzufangen, das wolltest du doch?«

»Ja«, sagte Susanna nur, und Amalia mußte die Antwort hinnehmen, wie sie war.

»Wenn du zu Hause bleibst«, sagte Einar und räusperte sich, »dann hoffe ich, daß wir uns öfter treffen. Es wäre so ...«

»Aber Einar«, unterbrach ihn seine Frau. »Du weißt doch, daß Vater und Mutter uns bei sich haben wollen, wenn wir in Bosarp sind. Und Susanna hat ja wohl kaum Gelegenheit, nach Malmö zu kommen.«

»Nein, das ist richtig. Aber es ist nett von euch.«

Versteht sie das? dachte Susanna. Ich glaube nicht, aber das ist einerlei. Und jetzt will ich nicht länger mit ihnen zusammensein.

»Ich verstehe, daß ihr es eilig habt und daß deine Eltern warten, Amalia«, sagte sie. »Und ich möchte noch ein wenig spazierengehen. Auf Wiedersehen.«

»Auf Wiedersehen, Susanna. Wir sehen uns bald.«

Sie gingen ihrer Wege, aber Amalia und Einar waren kaum zwei Schritte entfernt, als sie Amalias scharfe Stimme vernahm: »Ach ja, wirklich? ›Wir sehen uns bald‹, oder habe ich mich verhört? Und was meinst du damit?

Stehst herum und glotzt wie ein Idiot, hat man so was schon gesehen! Das eine will ich dir sagen ...«

Den Rest verstand Susanna nicht mehr.

Das Abendessen war vorbei, ebenso die anschließende kleine Plauderstunde. Das Abendgebet war gesprochen, und Susannas Vater war zu Bett gegangen. Fia schlief schon, und Stina war draußen. Alles war, wie es viele Abende gewesen war, wie es nun immer sein würde.

Susanna stand an der offenen Tür zum Garten, aber sie ging nicht hinaus. Draußen war es mild und schön, aber die Milde der Luft schmerzte sie. Sie fühlte ein Stechen im Kopf und konnte kaum die Hände stillhalten. Nicht Einar Stjernström und die Begegnung mit ihm quälten sie, es war etwas anderes, es war mehr. Es war das Wissen von Verrat, dem großen, immer wieder vorkommenden, immer gleichermaßen herzlosen Verrat. Zu wissen, daß Menschen es nicht wagten, sich auf Menschen zu verlassen, nicht zu glauben wagten ...

Es stimmt ja, was Amalia gesagt hat, dachte sie außer sich. Du hast wie ein Idiot geglotzt. Du bist eingebildet und lächerlich! Dennoch stand es einmal in deiner Macht, mir weh zu tun, denn ich habe mich auf dich verlassen, und du hast mich verraten.

Wie schrecklich war der erste Abend, wie habe ich geweint und geschrien unter meiner Bettdecke. Jetzt habe ich nicht einmal Lust, mit dir zu reden. Ich bin deiner müde. Und wahrhaftig bin ich nicht deinetwegen so ruhelos heute abend. Ich habe endlich begriffen, daß Verrat eigentlich ein allzu großes Wort für das ist, was du mir angetan hast – Betrug stimmt wahrscheinlich eher.

Einar Stjernström hat Betrug an Susanna Lindman begangen. Das ist die ganze jämmerliche Wahrheit.

Sie schaute über den Garten und zuckte mit den Schultern. »Und jetzt geht Susanna Lindman zu Bett«, sagte sie laut zu sich selbst.

Sie stieg die Treppe zu ihrem großen niedrigen Dachzimmer hinauf. Das breite Eichenbett hatte hohe Beine; Susanna wußte, daß es so gezimmert worden war, um denjenigen, der in diesem Bett lag, vor Luftzug und Winterkälte zu schützen. Neben dem Bett stand ein niedriger Schemel. Susanna erinnerte sich, daß es ihr als kleines Kind schwergefallen war, in das Bett hinaufzuklettern, sie hatte mit den Beinchen gezappelt und gekämpft, bis sie endlich die Kante überwunden hatte. Jetzt brauchte sie keinen Schemel mehr, aber er stand immer noch dort.

Unten im Garten begann eine Nachtigall in der Dunkelheit zu schlagen. Zum ersten Mal in ihrem Leben fühlte Susanna sich von dem Gesang gequält. Sie zog sich nicht aus, ihr Bett sah nicht einladend aus, sie machte ein paar energische Schritte auf und ab, dann setzte sie sich an den alten Sekretär. Sie stützte die Ellenbogen auf die Schreibplatte und verbarg ihr Gesicht in den Händen.

Aber nicht lange blieb sie so sitzen. Sie begann, die Papiere vor sich zu richten, zog die kleinen Schubladen heraus, spielte mit den Beschlägen. Sie war ruhelos. Und plötzlich drückte sie heftig und gereizt gegen die Platte hinter dem mittleren offenen Fach. Sie schien ein wenig zu weit vorzustehen, die Schubladen ließen sich etwas tiefer hineinschieben. Aber der Sekretär war nicht irgendwie plumpe Nachbildung, alles sollte stimmen. Er war hübsch geformt, abgenutzt zwar, die Oberfläche war matt, und die weiße Einlegearbeit an den Schubläden war teilweise verschwunden. Diese Wand in dem Fach hatte sie noch nie bemerkt. Susanna drückte fest dagegen, vielleicht würde sie sich auf diese Weise zurechtrücken lassen.

Die dünne Holzplatte glitt beiseite. Susanna hörte die Nachtigall nicht mehr, sie vergaß ihre Müdigkeit und die verwirrten Gedanken. Hinter der Platte aus blassem Mahagoni lag ein Brief.

XV

Susanna erhob sich und zündete die Petroleumlampe an. Sonst brannte nur ein kleines Nachtlicht, die Sommerabende waren lang. Aber jetzt brauchte sie Licht, um klar und deutlich lesen zu können. Das Briefpapier war kostbar, die Schrift steil und kühn, spitz im Aufstrich und merkwürdig gedrängt. Wie ein Gitter, dachte sie. Ob der Briefschreiber den Empfänger vielleicht nicht mochte? An so etwas denke ich zuerst – ich achte auf Abstand.

Der Brief war in Paris geschrieben, datiert im März 1747. Er war weit mehr als hundert Jahre alt, genau einhundertsechsundzwanzig Jahre. Er war adressiert an Marie Madeleine, Comtesse de la Tour, geborene Barck. Marieberg, Östra Nöbbelöv.

Gräfin de la Tour? Geburtsname und vollständige Adresse? Das ist alles so förmlich. Wer war sie? Und warum hat sie den Brief in diesem Geheimfach versteckt? Und wie ist der Sekretär der Gräfin Marie Madeleine auf den Pfarrhof nach Bosarp geraten?

Susanna atmete heftig vor Aufregung. Sie legte den Brief auf die Schreibplatte, und der Schein der Lampe fiel auf die schwarze Schrift. Die Tinte war nicht verblaßt, der Brief könnte gestern geschrieben worden sein. Sie las ihn halblaut und übersetzte ihn ein wenig zögerlich und nach Worten suchend, während sie las:

Meine liebe Freundin, ich kehre nicht mehr zurück. Ich habe keine Begabung für die Ehe, kleine Marie … nicht fürs Leben auf dem Lande … das Ganze ein Irrtum …

entzückend ... »ravissant« steht da, das heißt doch entzückend? – ja. O Gott, wie kann er das nur schreiben? – *mit der Zeit ziemlich unerträglich ... wünsche Dir selbstverständlich viel Glück ...*

Und unterzeichnet: Xavier, Comte de la Tour, Paris.

Wie herablassend und grausam er schreibt! So eiskalt unbarmherzig – und den Brief hat sie aufbewahrt. Die unbekannte Marie Madeleine. Sie hat ihn in das Geheimfach gelegt – hat sie es nie wieder geöffnet? Hätte ich es getan? Ich glaube nicht.

Susanna stiegen Zornestränen in die Augen, doch sie wischte sie mit einer heftigen Bewegung ab. Sie hatte doch keinen Grund zum Weinen. Hatte Marie Madeleine geweint? Auf dem Papier gab es keine Tränenspuren. Vielleicht war sie viel zu gekränkt, um sich Tränen zu erlauben. Susanna hatte das Gefühl, sie selbst wäre die Unbekannte, die vor dem Sekretär saß und die grausamen Zeilen las – und die den Brief dann einfach zusammenfaltete und im Geheimfach begrub.

So hätte ich es auch machen sollen, dachte Susanna. Zu Eis erstarrt sein wie sie.

Zu Eis erstarrt, na, vielen Dank. Was habe ich getan, als ich erfuhr, daß Einar mich verraten hat? Ich habe geschrien und geweint, und ich habe sogar geflucht, daran erinnere ich mich wohl. Niemand hat mich gesehen oder gehört, aber ich habe es getan. Und ich denke, daß Marie Madeleine sich nicht so verhalten hat wie ich.

Wer war sie? Und wie soll ich das erfahren?

Susanna schraubte den Docht der Petroleumlampe herunter, sah den letzten blauen Funken Licht aufflackern und erlöschen. Das Kerzenlicht ließ sie brennen. Sie nahm die Kerze in die Hand und ging zum Spiegel über dem Waschtisch in der Ecke. Im schwachen Kerzenschein wirkten ihre grauen Augen fast schwarz. Sie stand lange dort und sah sich an, aber ihre Gedanken wanderten in eine Zeit vor mehr als hundert Jahren.

»Marie Madeleine de la Tour«, sagte sie halblaut. »Was für einen hübschen Namen du hast. Aber der Mann, der ihn dir gegeben hat, war nicht gut zu dir. Er hat dich gekränkt und verletzt. Doch er und seine Taten spielen jetzt keine Rolle mehr. Ich möchte mehr über dich erfahren. Und warum, warum steht dein Sekretär im Dachzimmer auf dem Pfarrhof in Bosarp?

Vater kann ich jetzt nicht wecken. Aber morgen ist ein neuer Tag.«

»Liebes Kind«, sagte Susannas Vater und schaute verwirrt von seiner Frühstücksgrütze auf. »Wie um alles in der Welt soll ich das wissen? Du hast erwähnt, daß der Hof Marieberg hieß – war es nicht so? Und die Adresse Östra Nöbbelöv? Das liegt ja nicht einmal in unserem Kirchspiel.«

»Nein, Vater«, sagte Susanna so ruhig, wie sie konnte. »Nöbbelöv liegt sicher irgendwo im östlichen Schonen.«

»Aber man kann ja nie wissen«, sagte Johannes plötzlich lebhaft. »In der Nähe von Västra Skrävlinge gibt es ein Nöbbelöv, das weiß ich. Und eins außerhalb von Lund. Ein Freund von mir aus den Studienjahren …«

»Ja, aber der Ort außerhalb von Lund heißt Norra Nöbbelöv«, unterbrach ihn Susanna. »Dann weißt du also auch nichts über den Sekretär? Woher er kommen könnte?«

»Nein, nein.«

Johannes' Interesse war so schnell erloschen, wie es aufgeflammt war. Er schüttelte den Kopf und aß weiter seine Grütze.

»Nein«, wiederholte er dann, »wenn es jemand wüßte – ich meine, woher der Sekretär kommt –, dann meine Schwester Jenny in Ystad. Sie hat sich immer für Möbel und ihre Geschichte begeistert. Vielleicht weiß sie, wie alt der Sekretär ist.«

»Das weiß ich auch, jedenfalls ungefähr«, sagte Susanna. »Der Brief ist 1747 datiert, der Sekretär ist also mindestens so alt.«

Johannes nickte nur.

»Fia«, sagte Susanna, während sie den Frühstückstisch abdeckten, »weißt du etwas über den Sekretär oben in meinem Zimmer? Wie lange er dort steht, und woher er gekommen ist?«

»Nein, wie denn das? Der hat hier immer gestanden, genau wie das Bett da oben. Die beiden Sachen gibt es bestimmt schon seit der Zeit vom Vorgänger Ihres Vaters.«

Vom Vorgänger? dachte Susanna. Aber wer war in Bosarp Pfarrer, als der Brief geschrieben wurde? Das wenigstens kann Vater für mich herausfinden, er hat doch alle alten Kirchenbücher.

»Wenn du willst«, sagte er mit einem Seufzer. »Später vielleicht. Heute ist so schönes Wetter, und ich wollte spazierengehen.«

»Aber Vater, es ist Freitag. Freitags bereitest du doch immer die Predigt vor, nicht wahr?«

»Ach«, antwortete Johannes und lächelte ein wenig. »Heutzutage stemme ich höchstens noch ein Fäßchen, weißt du. Ich finde, ich habe alles schon so oft gesagt.«

Susanna schlang ihm spontan die Arme um den Hals. »Du hast immer nur gute und richtige Worte gesagt, Vater.«

»Danke, liebes Kind, danke. Das hast du nett ausgedrückt. Vielleicht nicht ganz der Wahrheit entsprechend, aber es wärmt dennoch mein Herz. Ja, ja. Jetzt gehe ich eine Weile hinaus.«

Hinaus zum Friedhof, dachte Susanna. Dort fühlst du dich Mutter nahe. Ja, ich kann dich nicht drängen, ich muß mich gedulden.

Aber schon am Mittagstisch sagte Johannes: »Du hast mich neugierig gemacht. Vielleicht hilfst du mir mit den Büchern, sie sind so schwer. Dann können wir gemeinsam suchen. Diese junge Frau, die du erwähnt hast, die

Gräfin. Sie kann eigentlich nichts mit den Pastoren hier zu tun gehabt haben. Vielleicht haben sie den Sekretär auf einer Schloßauktion erstanden. Aber so weit entfernt? Nun, wir werden sehen.«

Der Duft nach altem Kalbsleder und vergilbtem Papier lag schwer in Johannes' Arbeitszimmer. Susanna hatte Schreibzeug und Tintenfaß auf dem großen Tisch beiseite geschoben, und gemeinsam schlugen sie die über hundert Jahre alten riesigen Bücher auf.

»Hm, laß mich sehen ... Petrus Olai – nein, das war sechzehnhundertundnochwas – Lars Clerck – nur ein einziges Jahr, was um alles in der Welt? Aha, wahrhaftig, jaha ...«

»Was ist, Vater?«

»Ach, das steht hier nur.«

»Aber was?«

»Vielleicht hätte Lars Clerck nicht Pastor werden sollen. Der Bischof hat ihn ausgestrichen.«

Susanna lächelte, hakte jedoch nicht nach. Offenbar hatte es immer schon alle Arten von Menschen gegeben.

»Aber, aber, nun sieh mal einer an! Bis zum Jahr 1730, Andreas Werenius – nein, welches Jahr hast du gesagt?«

»1747.«

»Zweiunddreißig – ja, hier haben wir einen, der nach ihm gekommen ist. Er ist lange geblieben. Johan – schau mal an, er hieß fast wie ich! – Johan Malmstedt. Und er war mit Brita Elisabeth verheiratet.«

»Wie hieß sie? Hieß sie Barck?«

»Nein, Fristedt.«

Fremde Namen, so ferne Jahreszahlen. Susanna seufzte. »Jedenfalls vielen Dank, Vater«, sagte sie enttäuscht.

»Warte noch ein wenig, warte. Es war Östra Nöbbelöv, hast du gesagt?«

»Ja.«

»Von dort stammte sie. Aber sie ist in Tobolsk in Sibirien geboren – ja, das waren diese bösen Jahre, aber es ist trotzdem merkwürdig … Er hat hier einige Notizen gemacht, Malmstedt, seine Handschrift sieht aus, als wäre eine Krähe über die Seite gelaufen …«

Susanna lächelte vergnügt. Ihres Vaters Handschrift war fast unmöglich zu entziffern.

»Ich kann kaum lesen, was hier steht – doch, Pflegetochter von Oberst Hans Henrik B-b –, es könnte auch Barck heißen! Hier hat sich seine Feder gespreizt, das kann man gar nicht mehr lesen. Aber es könnte Barck heißen. Wenn es so ist, könnte sie diesen Sekretär ja mitgebracht haben.«

»Ja. Aber der Brief? Der ist doch an Marie Madeleine gerichtet und nicht an Brita Elisabeth. Schade, jetzt wissen wir trotzdem nichts über sie.«

»Nun ja, nun ja. Man kann schließlich nicht alles verlangen.«

Doch Susanna verlangte es. Sie wollte der jungen Frau nahekommen, die einst den Brief im Geheimfach des Sekretärs versteckt hatte.

»Hatten Malmstedts Kinder?« fragte sie. »Könnte sie ihre Tochter gewesen sein?«

Johannes rückte die Brille auf der Nase zurecht und beugte sich wieder über das Buch. Seine eingefallenen Wangen hatten ein wenig Farbe bekommen.

»Nein, das stimmt nicht mit den Jahren überein«, sagte er. »Sie hatten zwar Kinder, vier sogar, aber die Mädchen hießen Julia und Sigrid … Ach, wie traurig, Malmstedts Frau ist im Kindbett gestorben, viel später.«

»Darf ich mal sehen?«

Susanna mußte sich anstrengen. Ihr Vater hatte recht; der ehemalige Gemeindepfarrer Johan Malmstedt hatte eine miserable Handschrift. Täuschte sie sich, oder hatte er den Federhalter besonders krampfhaft gehalten, als er den Tod seiner Frau notierte?

»Aber sie war schon sechsundvierzig Jahre alt«, sagte

Susanna aufgeregt. »Die anderen Kinder waren fast erwachsen, da sollte man doch meinen, daß es einem erspart bleibt, noch ein Kind zur Welt zu bringen.«

Johannes blinzelte sie an. »Denk an Sara in der Bibel«, sagte er. »Sie war um die achtzig oder so.«

»So etwas kommt nur in der Bibel vor. Was ist denn aus Brita Elisabeths Kind geworden?«

»Am selben Tag geboren und gestorben. Ein kleines Mädchen, das seiner Mutter folgte.« Er nahm die Brille wieder ab. Die Namen und Jahre aus längst vergangener Zeit bedrückten ihn plötzlich; er sah müde und alt aus. Es gab noch andere Gemeindepastoren, die den Tod ihrer Frau notieren mußten ... Susanna verstand ihn. Ulrika Lindman war bei ihrem Tod nicht viel älter gewesen als Brita Elisabeth Malmstedt, noch keine fünfzig. Aber ihr Vater näherte sich mit großen Schritten den Siebzigern.

Ein Gedanke, scharf und unbarmherzig, blitzte plötzlich in Susanna auf. Vater war kein junger Mann mehr, niemand wußte, wann das Leben zu Ende war. Wenn Johannes Lindman starb, würde sie heimatlos dastehen. Ulrika als seine Witwe hätte ein Jahr im Pfarrhaus bleiben können, ein Gnadenjahr. Aber wer nicht Ehefrau war, sondern nur Tochter, dem wurde kein Gnadenjahr gewährt. Sie schob den Gedanken heftig von sich.

»Wir lassen die Frage für heute auf sich beruhen«, sagte sie nur. »Die Bücher bringen uns nicht weiter. Soll ich sie wieder ins Regal stellen?«

»Ja, bitte«, antwortete Johannes. »Mir werden sie zu schwer. Es war jedenfalls interessant – natürlich war es auch traurig, aber trotzdem. Man sollte mehr an seine Amtsbrüder denken, die früher hier Dienst getan haben – an diesen Johan Malmstedt zum Beispiel. Und man müßte über das Schicksal seiner Frau nachdenken, die in Tobolsk geboren wurde.«

»Ja«, sagte Susanna versonnen.

Sie kämpfte mit den schweren Büchern. Es ist, als hielte ich sie alle in den Händen, dachte sie, alle, die einmal hier gelebt haben, die vor uns da waren. Ihr ganzes Leben, ihr Schicksal – nur noch ein paar Zeilen in den Kirchenbüchern, an die Gesichter hinter den Zeilen erinnert sich niemand mehr. Brita Elisabeth, geboren in Tobolsk. In den Jahren der Gefangenschaft, das sehen wir. Und dann kommt sie als Pflegetochter zu einem Obersten – war er auch in Gefangenschaft, und seine Frau? Wenn da wirklich Barck steht, wenn es nicht nur an Johan Malmstedts undeutlicher Schrift liegt – war Marie Madeleine dann Stiefschwester von Brita Elisabeth? Ich möchte glauben, daß es so war, aber wie kann ich mir Gewißheit verschaffen?

Wie ein Märchen – nein, kein Märchen, hinter diesen Zeilen steckt Wirklichkeit. Es ist, als bewegten sie sich im dunkeln, immer enger in all den Jahren. Vater hat es gesagt: ein wenig mehr an die Amtsbrüder denken. Ich möchte es gern: ihnen Leben verleihen, sie aus den vergilbten Blättern und der verblaßten Schrift hervorholen. Die Gemeindepastoren in Bosarp, seit der Zeit der Dänen bis heute. Und ihre Ehefrauen – hier starb Brita Elisabeth im Kindbett. Wer folgte ihr, wer kümmerte sich um Johan, und wer tröstete ihre Kinder? Die beiden unbekannten Mädchen, Julia, Sigrid – erhielt vielleicht eine von beiden Marie Madeleines Sekretär als Geschenk? Wie sonst sollte er hierhergeraten sein? Vielleicht haben sie ihn bekommen, als ihre Mutter gestorben ist? Oh, ich habe mir noch nie klargemacht, wie ähnlich sich die Schicksale der Menschen sind, wie sich alles wiederholt. Wie sich alles zu einem mächtigen Gewebe verdichtet, und das Muster ist zu allen Zeiten gleich. Wir werden geboren, wir lieben, und wir sterben; was gestern geschehen ist, was vor hundert Jahren geschehen ist, das geschieht auch jetzt. Alles gleicht einander.

Und nicht nur die Mutter der beiden Malmstedt-Töchter ist tot, auch meine ist tot!

Susanna betrat den Garten und ging den Abhang zum Seerosenteich hinunter, wo eine grüne Bank stand, umgeben von blühendem Jasmin. Dort setzte sie sich wieder. Bienen summten eifrig von einer Blüte zur anderen. Susanna folgte ihnen mit den Blicken.

Von hier aus kann ich Mutters Gardinen und die Topfpflanzen nicht sehen, dachte sie. Von hier aus sehe ich nur die roten Ziegelmauern und das grüngestrichene Fachwerk. Hat Brita Elisabeth vielleicht manchmal hier gesessen, hat sie das gesehen, was ich jetzt sehe? Hat sie an Marie Madeleine gedacht? Wenn beide aus Marieberg kamen, wenn sie ihre Kindheit zusammen verbracht haben, dann war die unbekannte Frau des Obersten ihre Mutter. War sie auch aus der Gefangenschaft zurückgekehrt? Der Oberst wird wohl kaum selbst ein kleines Kind mit nach Hause gebracht haben. War sie den Allerkleinsten, Allerhilflosesten des Krieges eine gute Mutter? Ich möchte es glauben. Und ich hoffe, daß Brita Elisabeth eine gute Schwester war, die Marie Madeleine zur Seite stehen konnte bei ihrer Trauer und Enttäuschung über den entsetzlichen Brief. Ich möchte, daß es ihnen miteinander so ergangen ist, wie Vater, Mutter und ich es erlebt haben, daß sie sich mochten, sich liebten, einander vermißten …

In Susannas Augen brannte es. Die Trauer um ihre Mutter stieg wie eine Welle in ihr auf; sie senkte den Kopf und blieb lange so sitzen.

»Aber ich bin hier, Mutter«, flüsterte sie. »Ich bin hier, und ich werde mich um Vater kümmern. Du – denn du hast bestimmt trotzdem noch an andere gedacht in den furchtbarsten zwei Stunden, als du um dein Leben kämpftest –, du hast sicher an ihn gedacht. An mich hast du auch gedacht, das weiß ich, du hast dir Sorgen gemacht. Du hast an alles gedacht, was ich aufgeben muß … Aber vielleicht kam dennoch eine Sicherheit über dich – daß wir einander haben und einander helfen würden. Ich glaube, du wußtest es. Ich muß daran glauben, daß du diese Welt ohne Angst um uns verlassen hast.

Oder war es so, wie du es einmal von deiner eigenen Mutter erzählt hast? Sie war so müde, daß sie nicht einmal mehr Kraft hatte, sich Sorgen zu machen. Du hast gesagt, es war, als ob sie aufgehoben und fortgetragen würde, als ob aller Kummer von ihr abfiele wie schwere Ketten. Aber wenn man erwachsene Menschen verläßt, ist das anders. Brita Elisabeth, sie hat kleine Kinder zurückgelassen. Und ich bin ja auch noch nicht so alt.«

Susanna tastete in der Tasche ihres Kleides und nahm ein Taschentuch heraus.

XVI

Von Johannes' Schwester in Ystad kam ein Brief, ein wehmütiger Brief. Das alte Fräulein Jenny Lindman schrieb, daß der schwere Bruch und die lange Bettlägerigkeit sie sehr geschwächt hätten. Sie sehne sich sehr danach, ihren einzigen Bruder und seine Tochter wiederzusehen, und hoffe, daß die beiden sie besuchen würden. Der Brief enthielt kein Selbstmitleid, er war ruhig und vernünftig. Aber Jenny Lindmans Handschrift hatte sich verändert, die Zeilen fielen zum Rand des Briefpapiers ab. Die Briefschreiberin war müde.

»Wir fahren doch zu ihr, Vater?« fragte Susanna.

»Liebes Kind, ich weiß wirklich nicht. Fahr du allein zu ihr, du bist jung und kannst sie aufmuntern. Wahrscheinlich ist es gar nicht so schlimm, wie sie glaubt, sie kommt bestimmt wieder auf die Beine.«

Johannes ordnete die Papiere auf seinem Schreibtisch. Er sah Susanna nicht an.

»Vater, sie sehnt sich nach dir. Sie möchte, daß wir beide kommen.«

»Natürlich, sicher. Aber es genügt bestimmt, wenn du allein fährst. Ich – ich tauge nicht mehr zu einem Besuch im Krankenzimmer, ich bin zu traurig, und ich wäre sowieso nicht von Nutzen.«

»Für den Nutzen sorge ich«, antwortete Susanna und beherrschte sich nur mit Mühe. »Aber vielleicht möchte Tante Jenny mit dir sprechen. Sie braucht vielleicht ein paar Worte mit auf die Reise.«

»In Ystad gibt es bestimmt einen Amtsbruder, der ihr beistehen kann. Dafür mußt du sorgen, wenn du dort bist. Er besucht die Kranken seiner Gemeinde, das gehört zu seinen Aufgaben.«

Du hast Kranke nie gern besucht, dachte Susanna. Und wenn du einmal gehen mußtest, hat Mutter dich in die alten Katen begleitet. Meistens hat sie die Kranken beruhigt und getröstet, und ich glaube, sie hat es besser gemacht, als du es konntest. Wer krank und schwach ist, spürt vermutlich, wenn jemand ungern zu ihm kommt.

Aber es hatte keinen Zweck, das auszusprechen.

»Dann machen wir es so«, sagte sie nur. »Ich fahre und sehe zu, wie lange Tante Jenny mich braucht.«

»Ja, ja, aber allzu lange sollte es nicht dauern, du hast ja genug hier zu Hause zu tun. Das sieht Jenny bestimmt ein.«

Genug zu Hause zu tun. Das bedeutet, dir Gesellschaft zu leisten, mich um dich zu kümmern. Aber nein, daran will ich jetzt nicht mehr denken.

Johannes sah seine Tochter an. »Frag doch Jenny nach dem Sekretär«, sagte er. »Beschreib ihn ihr, vielleicht fällt ihr mehr dazu ein. Das interessiert sie bestimmt, und sie vergißt ein wenig ihr Gebrechen.«

Gebrechen! Susanne schloß für einen Moment die Augen. Dann nickte sie.

»Ich packe jetzt«, sagte sie. »Und spreche mit Fia und Stina.«

»Tu das. Sie sind lieb und tüchtig, bestimmt können sie sich ein paar Tage um alles kümmern. Du kommst ja bald wieder.«

»Ich bleibe, solange Tante Jenny mich braucht«, sagte Susanna.

Wilhelm, der Knecht des Pfarrhofs, brachte sein Fräulein zum Bahnhof nach Eslöv; der Zug fuhr direkt nach Ystad, und Susanna bekam einen Fensterplatz. Der Schaffner half ihr, den Koffer ins Abteil zu tragen, die kleine Reisetasche nahm sie selbst. Susanna war traurig darüber, daß ihr Vater sie nicht zum Zug begleitet hatte.

»Nein, meine Liebe«, hatte er erstaunt geantwortet, als sie ihn fragte. »Ich weiß nicht, wozu das gut sein sollte. Wilhelm ist doch stark genug, er kann sich um dein Gepäck kümmern.«

Susanna saß in ihrer Ecke und sah aus dem Fenster. Es war Spätsommer, später August, der September lag schon auf der Lauer. Die Ernte war eingefahren, und die Herbstarbeiten waren in vollem Gang. Es war ein schönes Gefühl, unterwegs zu sein. Wahrscheinlich sollte sie sich schämen, daß sie so dachte. Sie war auf dem Weg zu ihrer Tante, die sie vielleicht ein letztes Mal sehen würde, und vor nicht allzu langer Zeit war sie von einem anderen, viel größeren Kummer heimgesucht worden. Aber die Tage zu Hause waren so eintönig, ein ständig gleicher Trott. Susanna faltete die Hände im Schoß. Es war sinnlos, es abzustreiten – ihr gefiel es, unterwegs zu sein.

Und es war eine Freude, Jennys Lächeln zu sehen, als Susanna in der Tür stand.

»Liebes Kind, daß du mich besuchst! Ich bin so glücklich, dich wiederzusehen. Bist du sehr müde nach der Reise?«

»Kein bißchen«, antwortete Susanna und nahm die schmale Hand in ihre. »Ich freu mich, bei dir zu sein, Tante Jenny. Aber Vater ist nicht mitgekommen.«

Ich werde ihn nicht entschuldigen und Ausreden erfinden. Ihr kann ich ohnehin nichts vormachen, und das will ich auch nicht.

Aber Jenny Lindman lachte munter, es war wie das Lachen eines jungen Mädchens. Ihr Gesicht leuchtete, ein abgezehrtes Gesicht zwar, mit blasser Haut, scharf hervortretenden Wangenknochen. Die feinen Linien um den Mund hatten sich tiefer eingekerbt, seit Susanna sie zuletzt gesehen hatte; ihre Schmerzen zeigte Jenny Lindman nicht. »Ach Kind«, sagte sie, »ich habe sowieso nicht daran geglaubt, daß Johannes kommt. Nach dir habe ich mich gesehnt.«

»Du wußtest, daß Vater ...«

»Daß er keine Kranken erträgt? Ja, das habe ich immer gewußt. Du darfst nicht vergessen, ich kenne ihn, seit er in der Wiege lag.«

»Oh ...«, sagte Susanna. »Und ich habe so sehr versucht, ihn zu überreden.«

»Das gelingt niemandem, Johannes ist eigensinnig wie ein Esel. Was ihm nicht paßt, das paßt ihm nicht. Aber Hauptsache, du bist hier, meine Freundin, dann bin ich ganz zufrieden. Jetzt wollen wir sehen. Beata sagt, sie habe die kleine Kammer für dich vorbereitet. Und du bist doch sicher hungrig?«

»Das bin ich wohl«, sagte Susanna ein wenig verlegen. »Es war eine lange Reise.«

»Beata wird sich freuen. Sie ist böse auf mich, weil ich nicht so viel esse, wie sie möchte.«

Jenny lächelte, ihre Stimme erstarb. Susanna sah sie aufmerksam an, das alte Fräulein hatte die Augen geschlossen und lag still da. Ihre Atemzüge waren gleichmäßig, fast unhörbar. Mitten in ihrem letzten Satz war sie eingeschlafen. Susanna schlich hinaus in die Küche.

»Das Fräulein kann in einer Sekunde einschlafen wie ein junger Hund oder ein Kätzchen«, sagte die alte Magd. »Der Doktor sagt, das hat nichts zu bedeuten, aber ich weiß ja nicht. Jedenfalls kommt jeden Tag eine Krankenschwester. Der Doktor möchte es, und das ist wohl auch am besten so. Jetzt müssen Sie etwas essen, ich habe im Eßzimmer gedeckt.«

Susanna aß ein Spargelomelett und Fleischbällchen mit Petersilienkartoffeln. Beata wachte darüber, daß sie von allem noch einmal nahm, aber mit am Tisch sitzen wollte sie nicht. »Wie würde das denn aussehen?« sagte sie nur. »Das schickt sich doch nicht. Und nein, Sie dürfen den

Tisch nicht abdecken, das mache ich. Setzen Sie sich lieber zu Ihrer Tante.«

Susanna stellte einen Stuhl neben das breite eiserne Bettgestell. Jenny öffnete die Augen, aber sie sah Susanna nicht an, sie schaute hinauf zur Decke. »Dieser Junge«, sagte sie mit klarer, deutlicher Stimme, »der sich so schlecht gegen dich benommen hat, hast du seitdem Ärger mit ihm gehabt?«

»Du meinst Einar Stjernström. Nein, das hab ich nicht. Er hat doch eine andere geheiratet, Amalia.«

»Ein Mistkerl«, sagte Jenny Lindman und schloß die Augen wieder. »Und außerdem dumm.«

Susanna verzog den Mund. »Er ist nicht der einzige«, sagte sie. »Das ist offenbar eine Geschichte, die sich wiederholt. Wenn du wüßtest, was ich in meinem Sekretär gefunden habe! Soll ich es dir erzählen – aber sag mir, wenn du müde wirst.«

»Dann schlafe ich ein, liebes Kind. Das passiert leider oft, zu meinem Kummer, aber ich kann nichts dagegen tun. Was hast du gefunden, und wie hast du es gefunden?«

Niemandem hatte Susanna richtig von ihrer Enttäuschung über ihre zerstörten Träume erzählen können, von ihrer Revolte gegen ihren Vater, der ihr Opfer so selbstverständlich hinnahm. Aber Jenny, das wußte sie, Jenny würde sie verstehen. Sie hatte sie immer verstanden. Und Jenny würde alles vor sich sehen können: wie Susanna an ihrem Sekretär gesessen hatte an jenem Abend, außer sich vor Kummer und Zorn, und wie sie heftig die dünne Zwischenwand weggedrückt hatte …

»Und da ist sie zur Seite geglitten«, sagte Susanna. »Und dort lag der Brief.«

Die alten Augen schlossen sich jetzt nicht, sie waren wach und klar. Susanna erzählte, was in dem Brief stand, wie es ihr zunächst schwergefallen war, das altertümliche Französisch und die spitze Handschrift zu lesen.

»Wie Pfeile, verstehst du, scharf und hart – hart wie der

ganze Brief. Ich bin also nicht die einzige, die enttäuscht und betrogen wurde«, schloß Susanna. »Auch Marie Madeleine ist enttäuscht worden. Und ich muß ständig darüber nachdenken, wie es ihr später ergangen sein mag. Und dann möchte ich wissen, wie ihr Sekretär schließlich auf dem Pfarrhof von Bosarp gelandet ist.«

»Dieser Sekretär«, sagte Jenny langsam, »ich erinnere mich sehr gut an ihn. Er stand schon dort, als deine Eltern nach Bosarp kamen; ein schönes altes Möbelstück, obwohl es schon damals abgenutzt war.«

»Er muß schon sehr lange dort gestanden haben. Oder ein Pastor hat ihn bei einer Schloßauktion erworben. Das glaubt Vater jedenfalls.«

»Ich glaube das nicht, man fuhr doch für eine Auktion nicht so weit. Und nach den Kirchenbüchern zu urteilen, müssen sie doch miteinander verwandt gewesen sein, diese Frau Malmstedt und die Gräfin. Ich finde, du solltest hinfahren, Susanna. Dann erfährst du, was du wissen willst.«

»Aber Tante ...«

»Östra Nöbbelöv und Marieberg liegen doch ganz nah beieinander.«

Susanna wußte nicht, was sie antworten sollte.

»Du bekommst Reisegeld von mir. Ich möchte es auch gern wissen, und du mußt mir alles erzählen ...«

Die Stimme wurde matt und erstarb. Jenny preßte die Lippen zusammen; ihr war anzusehen, daß sie Schmerzen hatte. Susanna war froh, als die Krankenschwester kam.

An diesem Abend lag Susanna lange wach. Aber am nächsten Tag sagte Jenny: »Kannst du dir vorstellen, daß ich heute nacht von der unbekannten Gräfin geträumt habe? Ich glaube zwar nicht daran, daß Träume in Erfüllung gehen, aber du willst doch hoffentlich fahren?«

»Natürlich möchte ich das«, sagte Susanna. »Aber ich lasse dich nicht gern allein.«

»Unsinn! Beata ist ja hier, und Schwester Ingeborg

kommt häufig. Weißt du, ich bin doch auch neugierig. Die Geschichte hat mich ordentlich aufgemuntert.«

Du, dachte Susanna, du weißt, daß ich es gern herausfinden will, deshalb sagst du das, damit ich mir keine Vorwürfe mache. In deinem ganzen Leben hast du gewußt, was in anderen vor sich geht, was sie wünschen, und was sie hoffen. Du bist ein guter Mensch, Tante Jenny, ein guter und lieber Mensch.

Ihre Tante sah sie an und lächelte ein wenig. »Du kannst schon morgen fahren«, sagte sie. »Geh heute zu den Hauskutschern hinunter und besorg dir eine gute Kutsche. Der Kutscher kann seine Lise verschnaufen lassen, während du dort mit dem Pastor sprichst. Dann kommst du abends wieder und erzählst mir alles.«

Frühzeitig am nächsten Morgen rollte Susannas Kutsche zur Stadt hinaus. Zwei kräftige braune Pferde waren davorgespannt. Es hatte sich herausgestellt, daß Beata die Tante der Frau des Kutschers war, und das Pfarrhoffräulein aus Bosarp sollte wahrhaftig nicht mit einem klapprigen Wagen fahren. Beata war selbst mit zu den Ställen gegangen, um es denen zu sagen. Susanna fühlte sich plötzlich zurückversetzt in ein Alter, als sie fünf gewesen war.

»Eigentlich sollten Sie nicht so mutterseelenallein reisen«, sagte Beata mißbilligend. »Aber ich hab den Stallbesitzern gesagt, daß es ein anständiger Kutscher sein soll, der Sie fährt.«

»Danke, liebe Beata«, sagte Susanna bescheiden. »Es wird sicher alles gutgehen.«

Und jetzt saß sie in der Kutsche und sah sich um. Wie schön es war, wie anders die Landschaft hier war, als um den Ringsjö. Die Gegend war reicher, dichter besiedelt, und die Äcker waren größer.

Der Kutscher drehte den Kopf. »Haben Sie Östra Nöbbelöv gesagt, Mamsell?«

»Ja«, antwortete Susanna. »Ich möchte dort mit dem Pfarrer sprechen. Und dann möchte ich gern zu einem großen Hof, der heißt Marieberg.«

»Ja, der Pastor, der wohnt in Simris. Nöbbelöv, das ist nur eine Ansammlung von Häusern um die Kirche herum. Aber ich weiß genau, wo Marieberg liegt. Sind Sie zufällig bekannt mit dem Gutsbesitzer Barck?«

Barck! Susannas Rückgrad überlief es eiskalt vor Aufregung. Der Kutscher sprach den Namen aus, als wäre es der alltäglichste der Welt. Aber er konnte ja nicht wissen ...

»N-nein, das bin ich nicht. Aber ich – ja, das ist eine lange Geschichte. Auf jeden Fall muß ich zuerst mit dem Pfarrer sprechen.«

»Natürlich.«

Der Kutscher sah sie neugierig an, aber Susanna konnte und wollte nichts erzählen. Sie lehnte sich in die Kissen zurück, und er fragte nicht weiter.

»Hier ist Östra Nöbbelöv«, sagte der Kutscher, nachdem der Wagen lange gefahren war. »Sie sehen, Mamsell, es ist nicht groß.«

»Nein, aber warten Sie! Wenn ich schon einmal hier bin, möchte ich auf den Friedhof gehen.«

»Das läßt sich machen.«

Sie ließ den Kutscher ein Stück entfernt am Weg im Schatten von einigen mächtigen Ulmen zurück. Er setzte sich bequem zurecht und packte seinen Proviantkorb aus. Für Susanna hatte Beata auch einen Korb vorbereitet, aber die Aufregung verschlug ihr den Appetit, den sie hätte haben müssen. Sie legte die Hand auf das schwere Schloß des Eisentors, als sie hinter sich Schritte hörte und sich umdrehte.

Ein Mann kam von einem Hof, der nah am Weg gelegen war. Es war ein weißgekalkter Vierseithof mit einer großen Toreinfahrt. Der Mann war mittleren Alters und hatte das sonnengebräunte Gesicht eines Bauern; seine scharfen Augen waren graublau. Er nahm den Hut ab und verbeugte sich leicht. Susanna machte eine unbestimmte Bewegung in seine Richtung, und er blieb stehen.

»Sie wollten etwas sagen, Mamsell?«

»Ja«, sagte Susanna und spürte, wie sie vor Verlegenheit rot wurde. »Ja, das wollte ich wohl. Aber ich weiß nicht richtig, wie ich anfangen soll.«

In den Augen blitzte ein Lächeln auf. »Suchen Sie jemanden auf dem Friedhof? Die sagen nicht mehr viel.«

Ich kann ihm ja nicht alles von Anfang an erzählen, dachte Susanna. Aber vielleicht weiß er etwas, er ist bestimmt von hier. Und irgend etwas muß ich ja sagen, sonst denkt er noch, ich hätte den Verstand verloren.

»Ich habe von einer Dame gehört«, begann sie, »verehelichte de la Tour, aber sie kam von hier, und als Mädchen hieß sie Barck. Es ist schon mehr als hundert Jahre her, aber ich wollte so gern ...«

»Sie stammt vom größten Hof der Gegend«, antwortete der Mann. »Ach ja, das weiß ich wohl. Der Hof ist immer noch im Familienbesitz, und das schon länger als hundert Jahre.«

»Marieberg?« fragte Susanna atemlos.

»Ja, ja, so heißt er. Aber wäre es nicht besser für Sie, dorthin zu fahren, statt auf dem Friedhof zu suchen?«

»Das werde ich auch tun. Aber ich wollte gern ...«

Er lächelte, und seine Lachfältchen breiteten sich aus wie Fächer. »Kommen Sie«, sagte er, »ich werde es Ihnen zeigen.«

Er öffnete die Pforte, und sie betraten den Friedhof.

»Da hinten«, sagte er. »Dort an der Mauer ist ihr Platz. Hübsch eingezäunt.«

Susanna hörte ihn schon nicht mehr. Sie stand ganz still und schaute auf die grauen Steine, die so bemoost waren, daß die Namen der längst Verstorbenen fast ausgelöscht waren. Plötzlich verschwamm alles vor ihren Augen.

»Sie sind ja ganz blaß, Mamsell«, sagte der Mann.

»Kommen Sie mit, an der Wand bei der Kirche ist eine Bank.«

Er nahm sie am Arm, ein ruhiger, fester Griff, und stützte sie beim Gehen. »Die Toten tun niemandem mehr etwas«, sagte er freundlich. »Wir, die wir hier schon so lange wohnen, sind ganz zufrieden damit, daß die, die vor uns gingen, in unserer Nähe sind. Auf dieser Seite der Kirche, hier liegen die Meinen. Ja, ich sollte mich wohl ordentlich vorstellen – Anders Månsson ist mein Name.«

»Ich bin Susanna Lindman. Entschuldigen Sie, daß ich so – mich hat es einfach überwältigt.«

»So etwas kann passieren. Wie gesagt, auf der Südseite liegen die Großbauern.« Anders Månsson lächelte ein wenig und schaute den Weg entlang. »Auf der Nordseite wollte niemand liegen, aber die alten Pastoren, die sollten so nah wie möglich an den Kirchenwänden ruhen, am liebsten unter der Traufe. Und die Herrschaften von Marieberg haben die Pforte hinter sich zugemacht.«

»Sind denn noch alle Grabsteine von vor so langer Zeit da?«

»Nicht alle. Wir können ja mal unser Grab anschauen, es ist ganz nah.«

Er erhob sich, und Susanna folgte ihm.

»Der Älteste hier, das ist der Großvater von meinem Großvater«, sagte er. »Er hieß Anders Månsson wie ich. Dann wechselten die Namen zwischen Måns und Anders, und jetzt bin ich an der Reihe mit Anders. Er und seine Frau Hanna, die waren auf Nummer sieben zu Hause. Wie ich auch.«

»Derselbe Hof?«

»Dieselbe Erde. Die Häuser sind umgebaut, und das ist nur gut. Aber so großartig wie auf Marieberg ist es natürlich nicht.«

»Stammte Anders Månsson von dem Hof da?«

»Nein, nein. Dort wohnt der Mann meiner Tante. Mein Hof, der liegt rechts die Hügel rauf.«

»Hier ist es schön«, sagte Susanna leise. »So reich – nicht nur reiche Erde und Ernte –, ich kann es nicht richtig erklären – aber es ist so ruhig ...«

In Anders Månssons Blick blitzte Hochachtung auf. »Es freut mich, daß Sie das verstehen, Mamsell«, sagte er nur. »Das ist die Ruhe der Seßhaften. Hier ist unser Zuhause auf der Erde, und hier wollen wir sein. Wir bewegen uns über unseren eigenen Boden. Aber jetzt lassen Sie uns zu den Leuten von Marieberg zurückkehren.«

Er öffnete das Tor zur Grabstelle, aber Susanna zögerte. Ruhte hier die unbekannte Marie Madeleine, die so viel über Verrat und Betrug unter den Menschen erfahren hatte durch eiskalte Unbarmherzigkeit? Vielleicht hatte sie sehr viel mehr gewußt und gelernt als Susanna – immerhin war sie mit dem Mann verheiratet gewesen, der sie verlassen hatte.

»Mal sehen«, sagte Anders Månsson und ging mit behutsamen Schritten voran. »Die Inschriften auf den ältesten Steinen kann man nicht mehr lesen. Aber diese ...«

Er kratzte vorsichtig, und Buchstaben traten hervor. »Juliana ...«, las er. »Aber so hat sie nicht geheißen?«

»Nein. Marie Madeleine.«

»Hier – warten Sie, das ist ein langer Name – ja. Ja, hier steht es: Marie Madeleine Barck. Es ist ein Doppelstein, wie ein aufgeschlagenes Buch, auf der anderen Seite steht ein anderer Name. Jan Carl Ekecrona. Mit ihm war sie wohl verheiratet?«

Susanna antwortete nicht. Sie machte nur einen vorsichtigen Schritt und legte eine Hand auf den bemoosten Stein.

XVII

»Ja«, sagte Pastor Erlandsson und blätterte vorsichtig eine Seite in dem schweren Kirchenbuch um, »Marieberg gehört zu Östra Nöbbelövs Gemeinde. Es ist ein großer, schöner Hof. Und soweit ich weiß, hat er seit der Arche Noah derselben Familie gehört.«

Er sah auf und lächelte Susanna an. »Und Sie haben Anders Månsson auf dem Friedhof getroffen. Das ist ein anständiger Kerl, er ist Schöffe und weiß sehr viel über frühere Zeiten, auch ein tüchtiger Landwirt. Aber was wollten Sie wissen, Fräulein Lindman?«

Seine braunen Augen waren mild und freundlich, die grauen Haare standen ein wenig ab. Er hatte die Angewohnheit, sich mit den Fingern durchs Haar zu fahren, während er sprach. Mattias Stenberg machte es genauso, wenn er sich ereiferte. Susanna gefiel es, die gleiche Geste zu sehen.

Ich kann den Hintergrund der Geschichte nicht erzählen, da es nicht um mich geht, dachte sie. Aber ich kann erzählen, wie ich den Brief von Xavier de la Tour gefunden habe. Und daß ich gern wissen möchte, wie es Marie Madeleine später ergangen ist.

Martin Erlandsson hörte ihr zu, ohne sie zu unterbrechen. Er beugte sich wieder über das Buch und prüfte die Seiten.

»Das ist interessant«, sagte er. »Ja, hier steht es – sie sind aus der Gefangenschaft heimgekehrt, beide Eltern –, aha, sie haben erst hier in Schweden geheiratet. Und Frau

Barck brachte die kleine Pflegetochter mit, Brita Elisabeth aus Rußland. Wahrscheinlich ein elternloses Kind, dergleichen kam öfter vor. Fristedt hieß sie, das stimmt genau, und dann verheiratete Malmstedt. Die Halbgeschwister – nein, so kann man sie nicht nennen, sie waren ja nicht miteinander verwandt. Aber Hans Henriks und Julianas drei Kinder, die sind hier geboren worden. Marie Madeleine, verheiratete Xavier de la Tour. Er ist in Paris gestorben. Aber da war sie noch jung.«

Susanna saß still auf ihrem Stuhl. Ihre Hände waren eiskalt. Sie mußte sie falten, damit sie nicht zitterten.

»Wie ist es ihr denn ergangen?« fragte sie und mußte sich räuspern, um die Worte herauszubringen. »Hat sie noch einmal geheiratet – den Eindruck hatte ich von der Inschrift auf dem Grabstein. Und hatte sie Kinder?«

»Sie hatte in der ersten Ehe Kinder bekommen, Zwillinge, aber es waren Totgeburten. Doch, ja, sie hat wieder geheiratet. Jan Carl Ekecrona, er war Vorsitzender Richter am Amtsgericht von Ingelstad und Järrestad.«

»Jan Carl Ekecrona«, sagte Susanna langsam. »Was für ein schöner Name. Aber der Name Xavier de la Tour war auch schön. Und trotzdem ...«

»Niemand kann es wissen nach so vielen Jahren«, sagte Martin Erlandsson freundlich. »Man kann nur hoffen. Sie behielt jedenfalls in der zweiten Ehe ihren eigenen Namen, und sie hat sich um Marieberg gekümmert, das ist hier notiert. Da steht, daß sie energisch und tüchtig war. Der damalige Pfarrer, Birger, schreibt, mal sehen – *Fräulein auf Marieberg.* So wurde sie offenbar genannt. Ekecrona war vielleicht mehr Gesetzesmensch als Landwirt.«

Susanna interessierte sich nicht für Marie Madeleines Mann. Sie wollte mehr über die Frau wissen.

»Aber Kinder?« sagte sie. »Hat sie keine Kinder mehr bekommen?«

»Nein, anscheinend nicht. Sie war nicht mehr ganz

jung, als sie heirateten, fünfunddreißig Jahre, zwar nicht zu alt, um Kinder zu gebären, aber hier steht nichts.«

Pastor Erlandsson sah auf, und sein Blick wanderte zum Fenster seines Arbeitszimmers. »Es ist ein merkwürdiges Gefühl, so weit in den Generationen zurückzugehen«, sagte er langsam. »Die Familien hier – auf Askeberga gab es auch einen Barck, und ich habe ein wenig geforscht –, vor langer Zeit scheint es Verbindungen zu meiner Familie gegeben zu haben. Vor mir gibt es einen Martin Erlandsson in diesen Büchern. Wie sie miteinander verwandt waren und ob sie einander überhaupt kannten, das weiß niemand.«

»Aber der Schöffe«, begann Susanna, »Anders Månsson, er hat gesagt, daß es bis heute einen Barck auf Marieberg gibt. Der Kutscher sagt es auch.«

»Doch, es gibt schon einen. Der Sohn von Marie Madeleines Bruder hat das Erbe von ihr übernommen. Hans Henrik Barck. Er heißt wie sein Vater und Großvater, und so heißen sie noch heute.«

»Oh«, sagte Susanna langsam. »Nicht ihre Kinder ...«

»Wollen Sie nach Marieberg fahren? Es ist nicht weit.«

»Ich weiß nicht. Wenn es ihre eigene Familie doch nicht mehr gibt. Und was sollte ich sagen oder tun? Ich kann ja nicht einfach den Brief von Xavier de la Tour vorzeigen.«

»Nein, das wohl nicht. Vielleicht würde er nur alte Wunden aufreißen. Übrigens, nein, mit ihm hat es ja nichts zu schaffen, ihnen soll es gleich sein, was er irgendwann einmal geschrieben hat. Aber es ist vermutlich klug von Ihnen, wenn Sie es für sich behalten. Es war ein grausamer Brief, den man lieber begraben sollte.«

»Ja«, sagte Susanna. »Trotzdem bin ich froh, daß ich jetzt mehr weiß. Ich wünschte ...«

Sie verstummte. Mehr konnte sie nicht sagen, ohne zu viel preiszugeben. Martin Erlandsson sah sie an und nickte ein wenig. Es war, als ob er auch ohne weitere Worte begriff.

Susanna verabschiedete sich und stieg in den Wagen.

»Dann fahren wir jetzt nach Hause?« fragte der Kutscher.

»Ich glaube, ja.« Sie saß in Gedanken versunken da und sagte dann: »Ja, wir fahren nach Hause. Aber wir fahren an Marieberg vorbei. Ich werde nicht hineingehen, ich möchte nur gern den Hof sehen.«

»Wird gemacht.«

Mächtige Ulmen säumten die Auffahrt nach Marieberg. Einige waren umgestürzt, neue waren gepflanzt worden, junge und alte Bäume standen Seite an Seite. Der Kutscher brachte die Pferde zum Stehen, und zwischen den Stämmen sah Susanna die weißen Mauern von Marieberg. Ein hübsches langes Hauptgebäude mit zwei kleinen Flügeln zu beiden Seiten des Hofes. Susanna saß lange da und schaute zu Marie Madeleines Heim hinauf.

Fräulein auf Marieberg.

Die bezaubernde Landschaft glitt vorüber wie ein Gemälde, aber Susanna würde sich nicht daran erinnern. Sie dachte an die Frau, nach der sie hatte suchen wollen: Marie Madeleine Barck – nicht de la Tour, nicht Ekecrona. Fräulein auf Marieberg, energisch, tüchtig. Sicher stark, das muß sie gewesen sein, dennoch irgendwann einmal verraten und verlassen. Nein, nicht verlassen, das war nicht das richtige Wort, das mochte für einen herrenlosen jungen Hund passen. Nicht für Marie.

Susannas Gedanken wanderten.

Hätte ich doch versuchen sollen, Marieberg einen Besuch abzustatten? Aber wie hätte sie ihr Erscheinen erklären sollen? Sie konnte ja nicht sagen, daß sie gern ein Portrait von Marie sehen wollte, wie hätte sie das begründen sollen? Ich möchte es sehen, weil ich bin, wie sie war, auch verraten, auch betrogen – ich hätte mich ja lächerlich gemacht.

Was für hilfsbereite und freundliche Menschen ich

heute getroffen habe. Anders Månsson, der mir soviel erzählt hat. Und Martin Erlandsson – wie er von den Kirchenbüchern aufschaute und sich mit den Fingern durchs Haar fuhr – er könnte der große Bruder von Mattias Stenberg sein, wenn er diese Geste macht.

Mattias, der nicht geschrieben hat. Darüber habe ich mir noch gar keine Gedanken gemacht, so vieles hat mich abgelenkt, zu Hause in Bosarp und in Ystad. Kein Wort von ihm, merkwürdig.

Wie kommt es, daß ich jetzt an ihn denke – nur weil Pastor Erlandsson sich seine Haare zerwühlt? Aber ich hatte angenommen, daß gerade Mattias verstehen würde, wie ich mich fühle, seit ich auf all das verzichten mußte, worüber wir gesprochen haben. Und er selbst ist jetzt in Lund! Armer Student, hat er gesagt, aber ich werde nie eine arme Seminaristin. Darüber haben wir Scherze gemacht, jetzt tut mir der Scherz weh, und das darf nicht sein. Ein Mensch, der jammert und klagt und sich selbst leid tut, ist ein einfältiger Mensch. Hast du das verstanden, Susanna?

Ihm kann doch nichts passiert sein? Wenn es so wäre, würde ich das nie erfahren. Ich weiß ja nicht einmal, wie seine Schwester und sein Schwager in Värmland heißen, ich kann nicht an sie schreiben und nach ihm fragen. Er hat nur gesagt, daß er ihnen im Sommer im Kontor hilft. Eigentlich sonderbar, daß er nicht mehr von ihnen erzählt hat.

Aber es gibt ja noch andere, die nichts von sich hören lassen. Weder von Adrian Henderson selbst noch von Lars Pilgren habe ich etwas erfahren. Aber solange kein Brief kommt, in dem etwas über ihn steht, so lange kann ich glauben, daß er lebt. Niemand weiß, wie die Cholera zuschlägt, und über die Folgekrankheiten weiß auch niemand Bescheid. Ich kann nur warten.

Und jetzt will ich erst einmal Tante Jenny alles erzählen, was heute geschehen ist und was ich erfahren habe.

»Du Liebe«, sagte Jenny Lindman und streckte Susanna die Hand entgegen. »Du hast heute viel erlebt, das sieht man dir an. Du siehst ein wenig müde aus. Beata sagt, daß du erst ein wenig essen mußt, bevor du mit dem Erzählen anfängst. Du hast einen Brief von deinem Vater bekommen. Ich fürchte, ich weiß, was er schreibt.«

In ihren müden Augen blitzte es, und Susanna errötete heftig. Aber Beata stand in der Tür und schien nicht gehen zu wollen. Da das Fräulein Lindman den Proviantkorb kaum angerührt hatte, mußte sie jetzt auf der Stelle zu Abend essen. So nachlässig wie Susanna durfte man nicht mit dem Essen umgehen. Und war der Kutscher zur Zufriedenheit gewesen? Das hoffte Beata nun wirklich.

»Doch, doch«, sagte Susanna besonders freundlich. »Natürlich werde ich essen, ich möchte mich nur erst ein bißchen waschen. Und der Kutscher war sehr nett und gut.«

Beata nickte nur.

Brav aß Susanna ihr Abendessen, aber die Bissen sammelten sich in ihrem Mund. Ein Brief von Vater konnte nur bedeuten, daß er ihre Heimkehr wünschte. Aber Jenny zu verlassen – den Gedanken mochte sie gar nicht zu Ende denken.

»Du Liebe«, sagte Jenny Lindman wieder. »Selbstverständlich war es so, wie ich erraten habe, nicht wahr? Johannes kommt allein nicht zurecht.«

»Ich lese zwischen den Zeilen, daß er mich für egoistisch hält, weil ich so lange fort bleibe«, sagte Susanna mit Zornestränen in den Augen. »Aber ist er denn nicht egoistisch?«

»Ich verstehe wohl, wen er dafür hält«, sagte Jenny lächelnd. »Mach dir nichts draus, man kann alten Hunden nicht das Sitzen beibringen, und Johannes war schon immer so. Er meint es nicht böse, er ist nur so weltfremd.«

»Was ich nicht begreife«, sagte Susanna aufrührerisch, »ist, wie Mutter sich mit seinem Verhalten abfinden konnte. Warum mußte sie von früh und bis spät für ihn dasein?«

»Weißt du, es gibt noch andere, die ständig für ihre Ehemänner dasein müssen. Das gehört einfach dazu. Jedenfalls für viele.«

Susanna preßte die Lippen zusammen. »Ich glaube nicht, daß Marie Barck das getan hat.«

»Das glaube ich auch nicht, nach allem, was du erzählt hast. Und man hofft ja, daß sich die Welt weiterentwickelt, aber eins ist klar – der Verwöhnte verzichtet nicht gern auf seine Privilegien.«

»Tante Jenny, ich kann jetzt nicht einfach abreisen.«

»Ach, meine kleine Freundin, niemand weiß, wie lange das hier noch dauert, ich meine, wie lange ich so liegen werde. Und ich bin ja so froh, daß du gekommen bist, es ist eine solche Freude, mit dir zusammenzusein. Aber Johannes hat dennoch das größere Anrecht auf dich.«

»Das Anrecht? Ich bin doch nicht sein Eigentum!«

»Nein. Und ja. Ihr gehört jedenfalls zusammen. Und ihr seid jetzt nur noch zu zweit.«

Susanna sah ihre Tante an und bemerkte, daß sie keine Kraft mehr zum Sprechen hatte. Sie blieb ganz still auf dem Stuhl neben Jennys Bett sitzen und schaute zu, wie sich das schmale Gesicht entspannte und im Schlaf glättete.

Wenn Tante Jenny nur ein wenig stärker wäre, dachte Susanna. Wenn sie mit mir nach Bosarp käme. Dann wären wir alle drei zusammen, und ich könnte ihr besser helfen als jetzt. Ich hab sie so unbeschreiblich gern. Aber ich weiß, daß ich nach Hause fahren muß. Jedenfalls werde ich mit Tante Jennys Arzt sprechen.

Doch der Arzt schüttelte den Kopf. »Ganz unmöglich«, sagte er ruhig. »Es ist fast ein Wunder, daß Fräulein Lindman so lange bei so klarem Bewußtsein ist. Sie hat sich sehr darauf gefreut, daß Sie kommen, und ich muß sagen, es hat sie wirklich aufgemuntert. Aber von einer Reise kann keine Rede sein.«

»Ich würde so gern ...«

»Sie ist auch hier in guten Händen. Beata ist von unschätzbarer Hilfe, und Schwester Ingeborg ist sehr verläßlich. Ich tue auch alles, was ich kann. Wir sind viele, die Ihre Tante gern haben, Fräulein Lindman.«

»Daran zweifle ich keineswegs. Aber mir gefällt der Gedanke nicht, sie verlassen zu müssen, nur um mich um meinen selbstsüchtigen Vater zu kümmern.«

»Nun ja, nun ja. Ist das nicht ein bißchen hart ausgedrückt?«

»Es ist auch hart, es tun zu müssen«, sagte Susanna.

Aber es half alles nichts, sie mußte nach Hause fahren. Zehn Tage war sie nun schon fort; ihr Vater hatte mit nur etwa drei Tagen gerechnet. Susanna wußte es, Jenny wußte es. Beide wußten auch, daß sie sich vielleicht nie mehr wiedersehen würden, aber keine von ihnen erwähnte es. Sie nahmen voneinander Abschied, als ob Susanna in der nächsten Woche wiederkommen würde.

Am Bahnhof von Eslöv erwartete Wilhelm sie mit dem Landauer. Die Luft war kühl, es war September, bald würde der Winter kommen. Die Blätter der Linden im Pfarrhofgarten wurden gelb.

Susanna stieg vor der Treppe aus dem Wagen, und Stinas Gesicht leuchtete vor Freude, als sie das Gepäck entgegennahm. »Es ist so entsetzlich leer ohne Sie gewesen«, sagte sie. »Willkommen zu Hause!«

»Danke, liebe Stina. Ist Vater zu Hause?«

»O ja, aber er hält seinen Mittagsschlaf und möchte nicht geweckt werden. Er kommt später.«

»Liebes Kind«, sagte Johannes, als er sich endlich von seiner Mittagsruhe erhoben hatte, »das war eine lange Zeit für dich. Du mußt sehr froh sein, daß du wieder daheim bist. Das Zusammensein mit kranken Menschen drückt so aufs Gemüt. Es kann nicht leicht gewesen sein für dich.«

»Ich habe Tante Jenny sehr gern, Vater.«

Das war alles, was Susanna sagte.

Johannes nickte freundlich. »Du bist ein gutes Kind«, sagte er. »Ein freundliches, liebes Kind bist du. Aber du darfst dich nicht ausnutzen lassen, niemals.«

Susanna ging auf die Treppe zum Garten und schaute auf die Blumenbeete und die mit Buchsbaum eingefaßten Wege, zu den Linden und dem Teich hinunter. Die Seerosen waren schon lange verblüht, aber die Wurzeln unter der Wasseroberfläche waren da, stark wie immer, unerbittlich, zäh.

Alles hier war, wie es immer gewesen war. Und so würde es bleiben, Tag für Tag, Monat um Monat. Vielleicht Jahr für Jahr.

Sie ging wieder ins Haus und schloß die Tür mit einem kleinen Knall hinter sich. »Es ist bald Herbst«, sagte sie.

XVIII

»Fräulein Susanna, da kommt ein fremder Mann den Weg herauf«, sagte Stina, die auf der Küchentreppe saß und ein Hähnchen rupfte.

»Das ist sicher jemand, der zu Vater will«, antwortete Susanna gleichgültig.

Sie saß am Küchentisch und putzte Wachsbohnen. Es war die letzte Ernte, die Bohnen waren ziemlich derb, aber man konnte sie ja nicht verkommen lassen. Fia hatte Schmerzen in den Beinen und lag in der Mädchenkammer, Susanna und Stina teilten sich ihre Arbeit.

»Sagst du ihm bitte, daß Vater auf dem Friedhof ist? Er kann durch den Garten gehen, dann findet er ihn.«

»Oh, bitte, das kann ich nicht«, jammerte Stina. »Ich bin bis in die Haare voller Federn.«

Susanna sah sie an und mußte lachen. »Du siehst aus wie ein Osterküken«, sagte sie. »Dann muß ich wohl gehen, ich will mir nur die Schürze abbinden.«

Vielleicht hätte sie durch den Saal und die Diele gehen und die große Tür öffnen sollen. Der Fremde stand schon auf der Treppe. Susanna ging vorsichtig an Stina vorbei, damit keine Federn an ihrem schwarzen Rock hängenblieben. Sie sah den Fremden schräg von hinten, ein hagerer Mann mit einer Haltung, die ihr bekannt vorkam.

»Mattias!« rief sie. »Daß du gekommen bist!«

In der Freude und Eile duzte sie ihn, und Mattias Stenbergs Wangen verfärbten sich. Er nahm ihre beiden Hände in die seinen und hielt sie ganz fest. Jetzt errötete auch Susanna.

Sie hätte nicht geglaubt, daß sie sich so freuen würde, ihn zu sehen. Sie war verwirrt, spürte, daß ihre Stimme ihr nicht gehorchen wollte.

»Susanna! Liebe Susanna! Ich habe deinen Brief erst gestern bekommen.«

Sie selbst hatte ihn zuerst geduzt. Jetzt, da er es tat, vertiefte sich das Rot auf ihren Wangen.

»Erst gestern?« sagte sie und räusperte sich. »Aber ich habe ihn doch schon vor so langer Zeit geschrieben.«

»Da hatte ich Värmland schon verlassen, ich – nun ja, ich habe mich nicht mit meinem Schwager vertragen. Deshalb bin ich nach Lund gefahren. Falls Post käme, sollte er sie mir nachsenden. Ich hatte ja gehofft, daß du schreiben würdest. Aber meine Schwester hat deinen Brief im Papierkorb gefunden, er hat ihn einfach weggeworfen, und sie mußte den Brief heimlich aufgeben. Gestern habe ich ihn bekommen. Und heute habe ich den Zug nach Eslöv genommen, den Rest des Weges bin ich gegangen.«

»Wie ich mich freue, dich wiederzusehen!«

Beim zweiten Mal fiel es ihr leichter, du zu sagen.

»Du hast dich doch bestimmt gewundert, warum ich dir nie geantwortet habe?«

»Das hab ich wohl. Aber es ist soviel passiert.«

»Ich weiß«, antwortete Mattias. »Susanna, es muß eine entsetzliche Zeit für dich gewesen sein. Wenn ich nur nicht schon abgefahren wäre – da gab es wohl niemanden, der dir helfen konnte?«

»Connie«, sagte Susanna und lächelte, obwohl sie Tränen in den Augen hatte. »Connie war wie eine kleine Schwester. Und der Pastor in Berga, Lars Pilgren heißt er, du erinnerst dich vielleicht an ihn, er war so gut und lieb, wie er nur sein konnte.«

»Und Gutsbesitzer Henderson?«

Mattias hielt ihre Hände immer noch in den seinen.

»Er konnte nichts tun. Der arme Mann ist auch krank geworden, und ich weiß nicht, wie es ihm ergangen ist. Wir waren auf Rostad – oh, wir haben so viel zu besprechen. Ich muß nur schnell Stina in der Küche Bescheid sagen, warte. Wir können in den Garten gehen.«

Sie lief durch die Küchentür ins Haus. Stina sengte gerade den letzten Flaum vom Hahn überm Feuer ab, in der Küche roch es nach verbrannten Federn, und Susanna nieste.

»Gesundheit«, sagte Stina und blinzelte ihr zu. »Das war wohl Besuch für Sie?«

»Ja. Der frühere Hauslehrer auf Berga, ich erzähle es dir später. Wirst du allein mit dem Mittagessen fertig?«

»Doch, ja. Der Hahn kommt jetzt in die Pfanne, und die Kartoffeln sind schnell geschält. Aber die Soße …«

»Die werde ich machen. Ruf mich, wenn es soweit ist. Stör Fia nicht, sie hat solche Schmerzen.«

»Nein, nein, das tu ich nicht. Soll ich das frisch eingemachte Johannisbeergelee nehmen?«

»Ja, das alte steht schon zu lange. Wir gehen für eine Weile in den Garten. Aber ruf mich, wenn es Zeit für die Soße ist. Und bitte leg eine neue Tischdecke auf.«

»Aber natürlich, *Fräulein!*«

»Oh, ich bin wohl ein bißchen übereifrig.«

Stina antwortete nicht, sie ließ einen Klumpen Butter in die eiserne Pfanne fallen und goldbraun werden, ehe sie das Hähnchen hineinlegte. Susanna musterte es. Würde es reichen? Aber es war groß, und mit Soße und Kartoffeln mußte es reichen …

Sie lief wieder in den Garten, und Stina sah ihr nach.

So froh ist sie schon lange nicht mehr gewesen, dachte sie. Aber in diesem Haus gab es auch nicht viel, worüber man sich freuen konnte, im Gegenteil. Es wäre ja schön, wenn – aber ach! Es wird sich ja trotzdem nichts ändern.

Susanna und Mattias wanderten die Gartenwege entlang.

»Wir sind nach Rostad gefahren«, begann Susanna wieder. »Es war mitten in der ärgsten Hitze, die Reise war sehr ermüdend. Aber es ist gut, daß wir dort waren, jetzt weiß ich, wie es für die Mädchen sein wird. Mamsell Fryxell hat mir sehr gefallen, aber Frau Henderson wollte uns nicht zu ihr begleiten.«

Von Hedvig Henderson wollte Mattias nichts hören.

»Da wußtest du also noch nichts von der Cholera?«

»Nein, den Brief bekam ich, als wir nach Berga zurückkehrten, zwei Briefe. Mutter hat ihren letzten Brief an mich an dem Tag geschrieben, als sie erkrankte.«

Susanna schwieg. Sie konnte sich nicht auf ihre Stimme verlassen. Aber plötzlich wurde ihr klar: Das machte gar nichts. Es spielte keine Rolle, wenn sie anfing zu weinen, Mattias würde sie verstehen. Mattias war ihr Freund.

»Sie ist innerhalb von zwei Stunden gestorben«, sagte sie leise. »Ich habe alles erst hinterher erfahren. Lars Pilgren hat es mir erzählt.«

»Daß ich nicht da war! Daß du allein sein mußtest mit diesen – diesen beiden Herrschaften! Aber Adrian Henderson …«

»Er wurde in derselben Nacht krank und wollte nicht auf Berga bleiben. Der Kutscher hat ihn nach Eketorp gebracht, und seitdem habe ich nichts mehr gehört. Aber Pastor Pilgren hat mir versprochen zu schreiben, falls er etwas erfährt. Auf Berga werden sie es sicher nicht tun.«

»Nicht einmal Connie?«

»Kannst du dir vorstellen, daß der Herr Geld für einen Brief an mich ausgibt?«

Sie lachten beide, ein jämmerliches, schwaches Lachen.

»Und deine Pläne?« fragte Mattias dann leise.

»Ja. Was bleibt mir anderes übrig? Ich muß mich um meinen Vater kümmern, ich habe keine Wahl.«

Mattias nickte. Nein, es gab keine Wahl, das sah er wohl. Und etwas in Ordnung bringen oder irgendwie von Nutzen sein, das konnte er nicht. Noch lange nicht. Vor ihm lagen noch so viele Studienjahre, und dieser Ausdruck, über den sie gelacht hatten – armer Student –, entsprach der bitteren Wahrheit. Seine Miene verfinsterte sich.

»Man braucht wirklich kein Examen«, sagte er dann langsam. »Denk doch an Mamsell Fryxell und ihr Mädchenpensionat. Und denk an Karin Åhlin in Stockholm. Sie hat vor fünfundzwanzig Jahren die kleine Mädchenschule gegründet. Da war sie gerade siebzehn Jahre alt. Sie war die älteste von mehreren Geschwistern, habe ich irgendwo gelesen, vielleicht mußte sie sie versorgen, das weiß ich nicht. Die Schule ist gewachsen, und einen guten Ruf hat sie auch.«

»Ja, ja«, sagte Susanna niedergeschlagen. »Ich weiß, aber trotzdem. Ich hab mich so auf das Seminar gefreut.«

»Vielleicht passiert ja noch etwas Unerwartetes«, sagte Mattias. »Vielleicht irgendwann ...«

Susanna war bei aller Freude etwas gereizt. Irgend etwas kann passieren, irgendwann – und wie sollte das gehen? Was würde das ändern? Ihre Mutter würde nicht mehr zum Leben erwachen, ganz gleich, was geschah, Tante Jenny würde sich nicht mehr von ihrem Krankenbett erheben. Und ebensowenig würde Tante Betty es sich anders überlegen und Susanna helfen. Einige Minuten kämpfte sie mit sich, aber dann brach es aus ihr heraus. »Gleich, was geschieht, ich werde doch nicht aufs Seminar können, Mattias. Wer sollte sich um alles hier kümmern, vor allem um meinen Vater? Vielleicht ist es lächerlich – aber ich habe mich so sehr darauf gefreut, gerade mit Maja Ekander befreundet zu sein – ich werde dir von ihr erzählen. Wir sind gleich zu Anfang Freundinnen geworden.«

Mattias sah traurig aus. »Vermutlich habe ich mich ein wenig dumm ausgedrückt«, sagte er. »Ich meinte nur, daß du die Hoffnung nicht aufgeben darfst. Nicht den Mut verlieren.«

»Das hat Adrian Henderson auch gesagt, bevor er

Berga verließ. Aber wißt ihr denn eigentlich, was ihr da von mir verlangt?«

»Du hast recht, es ist immer leicht, anderen zu sagen, was für sie gut ist.« Mattias lächelte verzagt. »Verzeih mir, Susanna, ich wollte nicht so plump sein. Es ist nur so traurig, dich enttäuscht zu sehen.«

»Es ist auch gar nicht lustig, es zu sein.«

Aber jetzt lächelte sie ein wenig.

Mattias sagte nachdenklich: »Wenn es doch Geld vom Himmel regnen wollte. Wenn du doch einen Schatz am Ende des Regenbogen fändest. Dann könntest du eine Schule errichten, schön und gut wie die von Mamsell Fryxell in Rostad. Und wenn ich meine botanischen Studien beendet habe, könnte ich Lehrer an deiner Schule sein.«

»Natürlich«, sagte Susanna. »Kennst du noch mehr Märchen?«

»Und ob«, antwortete Mattias. »Aber ich traue mich noch nicht, sie dir zu erzählen.«

Er sah sie von der Seite an, und Susanna schoß das Blut ins Gesicht.

Das Hähnchen war Stina gut gelungen, und Johannes war dem fremden Studenten, der plötzlich zum Mittagessen eingeladen worden war, ein guter Gastgeber. Er führte das Wort, Susanna und Mattias waren merkwürdig schweigsam. Johannes wollte Neues aus Lund hören, wo er selbst einmal studiert hatte; er fragte und erzählte. Aber seine Erinnerungen und Erzählungen drehten sich um die theologische Fakultät, und Mattias wollte Biologe werden. Er wußte nicht, welche neuen Professoren in Griechisch, Hebräisch und Exegetik unterrichteten.

»Nein, nein«, sagte Johannes schließlich und seufzte ein wenig. »Ihr Gebiet ist ja ein anderes. Aber ich erinnere mich, daß man schon zu meiner Zeit viel über Gott in der Natur sprach – manche waren der Meinung, das sei nicht rechtgläubig, aber ich bin mir nicht sicher.«

»Genau das sagt Professor Carl von Linné auch«, platzte Mattias heraus. »Er meint, die Natur sei der Weg zum richtigen Verständnis, um das Göttliche zu würdigen. Ich erinnere mich nicht an den Wortlaut, aber wenn Sie möchten, werde ich nachprüfen, wie er es genau ausdrückte, wie man geradewegs in die Schaffenstätigkeit Gottes schauen kann.«

»Wahrhaftig!« sagte Johannes. »Drückt er es so ähnlich aus? Dann können unsere Wissensgebiete ja gar nicht so weit auseinanderliegen. Wenn ich es richtig verstanden habe, sind Sie bald mit Ihrem Studium fertig?«

»Nein, leider nicht«, sagte Mattias und warf Susanna einen Blick zu. »Im Gegenteil, ich habe gerade erst angefangen. Ich war Hauslehrer auf Berga, um mir ein wenig Geld zu verdienen.«

Johannes seufzte und zerdrückte nachdenklich eine Kartoffel in Susannas guter Soße.

»*Liber studiosus*«, sagte er.

»Ja.« Mattias lächelte, aber es war ein bitteres Lächeln. »Es ist nur leider so, daß auch der freie Student Nahrung und ein Dach überm Kopf braucht. Ganz zu schweigen von den Büchern.«

»Wie wahr, wie wahr.«

Stina nahm die Teller ab und stellte Erdbeercreme und Sahne auf den Tisch. Ihre Blicke flogen zwischen den dreien hin und her. Susanna schaute auf die Bratenplatte – doch, ja, das Hähnchen hatte für alle gereicht, es war sogar noch etwas übrig.

»War er gut?« murmelte Stina. »Ich meine den Hahn.«

»Sehr gut, genau richtig. Schaust du nach Fia?«

»Natürlich. Aber sie ist wieder auf den Beinen. Wahrscheinlich ist sie neugierig.«

»Sch...«

Aber Johannes hielt Mattias einen Vortrag über seine Erinnerungen an Lund, und keiner von beiden hörte, was Susanna und Stina sagten.

»Setzt du ein wenig Kaffee auf? Den können wir dann in der Stube trinken.«

»Fia ist schon dabei.«

Sie wechselten einen Blick und ein Lächeln, dann verschwand Stina in der Küche, und die drei aßen Erdbeercreme und Sahne.

In der Küche sagte Stina zu Fia: »Paß mal auf, der ist bestimmt wegen Susanna gekommen! Der ist doch nicht hier, um sich vom Pastor die Bibel auslegen zu lassen.«

Fia hatte sich tatsächlich aufgerappelt und war aus ihrer Kammer gekommen, um zu sehen, was vor sich ging. Sie stand da, die Kaffeemühle gegen den Bauch gedrückt, und drehte die Kurbel. In der Mühle knirschte es, und der gute Duft nach frischgemahlenem Kaffee verbreitete sich in der Küche.

»Was redest du da«, sagte sie mürrisch. »Du hast doch nichts als dumme Gedanken im Kopf!«

»Du hättest nur sehen sollen, wie er sie anstarrt.«

»Papperlapapp! Das bildest du dir nur ein. Übrigens, selbst wenn es stimmen sollte, er ist doch bloß ein kleiner Student. Der kann doch weder sich selbst noch gar eine Familie ernähren.«

»Irgendwann hat er ja mal ausstudiert«, beharrte Stina. »Und ich kann gut verstehen, daß Susanna ihn mag. Dafür braucht man kaum Augen, um das zu sehen. Er hat so liebe Augen und sieht nett aus.«

Fia hatte sich zwar von ihrem Lager in die Küche geschleppt, aber ihre Beine schmerzten so sehr, daß sie wirklich nicht dazu aufgelegt war, sich dummes Geschwätz anzuhören.

»Er kann aussehen, wie er will«, sagte sie unwirsch. »Aus den beiden kann trotzdem kein Paar werden. Und selbst wenn er reich wie ein Troll wäre, Susanna käme doch nicht von hier weg, ganz gleich, was ist.«

»Nein«, sagte Stina seufzend. »Das stimmt allerdings. Soll ich die blauen Tassen nehmen?«

Es war am besten, nach dem Selbstverständlichen zu fragen, damit Fias Stimmung sich besserte.

»Wie würde das denn aussehen?« schimpfte sie. »Das sind doch Alltagstassen. Die weißen mit dem Goldrand müssen es sein, sie stehen rechts im Schrank.«

»Ja, Fia«, sagte Stina ergeben.

Als es für Mattias Zeit war, aufzubrechen, bot Johannes ihm an, ihn mit dem Landauer zum Zug nach Eslöv bringen zu lassen, aber Wilhelm wandte ein, daß Bläsan ein wenig lahmte.

»Ich gehe sehr gern zu Fuß«, sagte Mattias. »Die Luft ist so gut, und es sind doch kaum fünf Kilometer.«

»Ich begleite dich ein Stück«, sagte Susanna.

»Das ist nett von dir.«

Eine Weile gingen sie schweigend nebeneinander her. Dann sagte Mattias: »Das Pferd kann einem ja leid tun, aber ich bin froh, daß ich nicht fahren muß. Ich hatte gehofft, daß du ein Stück mitkommen würdest.«

Susanna lächelte. »Ich möchte mal wissen, wie sehr Bläsan eigentlich lahmt. Wahrscheinlich lag es eher an Wilhelm, er hatte keine Lust anzuspannen. Er ruht sich sehr gern aus.«

Sie lachten beide, dann gingen sie schweigend weiter.

»Darf ich wiederkommen?« fragte Mattias plötzlich.

»Natürlich darfst du das. Ich freue mich, und du hast wohl gemerkt, daß Vater sich auch freut. Wenn du dich allerdings über all die Theologieprofessoren informierst, dann freut er sich bestimmt noch mehr.«

Sie lachten erneut, aber ein wenig gedämpfter. Ein Stück hinter den langen Waldketten gaben sie einander die Hand zum Abschied. Einen Augenblick standen sie still da, keiner von ihnen fand Worte. Dann nickte Susanna und wandte sich ab, um zurückzugehen. Mattias blieb stehen und sah ihr nach. Aber er mußte sich beeilen, wenn er seinen Zug erreichen wollte. Er machte große

Schritte, und als Susanna sich umdrehte, war er schon hinter der Wegbiegung verschwunden.

Sie ging durch die untere Gartenpforte und sah ihren Vater auf seinem kleinen Abendspaziergang. Bald würde die Dämmerung einsetzen, es wurde schon früh dunkel. Aus den Büschen ertönte noch hier und da ein Zwitschern. Susanna holte ihren Vater ein.

»Ja, ja«, sagte er. »Das war also der Hauslehrer auf Berga.«

Das war keine Frage, und Susanna antwortete nicht.

»Wirklich, ein prächtiger junger Mann. Ein richtig prächtiger junger Mann. Man könnte wünschen, er hätte sich für die kirchliche Laufbahn entschieden.«

»Warum, Vater?«

»Man ist eher abgesichert«, sagte Johannes. »Man bekommt seine Pfarrei und kümmert sich darum. Auf dem Gebiet der Biologie wird es lange dauern, bevor er es zu etwas bringt.«

Ein prächtiger junger Mann. Susanna erinnerte sich, daß ihr Vater das schon gesagt hatte, als sie im ersten Sommer nach Hause gekommen war und von Mattias erzählt hatte. Damals hatte Vater ihn sich gleich als Ehekandidaten vorgestellt, obwohl er ihn noch nicht einmal gesehen hatte. Jetzt äußerte Johannes sich vorsichtiger.

Susanna wußte nicht, warum ihr seine Worte weh taten. Sie fühlte sich rastlos und traurig. Auch einsam, noch einsamer als zuvor. Wie konnte sie sich das erklären? »Ich gehe ins Haus und schau in der Küche nach dem Rechten«, sagte sie nur.

»Tu das«, sagte Johannes und setzte seine Wanderung fort.

Auf der Treppe drehte Susanna sich um und sah ihm nach. Er stand unten im Garten, unter den Linden; stand da und schaute auf die beiden kleinen Teiche. Sein alter Leinenhut schimmerte grauweiß im Licht des frühen Abends.

XIX

Der Herbst kam frühzeitig mit Nachtfrost und klaren Tagen. Im Garten hatten die Astern und Dahlien schon aufgegeben; die späten Rosen kämpften tapfer, mußten sich schließlich aber der Kälte beugen. Susanna betrachtete sie lange. Sie verschränkte die Arme über der Brust und steckte die Hände in die Jackenärmel, um sich zu wärmen. Sie konnte nichts tun, um ihre Rosen zu retten; einige Knospen, die schon Frost bekommen hatten, nahm sie mit ins Haus und stellte sie in eine Vase, aber es war zu spät. Die Knospen verwelkten. Der Sommer war zu Ende.

Sie erfuhren, daß die Herbstkälte auch die letzten Auswirkungen der Cholera in Jönköping niedergezwungen hatte. Die Krankheit gedieh in feuchter, schwüler Luft, der unerwartete Frost hatte sie besiegt. Die Dünste und der Gestank wurden vom kräftigen Wind davongetragen, die Leichenkarren wurden verbrannt – ein flammender Schlußpunkt nach einer Zeit des Entsetzens.

In Bosarp schloß man die Tür, die vom Haus zum Garten führte. Das geschah in jedem Herbst, früher oder später, es hing von der Temperatur ab. Sie versperrten die Außentür und stopften einen Sack mit Stroh zwischen Außen- und Innentür. Der Sack hielt Kälte und Zugluft auf. Vor der inneren Tür würden sie später einen Vorhang anbringen, aber damit wollte Susanna noch warten. Sie wollte so lange wie möglich durchs Fenster in ihren Garten und auf die kahlen Obstbäume schauen können.

Es war früher Vormittag, als sie den Postboten den Vorraum betreten hörte. An einer Wand stand ein Tisch für Briefe und Zeitungen; wollte ein Hausbewohner einen Brief aufgeben, legte er ihn auch dorthin, und der Postbote nahm ihn mit. Tagsüber war die Haustür nie abgeschlossen; der Postbote kam und ging still und leise. Wenn er ein besonderes Anliegen hatte, bekam er immer heftige Hustenanfälle. Wie jetzt.

Susanna betrat den Vorraum. »Guten Tag, Johansson«, sagte sie freundlich. »Sie haben sich doch hoffentlich nicht erkältet bei dem Wetter?«

»Na ja, es kratzt ein bißchen in der Brust. Für den Herrn Pastor habe ich heute keinen Brief, aber für Sie habe ich zwei.«

Die Neugier leuchtete aus seinen Augen, und Susanna biß sich in die Innenseite der Wange, um nicht lachen zu müssen. Briefe, fremde Briefe, bedeuteten Neuigkeiten, die man mit anderen teilen sollte.

Aber Susanna warf einen Blick auf die Poststempel und behielt für sich, was sie für sie bedeuteten. »Wie wäre es mit einer Tasse Kaffee?« fragte sie. »Ich glaube, Fia hat den Kaffeetopf auf dem Herd stehen.«

»Vielen Dank, da sage ich nicht nein. Soll ich den Kücheneingang nehmen? Aber es ist ja trocken draußen, ich hab keine Erde an den Stiefeln.«

»Das sehe ich wohl, kommen Sie nur mit. Wir gehen durchs Haus.«

Sie steckte die beiden Briefe in die Rocktasche und ging dem Postboten voran in die Küche. Es war kurz vor zehn, Fia und Stina saßen bei einer Tasse Kaffee. Die Arbeit des Morgens war getan, und bald war es Zeit, mit den Mittagsvorbereitungen anzufangen.

»Ach, da ist ja Johansson«, sagte Fia ohne Begeisterung. »Möchten Sie einen Kaffee?«

»Ich bin schon eingeladen, ja, bitte, gern.«

Stina kicherte und stand auf, um eine Tasse zu holen.

Johansson sah sie wohlgefällig an, junge Mädchen hatte er gern. Fia bekam einen mißbilligenden Zug um den Mund, und Susanna lächelte. Aber sie blieb nicht, um ihnen Gesellschaft zu leisten, sie konnten sich gut zu dritt unterhalten, und sie wollte ihre Briefe ungestört lesen.

Sie waren in Eksjö und Kalmar abgestempelt. Susanna lief die Treppe zu ihrem Zimmer hinauf. Adrian Hendersons Brief öffnete sie zuerst.

Er war nicht lang. Henderson schrieb, er habe vom Tod ihrer Mutter erfahren, und es tue ihm sehr leid. Er hatte auch verstanden, daß sie auf ihren Platz am Seminar in Stockholm hatte verzichten müssen, und das bedauerte er ebenfalls. Er selbst sei wiederhergestellt, jedoch noch ziemlich müde. Er hoffte, sie werde ihn wissen lassen, wie es ihr ging.

Susanna las den Brief wieder und wieder. Er schrieb mit dunkelblauer, fast schwarzer Tinte, seine Schrift war fließend, gleichmäßig und schön. Aber genau wie Jenny Lindmans Zeilen sich zum Rand der Seite neigten, so neigten sich auch Adrian Hendersons Zeilen. Ziemlich müde, das konnte man ja verstehen. Aber seine Schrift verriet »sehr müde«.

Die plötzliche Eingebung verwirrte Susanna – sie drückte seinen Brief fest an ihre Wange. »Aber«, sagte sie dann laut, »aber was mache ich denn da? Ich – nein, ich verstehe gar nichts.«

Doch, doch, ich verstehe es wohl. Wenn ihm etwas zugestoßen wäre, wenn er gestorben wäre wie Mutter, dann wäre Connies und Angelas Zukunft zerstört worden. Dann hätten sie zurückkehren müssen in das Leben, das Edward Henderson für seine Töchter für angemessen hielt. So ist es, natürlich freue ich mich deshalb so sehr!

Sie schob den Brief zurück in den Umschlag, sah noch einmal auf die Anschrift, und dann steckte sie ihn plötzlich in das Geheimfach im Sekretär. Xavier de la Tours

Brief war verbrannt, jetzt war Platz für Adrian Hendersons Brief. Und das war ein großer Unterschied: die Zeilen des französischen Grafen waren dort drinnen versteckt und begraben worden, aber sie konnte den Brief, den sie dort hineingelegt hatte, jederzeit wieder hervorholen.

Eine Weile saß Susanna da und schob die Wand vom Geheimfach vor und zurück.

Marie, dachte sie. Du hast einen grausamen und eiskalten Brief versteckt, du hast das Geheimfach wohl nie mehr geöffnet. Ich verstecke einen Brief, den ich für mich selbst behalten möchte. Und ich werde das Fach viele, viele Male wieder öffnen.

Er hat die Cholera überlebt, sie hat ihn nicht besiegt! Jetzt erstarrt vermutlich das verächtliche Lächeln in Edwards Gesicht, er, der doch »der Sache ihren Lauf lassen« wollte. So hat er es ausgedrückt. Aber so wird es nicht kommen.

Und jetzt will ich Connies Brief lesen.

Die Freiheit leuchtete ihr aus Connies Zeilen entgegen, die Freiheit und das Glück. Adrian Henderson hatte ihr und Angela Taschengeld zugeteilt, und darüber durften sie beliebig verfügen.

Ich kann das Briefporto selbst bezahlen und brauche niemanden darum zu bitten. Von Papa habe ich ja nie welches bekommen, sonst hätte ich schon längst geschrieben. Ich – oh, Susanna, ich fühle mich so erwachsen! Mamsell Fryxell ist so freundlich und die anderen Lehrerinnen auch, alle loben Sie, weil wir schon so weit sind in allen Fächern. Stellen Sie sich vor, Sie wären hier Lehrerin, Susanna! Dann wäre ich der glücklichste Mensch der Welt.

Susanna biß sich auf die Lippe. Das war nett von Connie, aber die Gouvernante Susanna Lindman würde nie eine geprüfte Lehrerin werden. So war es nun einmal, und damit mußte sie sich abfinden.

Onkel Adrian hat inzwischen sicher selbst geschrieben, fuhr Connie fort. *Er ist endlich wieder gesund geworden, aber es hat lange gedauert, und bis jetzt war er noch nicht wieder auf Berga, das weiß ich. Jedenfalls war er nicht dort, bevor wir abgefahren sind, aber er hat an Mamsell Fryxell geschrieben und alles für uns geregelt. Wir dürfen bleiben, bis wir achtzehn werden. Mamsell Fryxell sagt, dann wissen wir alles, was sie uns beibringen kann, und dann müssen wir ohne sie weiterkommen. Sie spricht viel mit uns, aber manchmal, wenn sie Mama erwähnt, dann sieht sie traurig aus.*

Ich weiß, warum, dachte Susanna. Aber mit Hedvig Hendersons Schicksal ist es wie mit meinen zerstörten Hoffnungen, man muß sich damit abfinden.

Ich habe hier mehrere gute Freundinnen gefunden, schrieb Connie weiter. *Nicht so viele wie Angela, aber sie ist ja auch fröhlicher und munterer als ich. Zwei Schwestern habe ich besonders gern, sie heißen Elisabeth und Ester. Sie sind beide sehr hübsch, sehr dunkel und haben braune Augen. Elisabeth war der Meinung, ich sollte mir hübschere Kämme und Bänder für mein Haar kaufen, und das habe ich getan. Das ist vielleicht eitel, aber ich bin so guter Laune, wenn ich sie trage. Mamsell Fryxell gefallen sie, und dann kann es doch nicht falsch sein?*

Oh, geliebtes Kind, dachte Susanna. Du bist wie eine entlassene Gefangene, möge Gott dir helfen! Und Gottes Segen für die fremde Elisabeth, die gesehen hat, daß du etwas hübschere Bänder brauchst.

Ich frage mich, ob ich Onkel Adrian jemals danken kann, daß er uns hierhergeschickt hat, schrieb Connie. *Mir ist noch nie ein Mensch begegnet wie er. Er ist nicht nett wie ein Großvater, dabei ist er ja nur zehn Jahre älter als Papa, er ist der jüngste Bruder unseres Großvaters. Und wollte immer, daß wir, die Geschwister und ich, ordentlich lernen und uns gut benehmen. Ich weiß nicht, ob ich ihn deswegen so gern habe, weil er sich wirklich um uns kümmert. Er möchte, daß es uns gutgeht. Er ist der erste, der möchte, daß wir glücklich sind, der einzige, bevor Sie gekommen sind. Ich bin sicher, daß Mama uns auch gern hat, aber sie widerspricht Papa niemals, und ich finde, es ist nicht recht, wenn das zur Folge hat, daß wir in die Klemme geraten. Sie finden hoffentlich nicht, daß ich übel über meine Eltern spreche? Aber ich habe so viel darüber nachgedacht, und ich muß es jemandem sagen. Angela ist das alles egal, sie ist jetzt einfach froh und denkt an nichts anderes. Und die Jungen sind eben Jungen. Aber Sie sind meine Freundin, und vor Freunden kann man es doch wagen, sich auszusprechen. Wahrscheinlich könnte ich auch mit Mamsell Fryxell reden, aber das möchte ich nicht. Sie ist doch noch etwas fremd, das ist nicht das gleiche. Schreiben Sie mir bitte, Susanna, wenn Sie es falsch finden.*

Mir ist noch mehr passiert. Mamsell Uddenberg hat gesagt, ich sei jetzt erwachsen, und das sei so bei erwachsenen Frauen. Im ersten Moment habe ich solche Angst bekommen, ich dachte, ich sei krank, und ich habe ja Nachthemd und Laken beschmutzt. Aber Mamsell Uddenberg sagte, ich brauche nicht traurig zu sein, und sie fragte, ob ich das nicht schon vorher erlebt hätte, ich bin ja schon fünfzehn Jahre alt. Aber das war das erste Mal, und jetzt weiß ich, daß es jeden Monat wiederkehren wird. Ich mag es nicht, aber sie sagte, so sei das nun mal bei Mädchen. Es ist ein seltsames Gefühl, ich bin kein Kind mehr. Manchmal habe ich Angst davor, erwachsen zu werden. Liebe Susanna, schreiben Sie mir!

Warum haben wir nie darüber gesprochen? Susanna machte sich traurig Vorwürfe. Wir haben immerhin zwei Jahre zusammengewohnt, und ich hätte daran denken müssen. Natürlich war es Aufgabe ihrer Mutter, die Mädchen in dieser Angelegenheit aufzuklären, aber offenbar hat sie es nicht getan. Und ich, ich habe es nicht besser gewußt. Connie, liebe Connie, fürchte dich nicht vorm Erwachsenwerden. Du bist in deinem Geist schon viel erwachsener, als es viele andere jemals in ihrem Leben werden.

Sie faltete Connies Brief zusammen. Plötzlich sah sie den Hof Berga vor sich, die großen, sparsam möblierten Zimmer, häufig ziemlich dunkel – man ging nicht verschwenderisch mit Petroleum um. Ihr Zimmer und das angrenzende der Mädchen wurden jetzt vermutlich nicht mehr geheizt, der Ostflügel und die Schulzimmer waren wahrscheinlich abgeschlossen. Alle vier Kinder waren ausgeflogen, der Hauslehrer und die Gouvernante desgleichen.

Susanna stützte das Kinn auf die Hände und sah die trostlose Leere vor sich. Sie schauderte ein wenig; es war, als ob sich Bergas Kälte auch auf sie auswirkte. Und in dieser Kälte mußte Hedvig ausharren, allein mit ihrem Mann Edward. Der Neffe, der sicher gehofft hatte, das Erbe seines Onkels antreten zu können, um das er sich betrogen fühlte, für dieses Mal jedenfalls. Das war eine Tatsache, die es ihm sicher nicht leichter machte, den Hof zu verwalten.

Mamsell Fryxell sprach also manchmal über ihre frühere Schülerin mit deren Töchtern, und dann sah sie traurig aus. Susanna blieb in Gedanken versunken an ihrem Sekretär sitzen. Hedvig hatte ihre Wahl selbst getroffen, und irgendwann mußte sie Edward doch gemocht haben? Aber wie das Sprichwort sagt: Die Liebe ist blind, wenn sie kommt, und scharfsichtig, wenn sie geht.

Susanna seufzte tief. Sie war richtig erleichtert, als Stina die Treppe heraufgestürmt kam, um ihr zu sagen, daß der Fischmann vor der Tür stehe; ob sie für morgen etwas zum Mittagessen kaufen sollten? Fia habe gesagt, der frische Aal sehe gut aus, aber vielleicht wollte Susanna lieber selbst herunterkommen?

Susanna erhob sich und folgte Stina in die Küche.

Die Temperaturen sanken weiter. Schnee war noch nicht gefallen, aber der nackte Boden war gefroren, und der Wind wehte eisig. Wie immer mußten sie die Giebelräume des Pfarrhofes abschließen. Die Küche und die Mägdekammer dahinter waren am wärmsten; im großen Zimmer wurde im eisernen Kamin ständig ein Feuer in Gang gehalten, das auch das Arbeitszimmer des Pfarrers erwärmte. Obwohl Stina auch in Johannes' Schlafzimmer heizte, mußte er mit Wollsocken und Nachtmütze schlafen, denn die Wärme hielt sich nicht über Nacht. Das Eßzimmer war schon lange verschlossen, und Susannas niedriges großes Zimmer unterm Dach wurde gegen Morgen sehr kalt. Stina brachte abends Wärmflaschen herauf, und Susanna zog eine Strickjacke über das Nachthemd. Fia holte den großen Sack aus Schaffell hervor, in den Ulrika ihre Beine zu stecken pflegte, wenn sie abends mit einer Handarbeit dasaß.

»Den nehmen Sie jetzt«, sagte sie. »Es ist sinnlos, Schmerzen in den Beinen zu bekommen, ich weiß wahrhaftig, wie das ist.«

Susanna betrachtete den Sack, dessen Fell nach innen gekehrt war. Natürlich erinnerte sie sich daran, Mutter hatte ihn immer benutzt. Insgeheim hatte Susanna darüber gelacht, aber jetzt war alles anders. Der Wind pfiff durch Fenster- und Türritzen und durch die Bodendielen, daß die Teppiche sich wellten. »Du hast bestimmt recht, Fia«, sagte sie. »Ich lege ihn hierher, dann kann ich ihn heute abend benutzen.«

»Hoffentlich tun Sie das wirklich«, sagte Fia mißtrauisch. »Der hätte längst geflickt werden müssen, darauf hätte Wilhelm achten sollen. Na ja, jetzt haben wir bald alle genug mit den Weihnachtsvorbereitungen zu tun, dann wird uns warm, wenn wir rumrennen wie die Wiesel.«

Plötzlich verstummte sie. Ihre blassen alten Augen füllten sich mit Tränen. »Es wird das erste Weihnachtsfest ohne Ihre Mutter«, sagte sie leise.

»Ja, Fia, so ist das. Wir wollen trotzdem unser Bestes tun, das hätte Mutter so gewünscht.«

»Natürlich, das werden wir. Aber die Leere ist nun mal da, die können wir nicht ausfüllen.«

Susanna nickte nur, sie war sich ihrer Stimme nicht sicher. Fia watschelte zur Tür, dort drehte sie sich noch einmal um. »Ich hab gedacht, das Weihnachtsbier können wir wohl bestellen?« sagte sie. »Es ist sinnlos, es selbst zu brauen, viel teurer kann es auch nicht sein, wenn man es kauft. Aber wir werden natürlich backen, und von Mattis Pers bekommen wir ja ein Weihnachtsschwein.«

»Ach, das Schwein hatte ich ganz vergessen.« Susannas Stimme klang schwach.

Fia lächelte. »Das hätte den Herrn Pastor aber gar nicht gefreut«, sagte sie. »Wir nehmen das Schwein Ende des Monats, dann schaffen wir den Rest in Ruhe vor Weihnachten. Nelly ist froh, wenn sie die Würste und den Schinken rechtzeitig zum Räuchern bekommt.«

Nelly? Susanna schloß die Augen. Dann fiel es ihr wieder ein. Nellys Bruder Nils war Holzschuhmacher, die Holzschuhe wurden aus Erlenholz geschnitzt, und Nelly räucherte Speck und Würste über den schwelenden Erlenspänen. Auf diese Weise wurde bei Nils alles verwertet. Nelly selbst war tadellos sauber und ordentlich, aber in ihren Kleidern und Haaren blieb der Geruch von geräuchertem Speck lange hängen.

Fia hatte natürlich recht: Das Schwein war unerläßlich für das Weihnachtsessen.

Die Wochen vergingen, angefüllt mit Arbeit. Im mächtigen Steinofen wurde ein Feuer entzündet, Stina und Susanna kämpften mit der großen Weihnachtsbäckerei. Grobes Brot und feines Brot, Wecken und Brötchen folgten einander in der Backstube, und schließlich wurde der Zwieback über Nacht in der letzten Wärme getrocknet. Fia und Stina stopften Würste, die Speckwurst wurde in Salz gelegt, die Wurst für den Aufschnitt zusammen mit den Speckseiten und Schweinepfoten zum Räuchern geschickt. Susanna drehte sich manchmal der Magen um, besonders dann, wenn das Speckfett mit Äpfeln, Zwiebeln und Gewürzen zerlassen wurde. Susanna kam es vor, als ob das leise siedende Fett ihr bis zum Hals stand.

»Ach, Unsinn«, sagte Fia nur. »Sie werden sehen, wie gut das schmeckt. Der Winter ist lang, und es soll so kalt bleiben wie jetzt, da braucht der Mensch was Anständiges zu essen.«

»Schon, aber es ist so fett«, jammerte Susanna.

»Und was ist daran falsch? Es war doch nur ein Schwein, Mattis Pers versteht sein Handwerk. Von dem früheren Pächter haben wir manchmal Schweine gekriegt, die waren mager wie Wildschweine, lang und dünn, nichts dran zu essen.«

Susanna mußte lachen. Die alte Pfarrhofmagd konnte nichts erschüttern, Weihnachten bedeutete Essen, und das Essen mußte gut sein.

Schließlich waren alle Vorbereitungen erledigt, soweit man etwas vorbereiten konnte. Zum Putzen kam eine Hilfe, aber so gründlich wie im Frühling wurde jetzt nicht geputzt; dafür war es zu kalt. Susanna konnte sich endlich in Ruhe hinsetzen, um Weihnachtsbriefe zu schreiben.

Mehrere Briefe waren zwischen Susanna in Bosarp und Adrian Henderson auf Eketorp hin- und hergegangen, genauso häufig schrieb sie an Connie und an Mattias Stenberg. Einige Tage vor Weihnachten kam ein Brief, auf den sie schon lange gewartet hatte: Maja Ekander schrieb aus Västerås. Sie war in den Weihnachtsferien zu Hause.

Susanna, liebe Freundin, ich weiß gar nicht, wo ich anfangen soll, schrieb Maja. *Ich vermisse Dich jeden Tag. Du weißt, daß ich das Zimmer mit Ottilia Filipsson teile. Sie ist zwar lieb und nett, aber – oh! Wenn ich daran denke, Du hättest an ihrer Stelle sein sollen. Wenn Du möchtest, daß ich Dir erzähle, was wir lernen, dann tue ich es.*

Sag es mir, bitte! Es ist so ungerecht, daß Du nicht hier sein kannst! Du tust natürlich genau das, was Du tun mußt, und ich verstehe ja, daß Dein Vater glücklich ist und sich darüber freut. Aber Du selbst! Lernst Du jetzt für Dich allein? Aber dafür hast Du vermutlich keine Zeit bei all Deinen Hausfrauenpflichten – daß Deine schreckliche Tante nicht kommen will! Natürlich bist Du die Tochter, aber trotzdem ...

Susanna las und lachte, aber sie hatte Tränen in den Augen. Majas Verdruß war so groß, ihre Ausrufezeichen so zahlreich, es bestand kein Zweifel an ihrer Aufrichtigkeit.

Wir gehen viel in Konzerte, erzählte Maja weiter. *Einige von den anderen Mädchen und ich. Wir pflegen im Tierpark spazierenzugehen, und dann sprechen wir über alles mögliche, über unsere Pläne und unsere Träume. Aber die ganze Zeit vermisse ich Dich, und ich wünschte, Du wärst hier!*

Bitte, dachte Susanna, bitte schreib nicht so. Ich gönne dir alles, aber ich sehne mich so sehr. Ihr seid Freundinnen und Kameradinnen, so, wie ich es mir auch für mich erhofft habe. Ihr dürft lernen und euch weiterbilden. Und ich? Ich bin Haushälterin und Gesellschafterin! Und ich bin einsam.

Sie biß sich in die Finger, um nicht aus Selbstmitleid zu weinen.

Trotzdem, dachte sie dann. Vielleicht ist mir das Schlimmste doch erspart geblieben, die schmerzende Enttäuschung. Es ist wirklich meine Aufgabe, mich um Vater zu kümmern – genau wie Fia es sagt: Wer hat jemals an sich selbst denken dürfen? Jetzt verstehe ich es ein wenig besser. Aber ich bin froh, daß Maja mich vermißt.

Einige Tage vor Weihnachten fiel Schnee. Ganz plötzlich legte sich der heftige Wind, der die Menschen so lange gequält hatte, der Schnee fiel in großen Flocken, und das ganze Land war schön wie ein Gemälde. Zur Christmette kamen viele in Schlitten mit Schellengeläut.

Susanna saß allein auf der für die Angehörigen des Pastors reservierten Bank. Fia lag auf ihrem Sofa, wieder einmal Opfer der Schmerzen in ihren Beinen, und Stina hatte zu Hause bleiben müssen, um sich um Fia und alle Kaminfeuer zu kümmern.

Gegrüßt seist du, schöne Morgenstunde …

Der Gesang stieg auf in das Kirchengewölbe. Auch Susanna sang, ihre Stimme war sicher und klar. Sie sah niemanden der Gemeinde an, sie dachte an ihre Mutter. Am liebsten hätte sie nur an die Mutter gedacht, aber das gelang ihr nicht. Sie dachte an Connie und Angela und Mattias Stenberg – und sie dachte an Adrian Henderson.

Als die Glocken zum Ausklang läuteten, erhob sie sich, um zu gehen. Alle anderen erhoben sich ebenfalls; die Familie Bernt Nilsson stand ganz in ihrer Nähe. Über den Köpfen der anderen begegnete Susanna Einar Stjernströms Blick.

XX

Der Schnee vom Heiligen Abend verschwand so schnell, wie er gekommen war. Die nackte Erde gefror wieder, und die Tage waren frostklar. Susanna gefiel das. Sie versuchte spazierenzugehen, wann immer es sich einrichten ließ, sie ging mit schnellen, leichten Schritten. Vorbei am Pachthof zu den langgestreckten flachen Waldketten, die Jären genannt wurden.

An einem frühen Vormittag kam Anna Mattis Pers, die Frau des Pächters, über den Hof.

»Susanna! Guten Morgen – guten Tag, muß man wohl sagen, es geht ja schon auf zehn zu. Machen Sie einen Spaziergang?«

»Um diese Tageszeit mache ich immer einen kleinen Rundgang.«

»Das ist gut so.«

Anna Mattis Pers hatte eine breite Stirn und hohe Wangenknochen, ein markantes Kinn und einen entschlossenen Mund. Es war ein hübsches Gesicht. Sie schaute Susanna an, und ihr Blick war aufmerksam. »Sie sind ziemlich blaß, Susanna«, sagte sie.

»Das sind doch alle um diese Jahreszeit«, antwortete Susanna und lachte ein wenig.

Aber Anna Mattis Pers lachte nicht. »Jetzt hör sich das einer an«, sagte sie. »Sie haben es sicher nicht leicht, seit Ihre Mutter gegangen ist. Und dann auch noch für den Haushalt und den Vater sorgen zu müssen.«

»Fia und Stina sind tüchtig und sehr lieb.«

»Natürlich, fehlte nur noch, das wäre anders. Aber Sie haben die Verantwortung für alles. Eigentlich hatten Sie doch andere Pläne? Wenn ich es richtig verstanden habe?«

»Die hatte ich wohl.«

Plötzlich brannte es in Susannas Augen, sie mußte sich schneuzen.

»Wahrscheinlich bekomme ich eine Erkältung«, sagte sie. »Es ist kalt in unserem Haus, es zieht überall.«

»Ja, ja«, sagte Mattis Pers' Frau.

Eine Weile stand sie da und wickelte ihre Hände in der groben Schürze ein, dann sagte sie: »Ihnen ist ja nichts anderes übriggeblieben, das verstehe ich schon. Aber das heißt nicht, daß deswegen irgendwas leichter geworden wäre. Und was Verzicht heißt – das weiß man ja.«

Susanna schaute auf Annas sackleinene Schürze. Sie war zerdrückt und voller Blutflecken. Anna bemerkte ihren Blick. »Majros hat gekalbt«, sagte sie. »Das Kälbchen hat leider nicht überlebt, und Gott weiß, wie es mit ihr selbst ausgeht. Wir haben nach dem Tierdoktor geschickt.«

Sie glättete die Schürze und sah darauf hinab. »Ich habe Tiere immer so gern gehabt«, sagte sie. »So eine Arbeit wie er – wie der Tierdoktor, mein ich –, die hätt ich gern gemacht. Bei mir zu Hause mangelte es nicht an Geld, ich hab auch einen studierten Bruder. Aber ich war ja bloß ein Mädchen, für mich kam so was nicht in Frage. Ich weiß auch gar nicht, ob das gegangen wäre, eine Ausbildung, die war doch nur für Jungen.«

Susanna dachte an Fias wehmütige Worte: Nur die Jungen durften schreiben lernen. Mädchen, wofür sollten die schreiben können?

Sie schaute auf und sah den Schatten über Annas Augen.

»Deswegen also«, fuhr Anna fort, »geben Sie nicht auf, Susanna, es wird schon eine Gelegenheit kommen. Ich bin alt genug, um Ihre Mutter zu sein. Die Zeiten haben sich ja immerhin geändert, und alles soll besser werden. Darauf müssen wir hoffen.«

»Was hat Ihr Vater gesagt, als Sie über eine Ausbildung gesprochen haben?«

»Gesagt? Er hat gegrinst und gesagt, das sei das Verrückteste, was er je gehört hat. Das Grinsen sehe ich heute noch manchmal. Ach ja – wahrscheinlich sollte ich mich schämen, daß ich so rede. Ich wollte nur, daß Sie wissen, ich begreife mehr, als ich sage.«

Sie räusperte sich. »Jetzt machen Sie Ihren kleinen Spaziergang«, sagte sie. »Es ist viel zu kalt, wenn man steht.«

Sie nickte kurz und wandte sich um. Susanna ging weiter.

Sie stieg über das Gatter und folgte einem schmalen Pfad, der an den Hängen von Jären entlangführte. Hier wuchsen dichte Haselnußbüsche, hier pflückte man im Herbst Nüsse – die, die Eichhörnchen und Vögel übriggelassen hatten –, und hier schlugen die Knechte Reisig für die Backöfen im Dorf. Susanna wanderte in Gedanken versunken dahin. In ihr hallten Annas Worte wider: verzichten – man weiß doch, wie das ist.

Aber tun muß man es, das waren auch Worte, die man sich anhören mußte.

Sie ging weiter, den Blick auf den unebenen Pfad vor sich gerichtet. Den Schatten sah sie zuerst, den Schatten eines Mannes, der auf sie wartete.

»Susanna!«

»Einar! Du bist hier draußen unterwegs?«

»Ich habe schon eine ganze Weile auf dich gewartet. In den letzten Tagen habe ich dich draußen gesehen. Ich wußte, daß du hier vorbeikommen würdest.«

Gab es darauf etwas zu antworten? Susanna stand still und sah ihn an. Er wollte ihre Hände nehmen, aber sie bohrte sie tief in ihre Jackentaschen.

»Susanna, ich war so ein Tölpel! Ein armer Dummkopf, das war ich, und ich weiß nicht, was ich jetzt machen soll.«

Was sollte sie sagen? Plötzlich dachte sie ganz kühl und klar: Natürlich, das warst du. Wenn du jetzt nicht weißt, was du machen sollst, dann weiß ich es noch weniger. Und außerdem ist es mir gleichgültig.

Sie sah ihn an. Seine Wangen waren rot von der Kälte, seine Augen feucht. Seine Züge waren gröber geworden, die ganze Gestalt schwerer. Was hatte doch das Dienstmädchen von Nummer sechs gesagt: Sie bleiben, solange sie können, und sie essen alles, was sie sehen. Ihr kam es so vor, als habe Einar Stjernström wirklich alles gegessen, was er sah.

»Wie konnte ich nur so ein Idiot sein!« Er rief es fast. »Wie konnte ich dich verraten und alles, was ich für dich fühle? Und es ihretwegen tun – wegen *Amalia*!«

»Beruhige dich.«

»Wie konnte ich nur so eine falsche Entscheidung treffen!«

»Das mag wohl so sein, aber du hast es jedenfalls getan. Und sag jetzt nichts, was du bereuen könntest.«

»Susanna, sprich nicht so mit mir! Du mußt verstehen – du kannst mich doch nicht vergessen haben –, du hattest mich gern, und du warst traurig, als ich geheiratet habe. Du bist nicht zur Hochzeit gekommen, sondern nach Småland geflohen. Susanna, so kann es doch nicht bleiben, wir beide so weit voneinander entfernt! Wir müssen wieder zusammenkommen, wir müssen einander lieben, wie es uns bestimmt war. Nichts bedeutet mir etwas, wenn du nur zu mir zurückkommst.«

Er keuchte und verstummte. Susanna bekam kein Wort heraus.

»Du willst es auch, ich sehe es dir an. Du wolltest mich schon damals, am Ringsjö in jenem Sommer – ich weiß es! Jetzt hast du mich in der Kirche angeschaut, und ich konnte es in deinem Gesicht lesen. Susanna, laß uns zu diesem verlassenen Hof auf dem Weg nach Stehag gehen – ich bin dort gewesen und habe nachgesehen –, die Leute glauben, es spukt dort, niemand geht dorthin. Da sind wir sicher!«

Susanna befeuchtete ihre trockenen Lippen und schluckte heftig. »Einar, du …«

»Ja? Liebste, geliebte Susanna, wir gehören doch zusammen. Du bist einsam und traurig, du bist Magd in deines Vaters Haus. Ich kann dir das Leben erleichtern. Du wirst sehen, wie es ist, zu lieben und einen Mann zu spüren, und du wirst nicht enttäuscht, das verspreche ich dir, Susanna …«

»Still, Einar!«

»Nein, nein, nein! Du kannst nicht so tun, als ob du mich nicht liebtest, und du weißt, wie ich mich nach dir sehne. Ich sehe es dir an, ich kenne die Frauen, ich kann in ihren Augen lesen …«

Susanna konnte es nicht mehr zurückhalten, und sie wollte es auch gar nicht. Sie fing an zu lachen, und er brach jäh ab.

»Du«, sagte sie nur, »du willst die Frauen kennen und in ihren Augen lesen können? Einar, mach dich nicht lächerlicher, als du schon bist.«

»Wie kannst du das sagen?«

»Du hast wegen des Geldes geheiratet. Du hast dein Wort, das du mir gegeben hast, gebrochen, und in einem Punkt hast du recht. Ich war damals traurig. Aber ich kann dir versichern, daß es vorbei ist. Die Suppe hast du dir selbst eingebrockt, jetzt mußt du sie auch auslöffeln! Aber mich laß bitte in Frieden mit deinen Dummheiten.«

»Du nennst das Dummheiten? Meine Liebe?«

»Was du Liebe nennst, das ist das Katergeschrei im März.«

»Du möchtest also lieber eine alte Jungfer werden?«

»Wenn ich zwischen der Jungfer und dir wählen müßte – ja, das möchte ich.«

»Das kann nicht dein Ernst sein! Das wird dir noch leid tun! Du wirst mich anflehen, zu dir zurückzukehren.«

»Du hast ja eine ziemlich hohe Meinung von dir. Aber die hast du ganz allein.«

»Wenn du heute abend in deinem kalten, leeren Bett liegst, kannst du ja an mich denken! Dann denk an mich und daran, was du hättest haben können.«

Susanna seufzte. »Einar«, sagte sie, »an jenem ersten Abend, als dein Schwiegervater bei meinem Vater war und das Aufgebot für dich und Amalia bestellt hat, da war ich wirklich traurig, ich war verzweifelt. Das heißt, ganz zu Anfang, nicht lange. Dann wurde ich wütend und habe bei allem, was mir lieb ist, geschworen, daß du zur Hölle fahren kannst. Jetzt habe ich nicht einmal Lust, darüber zu reden, du interessierst mich einfach nicht mehr. Geh nach Hause zu Amalia, mit ihr bist du verheiratet. Ich will dich nicht. Ist dir das jetzt endlich klar?«

Einen Augenblick stand er schweigend da und starrte sie an. Dann drehte er sich um und marschierte mit großen Schritten davon.

Susanna blieb noch einen Moment stehen. Sie sah nicht Einar nach, sie schaute auf den Pfad, das verwelkte Laub und das gelbe Gras vom letzten Sommer. Sie mußte so stehen, um ihren Zorn zu besänftigen. Er stieg in ihr auf wie eine erstickende Welle; sie mußte hart kämpfen, um damit fertigzuwerden.

Das hat er sich also eingebildet, das hat er von ihr geglaubt. Daß sie sich zu einem schmutzigen verlassenen Hof schleichen würde, um in der Kälte mit ihm zusammenzusein! Wie eine Schlampe, wie eine rollige Katze im März! Er, der sie verraten, verletzt und gekränkt hatte, er stand da und protzte: Du willst mich haben, du wirst nicht enttäuscht sein, das verspreche ich dir. Ich habe gesehen, wie du mich anschaust, und ich weiß, daß du dich sehnst …

»Tölpel!« sagte sie laut.

Eine falsche Entscheidung getroffen, das hatte er. Und Amalia wegen des Geldes genommen. Wenigstens das stimmte. Aber es berührte sie keine Sekunde.

Amalia hatte ihren Mann gekauft, Einar hatte sich kaufen lassen. Beide bereuten es vielleicht gleichermaßen, aber das ging Susanna nichts an, es war ihr egal. Trotzdem mußte sie ihr Taschentuch hervorziehen und sich die Nase putzen. In ihrem Hals brannte es.

»Ach!« sagte sie, sagte es ganz laut.

Ihre Trauer und Verzweiflung hatte sie an jenem ersten Abend in ihrem Zimmer hinausgeschrien, sie hatte gekämpft, geflucht und geweint. All das tat sie jetzt nicht mehr, wollte es nicht, hatte auch gar keine Kraft. Über sie war eine Müdigkeit gekommen, eine Enttäuschung darüber, daß der Mann, den sie einmal so gern gehabt und von dem sie so schöne Träume geträumt hatte, daß dieser Mann nicht mehr war als ein armer Wicht, schwach und unzuverlässig, ein Nichts.

»Ein Lump!« sagte sie, und es war, als stünden die Wörter zwischen den stillen Bäumen und Büschen am Pfad. So hatte Mutter ihn genannt, und sie hatte recht gehabt. Ich war einmal in einen Lumpen verliebt – soll ich lachen oder weinen, wenn ich daran denke?

Lache, Susanna! Lache so laut wie eben, als er hier vor dir stand und sich damit brüstete, wie sicher er sei, daß du ihm in die Arme fallen würdest. Und danach weinst du ein paar Tränen, weil du einmal so jung warst und voller Vertrauen – und weil du dennoch verraten und betrogen wurdest.

Aber ich bin nicht die erste und auch nicht die letzte. Marie Madeleine, Gräfin de la Tour, geborene Marie Barck – sie hat all das vor langer, langer Zeit erfahren müssen, vor mehr als hundert Jahren. Und in weiteren hundert Jahren und vielleicht noch einmal hundert, dann passiert dasselbe vielleicht noch einmal, und ein Mädchen steht hier mit Tränen im Hals und weiß alles, all die schönen Worte, liebevollen Blicke – alles miteinander vollkommen wertlos. Betrogen! Ich habe es ja schon früher gedacht und weiß, daß es wahr ist: betrogen, verraten, das sind so große Worte. Hereingelegt, das sagt alles.

Sie steckte das Taschentuch wieder in die Jackentasche und ging weiter. Sie ging rasch und spürte, wie der Wind ihr heißes Gesicht kühlte und die nassen Augen trocknete. Es war ein schönes Gefühl.

Was hatte Anna Mattis Pers gesagt? Geben Sie nicht auf, Susanna, es wird schon eine Gelegenheit kommen. Nein, sie dachte gar nicht daran aufzugeben! Ihr Leben war so einförmig und begrenzt. Aber irgend etwas konnte geschehen, vielleicht warteten doch irgendwo Freude und Abenteuer. Connie und Angela war es widerfahren, es konnte auch ihr, Susanna, widerfahren.

XXI

Im Februar blühten an den Steinwällen, die den Pfarrhof nach Westen hin einfriedeten, schon Schneeglöckchen und der kleine Winterling. Der Lerchensporn würde erst im April kommen, die Himmelsschlüsselchen noch ein wenig später. Susanna pflückte einen kleinen verfrorenen Strauß Schneeglöckchen und stellte ihn mitten auf den Eßtisch. Mattias würde aus Lund kommen, und sie ging ihm ein Stück entgegen.

»Mattias, du bist mager geworden«, sagte sie besorgt. »Studierst du zuviel?«

Er schüttelte irritiert den Kopf.

»Ich studiere viel«, sagte er. »Nicht zuviel. Und man muß sich anstrengen, wenn man etwas erreichen will. Auf der Universität bekommt man nichts geschenkt.«

»Das habe ich auch nie geglaubt«, antwortete Susanna etwas gekränkt. »Aber deswegen muß man doch nicht seine Gesundheit zerrütten.«

Mattias antwortete nicht gleich, er stieß einen kleinen Stein vor sich her. »Und du selbst?« fragte er schließlich und versuchte, seiner Stimme einen normalen Ton zu verleihen. »Wie ist es dir ergangen? Hast du etwas von deinen Mädchen auf Rostad gehört? Oder von den Herrschaften Henderson?«

»Connie schreibt mir, und manchmal legt auch Angela einen Zettel bei. Aber Hendersons schreiben doch nicht, was hast du denn erwartet?«

»Und der Gutsbesitzer?«

»Ich bekomme manchmal Post, sehr kurze Briefe. Ich frage mich, ob er wirklich ganz wiederhergestellt ist nach der Cholera, wie er behauptet.«

»Ich weiß es auch nicht.«

Was ist mit Mattias geschehen? dachte Susanna bedrückt. Warum kommt er her, wenn er doch nur schmollt? Aber ich kann auch schweigen.

»Susanna!« platzte er dann heraus. »Ich werde verrückt, wenn ich daran denke, wie viele Jahre vergehen werden, wie viele Jahre es noch dauert, bevor ich mein Studium beendet habe. Und dann muß ich irgendwo eine Anstellung finden, bei einer Universität, wenn ich Glück habe, an einem Gymnasium, Gott weiß, wo sonst.«

»Aber das hast du doch gewußt. Davon hast du doch immer gesprochen.«

»Schon, ja. Es ist nur so, daß es so lange dauert, es dauert eine Ewigkeit, ehe ich ...«

Er brach ab und sah sie an, aber Susanna verstand den Blick in seinen Augen nicht. Sie sagte ziemlich kühl: »Vielleicht braucht es seine Zeit, wie du sagst. Aber du bekommst deine Ausbildung, eines Tages bist du selbständig. Das wird mir nie vergönnt sein.«

Er blieb stehen, sah sie jedoch nicht an. Er schaute zum Wegrand. »Nein«, sagte er, »es ist noch zu früh. Noch kein einziger junger Grashalm ist da. Erinnerst du dich, wie ich auf einem Grashalm geblasen habe auf Berga, und du sagtest, es sei eine Siegesfanfare? Vielleicht sollte ich diese Fanfare etwas öfter blasen.«

»Mach das nur«, antwortete Susanna, aber sie konnte den kühlen Ton in ihrer Stimme nicht unterdrücken. »Blas du nur deine Fanfare! Aber denk immer daran, daß sie jetzt nur noch dir allein gilt.«

»Susanna, ich ...«

Aber sie ging ihm voran auf die Veranda und öffnete die Haustür. »Vater freut sich sehr über dein Kommen«, sagte sie. »Er unterhält sich so gern mit dir und möchte Neuigkeiten aus Lund erfahren.«

»Ich verstehe. Verzeih mir. Ich will mein Bestes tun.«

Aber als Mattias am Nachmittag aufgebrochen war, um den Zug in Eslöv zu nehmen, da sagte Johannes wehmütig: »Er hat sehr zerstreut gewirkt, der junge Mann. Ich fürchte, er studiert zu intensiv, er ist so blaß. Liebe Susanna, es ist nicht leicht für junge Männer, die so hart arbeiten müssen. Du bist ein verständiges, kluges Mädchen, du verstehst hoffentlich, was für Vorteile Frauen haben. Niemand verlangt ihnen solche Arbeit ab. Ein geschütztes Dasein ...«

Susanna ging in die Küche und schloß die Tür hinter sich.

Niemand hatte damit gerechnet, daß Jenny Lindman den Winter überleben würde. Sie hatte ihn tatsächlich überlebt, doch an einem grauen Märzabend kam die Nachricht, daß sie ihr Leben beendet habe. Johannes saß an seinem Schreibtisch im Arbeitszimmer und las den Brief vom Arzt wieder und wieder. Susanna trat auf die Treppe hinaus und schaute über die Äcker. Noch war Schärfe in der Luft, aber die Erde duftete schon nach Frühling. Weit draußen über den Feldern hörte sie die Kiebitze rufen; sie stand sehr still und lauschte ihnen.

Ich höre sie zum ersten Mal in diesem Jahr, dachte sie. Das ist ein gutes Omen, obwohl Tante Jenny sich nicht mehr daran erfreuen kann. Aber vielleicht lauscht sie jetzt anderen Vögeln, Paradiesvögeln. Das möchte ich so gern glauben.

Sie blieb auf der Veranda stehen, bis Johannes sie rief. »Meine Liebe, du läßt die Türen offenstehen, im ganzen Haus verbreitet sich Kühle«, sagte er vorwurfsvoll. »Ich bin schon ein wenig heiser. Mit der Frühlingsluft ist nicht zu spaßen.«

»Es tut mir leid«, Vater. Ich habe nicht aufgepaßt.«

»Nein, nein. Ja, das war wirklich eine traurige Nachricht. Die Beerdigung wird natürlich im kleinen Kreis stattfinden, Jenny war ja eine einsame Dame.«

»Die Beerdigung wird so stattfinden, wie du sie ausrichtest, Vater. Du bist doch ihr nächster Verwandter.«

»Liebes Kind, dafür habe ich keine Kraft, das mußt du verstehen. Meine Gesundheit ist nicht stabil genug, ich kann mir etwas Derartiges nicht aufbürden. Jenny hätte das als erste verstanden.«

»Aber du kannst doch nicht …«

»Dieser prächtige Arzt in Ystad hat doch offenbar alles in der Hand. Die alte Magd ist auch noch da. Auf die beiden kann ich mich sicher verlassen, sie werden alles zum Besten richten.«

Susanna strich sich mit beiden Händen übers Gesicht. »Tante Jenny war deine einzige Schwester!« sagte sie und hörte, wie ihre Stimme sich fast überschlug. »Und dann willst du nicht einmal zur Beerdigung fahren? Das kann nicht dein Ernst sein!«

»Ich habe dir doch schon erklärt, daß meine Kräfte nicht ausreichen, Kind. Niemand kann etwas Derartiges von mir verlangen, das mußt du verstehen.«

Was halfen Protest und Argumente? Ihre Worte, was immer sie auch sagte, prallten ab wie von einer Mauer und kamen zu ihr zurück. Eine milde, sanfte Stimme, niemals heftig, niemals aufbrausend: Du siehst doch wohl ein, Jenny hätte das als erste verstanden, ich habe keine Kraft, ich verlasse mich ganz auf sie …

»Dann fahre ich allein«, sagte Susanna kurz. »Das gehört sich ja wohl so. Ich habe Tante Jenny geliebt!«

»Liebes Kind, du sprichst harte Worte! Was sich gehört, ich verstehe dich nicht. Natürlich habe ich meine Schwester gern gehabt, das wußte sie sehr wohl.«

»Aber du hast sie nicht so gern gehabt, daß du sie besucht hast, als sie krank war. Und du hast sie auch nicht gern genug, um zu ihrer Beerdigung zu fahren.«

Johannes schüttelte bekümmert den Kopf. »Das ist doch etwas ganz anderes, das mußt du doch verstehen, wenn du nachdenkst. Und falls sie einen kleinen Groschen hinterläßt, aber ich weiß ja nicht, wie ihre Verhältnisse waren ...«

»In dem Fall muß zunächst einmal für Beata gesorgt werden.«

»Beata?«

»Die alte Magd, wie du sie genannt hast.«

»Ja, ja. Es soll ja ganz ausgezeichnete Heime für Mägde geben ...«

Susanna ging.

Ich tue nichts anderes mehr, ich gehe und schließe Türen hinter mir, dachte sie aufrührerisch. Aber manches kann ich einfach nicht mehr hören. Jetzt gehe ich wieder hinaus und höre den Kiebitzen zu. Und morgen fahre ich nach Ystad.

Es war eine ruhige und schöne Beerdigung. Susanna war die einzige Verwandte. Vor der Kirchentür nahm sie Beatas Hand, und sie gingen zusammen hinein.

Es gab »einen kleinen Groschen«, genau wie Johannes gedacht hatte. Nicht viel, gerade so viel, daß es für ein Heim und eine bescheidene Pension für Beata reichte.

»Das sollten Sie bekommen, Susanna«, sagte Beata und putzte sich die Nase. »Ich altes Gestell komm schon irgendwie zurecht. Ich kann bei Leuten kochen gehen, das kann ich.«

»Ich weiß, aber ich weiß auch, daß Tante Jenny es so wollte. Und ich kann genauso eigensinnig sein wie sie.«

Beata wischte sich die Augen und lachte ein wenig. »Ja, Sie schlagen ganz nach ihr, Susanna«, sagte sie. »Kein Mensch war wie mein Fräulein, das ist sicher, nur noch Sie.«

Als die letzten wenigen Gäste das kleine Haus an der Klostergata verlassen hatten, stellte Beata Teetassen und

Teller zusammen. Susanna wollte ihr helfen, aber Beata schüttelte den Kopf. »Das möchte ich gern allein machen«, sagte sie. »Ich muß eine Weile für mich sein.«

Susanna sah sie an. Beata war blaß, die alten Augen waren traurig, und an den Wimpern hingen Tränen. Susanna verstand. Beata wollte sich mit etwas beschäftigen, was sie ihr Leben lang getan hatte, sie suchte Trost in den gewohnten, alltäglichen Handgriffen.

»Ich gehe ein wenig spazieren«, sagte Susanna.

Sie ging durch die Stadt zum Meer hinunter, folgte dem Ufer in östlicher Richtung, um die Menschen und ihre Häuser hinter sich zu lassen. Hoch oben auf einem Giebel saß eine Amsel, sie gab nur einige Triller wie zur Probe von sich. Der Vogel schien dort zu sitzen und auf den Frühling zu warten, der sich immer noch hinter den kühlen Märzabenden versteckte.

Doch über Häusern und Bäumen lag ein zartes Frühlingslicht, und das Blau über dem Meer wurde allmählich tiefer. Sie ging langsam am Ufer entlang und dachte an Jenny, an Jennys Liebe, Jennys Mut. Sie weinte nicht. Es war nichts Trauriges daran, wenn ein alter Mensch von seiner Qual und seiner Müdigkeit erlöst wurde. Susanna spürte nur Wehmut und eine tiefe Dankbarkeit.

Sie ging langsam weiter, dann hielt sie jäh inne.

Draußen auf dem Wasser, einige Meter vom Ufer entfernt, schwamm ein Schwanenpaar. Sie schwammen Seite an Seite auf den Wellen, und ihr schimmerndes Weiß leuchtete vor der blaugrauen Tiefe des Wassers. Plötzlich neigten beide ihre langen Hälse, verneigten sich voreinander, so daß ihre Köpfe ins Wasser tauchten, und es sah aus, als tränken sie gemeinsam aus einem tiefen Becher.

Susanna stand bewegungslos da, wagte kaum zu atmen.

Das Männchen schlug plötzlich ein paarmal mächtig mit den Schwingen, erhob sich über dem Weibchen und begattete es. Sie duckte sich sanft unter ihm, gab sich ihm hin. Schließlich richteten sich beide auf, glitten Brust an Brust durchs Wasser, ganz still, ganz ruhig. So verharrten sie lange, bevor der Zauber brach. Dann schwammen sie beide wieder Seite an Seite auf dem Wasser.

Susanna sah ihnen nach, als sie hinaus aufs Meer glitten, fort von ihr.

Sie lieben einander, dachte sie. Sie gehören zueinander. In meinem ganzen Leben habe ich etwas so wunderbar Schönes noch nicht gesehen.

Dann brach sie in Tränen aus. Nicht laut, nicht schluchzend, sie stand ganz still da und spürte, wie ihr die Tränen über die kalten Wangen rollten. Sie hatte die Liebe gesehen. Würde sie je selbst von ihr berührt werden, würde die Liebe zu ihr kommen, genauso stark, genauso wunderbar? Sie wußte, daß sie es nicht vergessen würde, solange sie lebte, diesen Anblick der sich liebenden Schwäne, den Stolz, die Freude, die Freiheit.

Die Dämmerung, die sie umgab, wurde tiefer, wurde schließlich Dunkelheit. Sie kehrte um und ging langsam zurück.

XXII

»Nun?« sagte Adrian Henderson.

Er knöpfte sein elegantes Jackett zu und ließ sich auf dem Besucherstuhl nieder. »Sie haben mich untersucht«, fuhr er fort. »Was haben Sie herausgefunden?«

Der Arzt, Lars Enberg, war ein Mann von fünfunddreißig Jahren mit flachen Wangen und kräftiger Nase. Sein Mund war breit, seine Lippen waren schmal und die Augenbrauen gerade über den dunklen Augen.

Ein wenig indianisch, hatte Adrian Henderson gedacht, als er ihn zum ersten Mal gesehen hatte. »Nun?« wiederholte er.

»Sie haben doch sicher einen Hausarzt, jemanden, der Sie gut kennt?«

»Den habe ich. Bei ihm bin ich auch schon gewesen.«

»Was hat er gesagt?«

»Nicht viel. Ich möchte gern hören, was Sie sagen.«

»Der Kollege und ich sollten einander vielleicht konsultieren?«

»Ihr Kollege ist davon überzeugt, daß alle Menschen sich um jeden Preis ans Leben klammern. Ich kenne ihn schon lange, ich weiß, wie er sich ausdrückt, wenn er seinen Patienten schonen will. Ich ziehe die klare Sprache vor.«

»Ich verstehe.«

Lars Enberg saß gerade aufgerichtet da, die Hände locker übereinandergelegt. Seine braunen Augen begegneten Adrian Hendersons scharfem Blick. Früher waren

Adrians Augen kornblumenblau gewesen, das waren sie längst nicht mehr. In die Iris war ein Stich Grau gekommen, ein Farbton des Alters, was Patient und Arzt bemerkt und verstanden hatten.

»Ihre schwere Krankheit hat Sie viel Kraft gekostet«, sagte der Arzt ruhig. »Die Krankheit hat Sie geschwächt und Ihr Herz angegriffen. Vierundfünfzig ist noch kein Alter, aber für jemanden, der gerade eben die Cholera überlebt hat, für den sind vierundfünfzig Jahre viel. Ich will nicht drum herum reden, Sie möchten offenbar eine klare Diagnose hören.«

»Da haben Sie ganz recht.«

»Ihr Herz ist nicht stark, Ihr Wille dagegen um so stärker.«

Adrian Henderson nickte. »Das ist mir schon früher gesagt worden«, antwortete er. »Ich bin mir dessen bewußt. Aber die klare Diagnose, die ich hören möchte – wieviel Zeit habe ich noch?«

»Ich bin nicht Gottvater, und Weissagungen sind mir fremd. Dennoch habe ich unerklärliche Heilungen erlebt, ein kaum faßbares Überleben. Aber so, wie es jetzt aussieht – ein halbes Jahr. Vielleicht etwas länger, vielleicht etwas weniger, so ungefähr.«

»Ich verstehe. Doktor Enberg – würden Sie mich für vollkommen zurechnungsfähig erklären?«

»Jetzt kann ich Ihnen nicht folgen.«

»Die Frage ist genauso gemeint, wie ich sie gestellt habe.«

Der Arzt errötete. »Ich bitte um Entschuldigung«, sagte er kurz. »Ich bin etwas verwirrt, das hätte ich nicht so deutlich zeigen dürfen. Natürlich kann ich Sie ohne jeden Zweifel für vollkommen zurechnungsfähig erklären.«

»Ich möchte Ihr Gutachten bitte schriftlich haben. Warum, das werde ich Ihnen später erklären. Aber es wäre angebracht, wenn zwei unabhängige Ärzte das gleiche aussagten. Wen würden Sie empfehlen?«

»Ihren eigenen Hausarzt?«

In Adrian Hendersons Augen blitzte es auf. »Er ist schon lange mein Hausarzt und hat immer gemacht, was ich wollte. Das weiß jeder. Ein Gutachten von ihm würde nicht zuverlässig wirken. Nennen Sie mir bitte andere Namen.«

Lars Enberg sah auf seine Hände, dann schaute er wieder auf. »Doktor Per Börjesson«, sagte er. »Er hat hier in Eksjö eine Praxis. Möchten Sie, daß ich einen Termin für Sie vereinbare?«

»Dafür wäre ich dankbar.«

Adrian Henderson war sehr blaß geworden. Der Arzt dachte: Seine Stirn ist so weiß wie sein Haar. Einem Mann wie ihm bin ich selten begegnet. Ich frage mich, ob ihm Kraft bis zum Schluß bleibt. Ich glaube es.

Und dann möchte ich wissen, wozu er das Gutachten braucht. Wen will er überzeugen, daß er im Vollbesitz seiner geistigen Kräfte ist? Niemand, der ihm je begegnet ist, kann nur den leisesten Zweifel daran haben.

»Lassen Sie mich wissen, wann Doktor Börjesson Zeit für mich hat«, fuhr Adrian Henderson fort. »Jetzt habe ich einen anderen Besuch zu erledigen, dann fahre ich heim nach Eketorp. Ich wäre dankbar, wenn ich so schnell wie möglich einen Termin haben könnte.«

»Ich werde mein Bestes tun. Wahrscheinlich ist es sinnlos, Sie zu bitten, sparsam mit Ihren Kräften umzugehen? Mit ihnen hauszuhalten?«

Ein flüchtiges Lächeln erhellte Adrians mageres Gesicht. »Ich werde mit ihnen haushalten«, sagte er. »Ich habe ganz besondere Gründe, das zu tun. Guten Tag, Herr Doktor.«

»Guten Tag, Herr Gutsbesitzer.«

Der Kutscher fuhr eine elegante Kurve, und der Landauer rollte vor die Treppe von Eketorp. Der Diener Malte öffnete die Tür so schnell, als habe er dahinter gewartet.

Kutscher und Diener tauschten einen Blick, der Kutscher nickte bedeutungsvoll, und Malte öffnete seinem Herrn eilig die Wagentür.

»Es weht ein kalter Wind, mein Herr«, sagte er. »Es ist das richtige Wetter, um sich zu erkälten.«

Adrian Henderson warf ihm einen spöttischen Blick zu. »Ach?« sagte er. »Pelle hat dir wohl irgendwie zu verstehen gegeben, daß ich beim Arzt war?«

Der Diener wurde rot. »Ich hab's nicht böse gemeint«, murmelte er. »Man macht sich eben Sorgen. Seit es Ihnen so schrecklich schlecht gegangen ist.«

»Das ist vorbei«, sagte sein Herr. »Jetzt ruhe ich mich eine Weile aus, aber sag der Köchin, das Essen soll in einer Stunde fertig sein.«

»Jawohl.«

Nach dem Mittagessen begab sich Adrian Henderson in seine Bibliothek. Er setzte sich auf den großen Stuhl vorm Kaminfeuer, doch er las nicht, er schaute nur ins Feuer. Malte hatte die Luken des Kachelofens schließen wollen, doch Adrian hatte ihn daran gehindert. Er suchte Gesellschaft bei den tanzenden Flammen. Die Türen zwischen der Bibliothek und den anderen Zimmern waren geschlossen, Adrian Henderson wollte laut denken können, ohne daß es jemand hörte.

Pelle, der Kutscher, hatte seinem Herrn im Sommer geholfen, nach Hause zu kommen, von Berga nach Eketorp. Pelle hatte ihn zum Wagen getragen und dann in sein eigenes Haus. Der Diener Malte hatte ihn in den langen Tagen und Nächten der Krankheit gepflegt. Beide wußten, daß das Leben ihres Herrn an einem seidenen Faden gehangen hatte, beide hatten ihm treu gedient. Aber seine Pläne wollte Adrian keinem von beiden anvertrauen.

»Ihr braucht euch keine Sorgen zu machen«, murmelte er. »Das werdet ihr selbst wissen. Alles ist für euch geregelt, genau wie für die anderen. Aber es gibt da noch etwas, was ich gern in die Richtung lenken möchte, die ich mir vorstelle.«

Im Kaminfeuer knackte es, und eine Flamme züngelte wie eine Schlange an einem Riß in einem der Holzscheite entlang. Adrian folgte ihr mit Blicken. »Aufgeklärter Despotismus«, sagte er. »Das erschien mir immer als die beste Form unter allen Regierungsformen, vorausgesetzt, er ist aufgeklärt. Und vorausgesetzt, ich bin der Despot.«

Er lächelte grimmig vor sich hin. »Es heißt ja, Hochmut kommt vor dem Fall. Aber Hochmut ist nicht das richtige Wort, Selbstwertgefühl ist ein anderes, und mein Selbstwertgefühl möchte ich behalten. Trotzdem: Als Despot kann ich viel beeinflussen, und doch kann ich nicht alles bestimmen. Leben und Tod liegen in den Händen eines anderen, eines, gegen den ich winzig bin. Und das weiß ich. Aber solange du mir das Leben läßt, Herr, so lange handle ich, wie ich es für das beste halte.«

Er lehnte sich auf seinem Stuhl zurück und schaute weiter ins Feuer. Die intensive Wärme war schön, Malte hatte wohl recht gehabt: Das ist das richtige Wetter, um sich zu erkälten. Aber jetzt hatte er keine Zeit, sich deswegen Sorgen zu machen.

Alles war durch einen Advokaten geregelt, alle Dokumente würden aufgesetzt werden, wie er es wünschte. Alle Dinge würden so geregelt, wie er es wollte. Der Sohn seines Bruders sollte seinen Anteil bekommen, den wollte Adrian ihm nicht vorenthalten. Aber der Anteil war auf angemessene Weise niedriggehalten, und Edward würde mit dem besten Willen der Welt nicht über die gesetzten Grenzen gelangen.

Mit dem bösesten Willen der Welt ist wohl der passendere Ausdruck.

Die Kinder? Vier Kinder auf Berga. Adrian zog die Augenbrauen zusammen. Er hatte sie ja gern, mehr oder weniger – James war ein guter Junge, Percy bis jetzt nur ein kleiner Dummkopf. Constance war in Ordnung, sie hatte Anlagen zu einem feinen Menschen. Angela – ja, sie konnte Percy die Hand reichen. Er lachte auf, als er daran dachte, was Susanna ihm von ihrer jüngsten Schülerin erzählt hatte. Ja, die Kinder hatte er gern. Es war eine Befriedigung, alles zum Besten für sie zu regeln.

Jetzt ging es jedoch um schwierigere Dinge.

Er seufzte tief. Es stimmte wohl, daß er ein schwaches Herz hatte. Schon lange spürte er die unregelmäßigen Schläge und den sonderbaren Druck. Hoffentlich war es ihm vergönnt, noch alles zu erledigen, was er sich vorgenommen hatte! Ein halbes Jahr, hatte der Arzt gesagt, vielleicht mehr, vielleicht weniger. Im Augenblick hatte Adrian Henderson das Gefühl, letzteres sei wohl wahrscheinlicher.

»Ich möchte so gern«, sagte er plötzlich laut. »Laß mich noch alles erledigen, was ich tun will.«

Er hatte nie gebetet, er war kein Mensch, der um etwas bat. Aber jetzt saß er vor dem Kaminfeuer und begriff, daß er sich helfen lassen mußte, wenn er alles schaffen wollte.

»Du bist stärker als ich«, murmelte er, zögernd, demütig. »Ich weiß es, ich spüre es. Ich kann dich nur bitten. Ich flehe nicht, du weißt, daß ich es nicht kann. Du hast die Macht. Aber wenn du mir helfen willst – dann tu es!«

Er holte tief Luft, und der Druck auf der Brust ließ etwas nach. Eine Weile saß er ganz still, aber seine Gedanken rasten.

Der Besuch bei diesem Doktor Börjesson war nötig gewesen; man konnte gar nicht vorsichtig genug sein. Zwei ärztliche Gutachten über seinen Geisteszustand würden reichen, insbesondere wenn kein Gutachten von seinem alten Hausarzt Strömgren stammte. Strömgrens Diagnose würde Edward ohne Zögern sofort in Frage stellen, an dem Urteil der anderen beiden Ärzte kam er nicht vorbei.

Dann war da noch die lange Reise – wenn er nur die gewünschte Antwort aus Bosarp bekäme. Enberg und Börjesson waren hoffentlich Männer, die etwas von ihrem Fach verstanden – irgendeine Medizin würden sie bestimmt besorgen können, eine, die ihm half, das zu schaffen, was er schaffen wollte. Er konnte Malte mit auf die Reise nehmen, ein Aufpasser war bestimmt gut. Malte war auch kein junger Mann mehr, aber er war ein zäher Bursche, ein småländischer alter Wacholder war er.

Adrian richtete sich langsam auf und ging zu seinem Schreibtisch. Sein eigentliches Anliegen würde er im Brief nicht erwähnen, das konnte er vorbringen, wenn sie zusammensaßen und miteinander sprachen. Er konnte sich gar nichts anderes vorstellen, als daß Susanna ihn empfangen würde. Und vielleicht – falls es ihm gelang, ruhig und ohne Sentimentalität zu sprechen – würde sie sich seinem Willen fügen.

Er rückte Papier und Feder zurecht, das große Tintenfaß stand schon bereit. Er begann zu schreiben, hielt jedoch mit der Feder in der erhobenen Hand inne. Ja, wenn alles so kam, wie er wollte, dann könnte er die Worte sofort hinschreiben. Aber wie die Situation nun einmal war, mußte er es auf andere Weise formulieren.

Er ging zum Feuer, knüllte das Papier zusammen und warf es hinein. Der Feuerschein beleuchtete noch kurz die ersten Worte mitten auf der Seite. *Liebste Susanna*, stand dort. Er sah das Papier aufflammen und verbrennen und lächelte vor sich hin.

»Noch nicht, mein Freund«, sagte er. »Noch nicht.«

Dann ging er zurück zum Schreibtisch und setzte sich wieder.

Liebes Fräulein Lindman, begann er.

Es wurde kein langer Brief, aber es dauerte doch einige Zeit, ihn zu schreiben. Adrian wählte die Worte mit Umsicht. Er erzählte nichts von seinen Arztbesuchen, erwähnte überhaupt nichts von seiner Gesundheit. Er schrieb nur, daß ihn seine Wege an Bosarp vorbeiführten, und fragte Susanna, ob sie und ihr Vater ihn zu einem kurzen Besuch empfangen würden.

Er legte die Feder nieder und starrte vor sich hin.

Wenn es wird, wie ich es will, meine liebe Freundin, dachte er, dann ist es das, was ich für dich tun kann. Du weißt nicht viel über die Macht des Geldes, doch ich um so mehr. Ich werde dafür sorgen, daß du gute Ratgeber bekommst. Als Witwe bestimmst du jedoch letzten Endes selbst über dein Vermögen, niemand wird als Vormund für dich eingesetzt. Du bestimmst allein, und du bist klug genug, das Richtige zu tun.

Ich will, daß dir alle Möglichkeiten offen bleiben. Ich will, daß du deine Träume verwirklichen kannst, daß du der freie und selbständige Mensch sein kannst, zu dem du bestimmt bist. Wenn die Krankheit nicht gekommen wäre – und wenn nicht dreißig unbarmherzige Jahre zwischen uns ständen! –, dann hätte ich dir eine andere Art Brief geschrieben. Jetzt tue ich es nicht. Du bist gut, und du hast Mitgefühl, aber dein Mitgefühl möchte ich nicht haben. Deine Liebe begehre ich nicht, wohl aber deine Zuneigung und deine Freundschaft. Zum Teil wage ich zu glauben, daß ich sie schon habe – aber darüber hinaus? –, nein, meine Freundin, ich habe nicht die Absicht, mich lächerlich zu machen, nicht einmal vor dir. Ich liebe dich, siehst du. Aber ich bin kein Narr.

»Und«, sagte Adrian Henderson laut, und ein schmales Lächeln verzog seine Lippen, »und es gibt auch noch etwas anderes, nämlich das, was ich *nicht* will. Ich will nicht, daß der Sohn meines Bruders auch nur in die Nähe meines Vermögens kommt!«

Susanna, du meine Allerliebste, du bist die einzige, die mir helfen kann, die Sache in die Richtung zu lenken, die ich mir wünsche. Aber ich bin nicht sicher, ob ich dir das erzählen werde.

In Bosarp hielt Susanna Adrians Brief in der Hand und las ihn immer wieder. »Wie wunderbar!« sagte sie laut. »Dann muß er ja wirklich wieder ganz gesund sein, sonst hätte er doch bestimmt nicht diese lange Reise gewagt. Wie schön es wird, ihn wiederzusehen, inzwischen ist fast ein Jahr vergangen. Wir müssen sofort das Gästezimmer in Ordnung bringen, ich werde Stina bitten, es besonders gründlich zu putzen. Der Diener muß im westlichen Flügel schlafen, da hilft nichts. Wir werden dort ordentlich einheizen, damit es nicht mehr so kalt ist.«

Ich bin so froh! Das muß ich sofort Vater erzählen. Und ich will Adrian gleich heute antworten.

XXIII

Lars Månsson von Nummer elf hatte ein Fuhrwerk geschickt, aber Johannes war nicht gewillt mitzufahren. »Ich kann das doch nicht tun!« sagte er fast ärgerlich. »Ich kann doch heute nicht wegfahren, da wir einen Gast erwarten. Liebes Kind, du kannst Gutsbesitzer Henderson nicht allein empfangen, das gehört sich einfach nicht.«

»Lars Månsson ist lange krank gewesen«, antwortete Susanna. »Wenn er jetzt eigens nach dir schickt, dann ist es für ihn vermutlich soweit. Und Gutsbesitzer Henderson ist kein gefährlicher Mann.«

»Ich verstehe dich nicht«, sagte ihr Vater gereizt. »Wie meinst du das, gefährlich? Ich spreche von gewöhnlicher Höflichkeit.«

»Gewöhnliche Höflichkeit kann ich doch auch zeigen. Und es ist von viel größerer Bedeutung, daß eines deiner Gemeindemitglieder im Sterben liegt.«

»Ja, ja, natürlich.« Johannes setzte widerwillig seinen Hut auf und nahm seine Tasche mit den Sakramenten. »Ich bin sicher, daß es nicht so ernst um Lars Månsson steht«, sagte er. »Es geschieht häufig, daß sich die Menschen etwas einbilden, und es würde mich nicht wundern, wenn es auch diesmal der Fall wäre.«

Aber manchmal sterben sie auch wirklich! dachte Susanna. Sie sprach es nicht aus. In diesem Augenblick hörte sie ein anderes Fuhrwerk unten auf der Landstraße, und sie sah den Knecht von Nummer elf sein Pferd antreiben, um nicht auf der langen Zufahrt zum Pfarrhof einem anderen Gefährt ausweichen zu müssen. Johannes richtete sich halb auf und spähte nach dem fremden Landauer. Der Kutscher salutierte mit der Peitsche und bog dann in die Auffahrt ein.

Er ist sehr krank gewesen, dachte Susanna, als Adrian Henderson aus dem Wagen stieg und ihr entgegenkam. Ich sehe es ihm an. Er ist so blaß, und die Falten um seinen Mund sind schärfer, als ich sie in Erinnerung habe. Ich frage mich, warum ich mich so darüber freue, ihn zu sehen? »Willkommen!« sagte sie und streckte ihm die Hand entgegen. »Wie schön, Sie wiederzusehen! Mein Vater wurde zu einem Gemeindemitglied gerufen, aber er kommt bestimmt bald zurück. Treten Sie ein, bitte.«

Der Pfarrhofsknecht Wilhelm kam über den Hofplatz, um beim Abspannen der Pferde zu helfen; Stina kam gelaufen, um das Gepäck hineinzutragen.

Adrian Henderson blieb einen Augenblick stehen und sah sich um. »Wie anders die Natur hier in der Ebene ist«, sagte er. »Für Sie muß es ganz fremd gewesen sein, als Sie damals nach Berga kamen.«

»Ja«, antwortete Susanna. »Das war es wohl, das kann ich nicht abstreiten. Aber ich habe gelernt, auch den Wald sehr gern zu haben.«

»Hm«, machte Adrian nur und betrat ihr voran das Haus.

»Das Gästezimmer ist vorbereitet«, sagte Susanna und wurde plötzlich ein wenig unsicher. »Möchten Sie nach der Reise vielleicht etwas ausruhen? Inzwischen wird auch mein Vater zurückkommen.«

In Adrians Augen blitzte ein Lächeln auf. »Der Herr Pfarrer kommt noch früh genug«, sagte er. »Und vielen Dank, ja, es wäre schön, wenn ich mich eine Weile ausruhen könnte. Danach habe ich Ihnen eine Menge zu sagen.«

Was meint er? grübelte Susanna, während sie in die Küche ging. Es ist doch hoffentlich nichts auf Berga passiert?

Aber er sieht nicht traurig aus, nicht so, als hätte er eine Trauerbotschaft. Ich verstehe nichts mehr. Und ich verstehe auch nicht, was mit mir los ist, ich habe ja fast Herzklopfen. Er ist immer liebenswert und freundlich zu mir gewesen, ich brauche mich doch nicht so zu fühlen? Wenn ich nur wüßte, warum er hierhergekommen ist. Aber ich sollte nicht darüber nachdenken, ich werde es noch früh genug erfahren.

In der Küche drehte Stina vorsichtig den Kalbsbraten mit zwei Holzlöffeln um. In dem großen schwarzen Eisentopf köchelte es überm Feuer.

»Oh, das riecht aber gut!« sagte Susanna und schnupperte über dem Topf.

»Es ist ein guter Braten. Wir haben ihn von Mattis Pers bekommen.« Stina fügte noch ein wenig Sahne hinzu und legte den Deckel wieder auf den Topf.

»Ja, wenn er nur rechtzeitig gar ist«, murmelte Fia säuerlich. »Man rechnet doch zwei Stunden pro Kilo.«

»Wenn das Fleisch richtig trocken und ohne Eigengeschmack werden soll, dann ja.«

»Du weißt wohl alles besser, wie?«

»Anna Mattis Pers hat gesagt, wie sie ihn zubereitet.«

»Und das soll man glauben?«

»Der Braten wird sicher rechtzeitig gar«, versuchte Susanna zwischen den beiden zu vermitteln. »Wir essen doch erst um eins.«

Sie warf einen Blick auf den Küchentisch. Gurkensalat und Gelee würden sie dazu reichen, vorher eine klare Bouillon. Und Waffeln mit Himbeerkonfitüre und Sahne zum Nachtisch. Das war einem Frühlingsessen doch angemessen?

»Oh, Fia, du hast so leckere Käsestangen zur Bouillon gebacken!«

»Mm«, machte Fia, immer noch säuerlich. »Schön, daß ich wenigstens noch etwas tun kann. Etwas, was genehm ist.«

»Es sind zwei Männer dabei«, sagte Stina, die nicht zugehört hatte. »Der Kutscher und ein Diener. Aber Wilhelms Alma hat gesagt, sie bekommen dort zu essen.«

»Gut, das ist nett von ihr.«

Susanna war plötzlich sehr unsicher. Natürlich reiste Adrian Henderson nicht allein. Mit zwei Männern? Ein Glück, daß die Ehefrau des Pfarrhofknechts eine tüchtige Frau war; sie würde sich um die Fremden kümmern.

»Ich muß wohl wieder hineingehen«, sagte sie.

Stina sah ihr nach.

»Er ist früher bestimmt einmal ein gutaussehender Mann gewesen, dieser Fremde«, sagte sie zu Fia. »Man muß sich aber trotzdem fragen – ich meine, er kann ja noch nicht so alt wie der Herr Pastor sein, aber jung ist er auch nicht mehr ...«

Fia war nicht so leicht zu besänftigen. Stinas wachsendes Können in der Küche ärgerte sie; das Mädchen sollte sich ja nichts drauf einbilden. Das Alter geht vor, und Fia war nun einmal die Älteste.

»Du plapperst«, sagte sie finster. »Paß du lieber auf deinen Braten auf, und nimm nicht zuviel Sahne. Das Fleisch soll doch wohl nicht kochen.«

Stina kniff die Lippen zusammen, schwieg jedoch. Man mußte ja auf den Hausfrieden bedacht sein.

Im großen Zimmer war die Tür zum Garten jetzt von Strohsäcken und Vorhängen befreit, und der Raum war heller und freundlicher geworden. Aber noch war die Tür geschlossen; die Frühlingsluft war noch immer frisch.

»Ich verstehe nicht, wo Vater so lange bleibt«, sagte Susanna ein wenig bekümmert. »Aber wenn er zu einem Gemeindemitglied gerufen wird, dann braucht es wohl seine Zeit.«

»Ich würde gern einen Spaziergang durch den Garten machen«, sagte Adrian.

»Bis jetzt gibt es aber nur Frühlingsblumen. Später, wenn die Zeit der Rosen gekommen ist ...«

Susanna verstummte. Noch nie hatte sie sich so eigentümlich gefühlt wie jetzt. Und sie war auch noch nie mit ihm allein gewesen – mit dem Herrn Gutsbesitzer, korrigierte sie sich schnell. Er hatte gesagt: eine Menge zu sagen. Sie sah zu ihm auf und bemerkte einen angespannten Zug auf seiner Stirn und um seinen Mund. War es möglich, konnte es sein, daß auch Adrian Henderson seiner selbst nicht ganz sicher war?

»Ich zeige Ihnen den Garten gern«, sagte sie.

Sie gingen zusammen den Gartenweg entlang zu den Teichen hinunter. In den Beeten blühten Krokusse in vielen Farben; die beiden sahen sie nicht. Keiner von ihnen sagte etwas, aber als sie zu den Teichen kamen, blieb Adrian stehen und legte die Hand auf ihren Arm.

»Susanna ...«

Er hatte sie noch nie bei ihrem Vornamen genannt. Sie antwortete nicht, sah ihn nur an. Er nahm seinen Hut ab und warf ihn auf die Gartenbank. Das Sonnenlicht war scharf und klar und ließ seine Haare silberweiß glänzen. Sie sah auf sein Haar. Warum erinnerte sie sich plötzlich an das Schwanenpaar im Wasser? Über ihrem Gefieder hatte ein ähnlicher Glanz gelegen wie jetzt um seinen Kopf.

»Susanna«, wiederholte er. »Einmal, vor langer Zeit, hast du gesagt, daß ich für viele alles regle und lenke. Daß es wunderbar sein muß, die Macht zu haben, die Fähigkeit. Jetzt stehe ich hier, und meine Fähigkeit zu lenken, hängt ganz und gar von dir ab.«

Susanna dachte: Warum erinnere ich mich gerade jetzt daran? Aber damals, als ich auf die Nachricht vom Seminar wartete, als ich erfahren sollte, ob ich die Prüfungen bestanden hatte oder nicht – da dachte ich, ich wollte es zuerst dir sagen. Ich wollte, daß du es als erster erfährst, vor Mutter und Vater, vor Mattias und Maja. Damals verstand ich nicht richtig, warum ich das wollte. Jetzt plötzlich weiß ich es. »Was möchten Sie lenken, Adrian?« fragte sie leise.

In seine Augen kam ein stolzer, scharfer Ausdruck.

»Ich möchte alles zum Besten für dich richten. Aus Stockholm ist nichts geworden, wie du es dir erhofft hast. Aber anderes kann geschehen. Und ich möchte, daß du frei bist – frei, mit deinem Leben zu machen, was du willst, frei, all das zu tun, wovon du geträumt hast.«

Er brach ab und sagte dann: »Ich hatte es nicht so sagen wollen, wie ich es jetzt sage. Ich hatte es anders formulieren wollen, nicht so offen. Vielleicht hatte ich dir mehr Zeit geben wollen. Jetzt weiß ich, daß es nach Feigheit aussähe, und ich bin nicht feige. Zwischen uns darf es keine Verstellung geben. Susanna, ich bin gekommen, um dich zu fragen, ob du meine Frau werden willst.«

Niemals hätte sie geglaubt, daß er, gerade er, in der Lage wäre, so aus der Tiefe seines Herzens zu sprechen. Sie brachte nicht sofort eine Antwort hervor, stand nur still da und spürte, daß sein Griff um ihren Arm fester wurde.

»Hab keine Angst«, sagte er, und jetzt lächelte er ein wenig. »Ich bin kein Idiot, und niemand weiß besser als ich, daß uns dreißig unbarmherzige Jahre trennen – das habe ich schon früher gedacht: dreißig unbarmherzige Jahre. Aber als meine Ehefrau hättest du deine Freiheit.«

Er sagte nicht: Als meine Witwe würdest du noch mehr Freiheit haben. Eine Witwe konnte allein über sich und ihren Besitz bestimmen.

Susanna sah ihn an. »Es ist nicht wegen der Freiheit«, sagte sie. »Es wäre wegen der Freundschaft. Der Zuneigung und – und wegen …«

Sie hatte sagen wollen: wegen der Liebe. Aber er streichelte ihre Wange, eine leichte Liebkosung, wie man ein Kind liebkost.

»Du bist ein guter Mensch, Susanna«, sagte er sanft. »Du sollst niemals Angst haben. Ich liebe dich, weißt du, aber ich bin kein Narr. Ich möchte nur, daß du alles bekommst, was ich dir geben kann. Du bist gut und klug und schön. Ich möchte, daß du dir das alles bewahrst.«

Sie nahm seine Hand und drückte sie gegen ihre Wange.

Ein wenig später sagte sie vorsichtig: »Und die Familie auf Berga?«

Adrian lächelte. »Die bleibt auf Berga. Später einmal werden Edward und seine Hedvig alles erben, Hof, Wald und Sägewerk. Nichts darüber hinaus. Sie können gut von dem leben, was das Erbe abwirft, aber alles andere, was ich besitze, soll dir gehören. Du sollst selbst darüber bestimmen, und du sollst auch die Möglichkeit haben, für die beiden Mädchen zu sorgen, Connie und Angela. Wie es ihnen sonst ergehen würde, das weiß niemand.«

Susanna wußte nicht, was sie antworten sollte. Etwas von der früheren Härte war in seine Stimme zurückgekehrt. Sie blickte zu Boden und sagte nichts.

»Für die Zukunft werde ich alles regeln«, fuhr er fort. »Alle Papiere, Dokumente, alle Vollmachten. Niemand darf deine Rechte in Frage stellen. Du sollst gute Ratgeber bekommen, dafür werde ich auch sorgen. Aber du bist diejenige, die entscheidet.«

Das muß nicht mehr geregelt werden, dachte er, aber er verzog keine Miene. Alles ist schon geregelt. Aber das erwähne ich nicht, ich möchte nicht, daß du aus Mitleid handelst. Ich möchte, daß du genau aus dem Gefühl heraus handelst, das ich in deinen Augen gesehen habe, in der Geste, wie du meine Hand genommen hast. Susanna, ich hab dich so innig lieb. Ich freue mich, wenn ich dein Freund sein darf.

»Im Frühling war ich in Ystad«, sagte Susanna langsam. »Ich war am Strand und hab zwei Schwäne auf dem Wasser gesehen ...«

Sie erzählte von der Schönheit des Schwanenpaares, sprach von ihrer Liebe. Sie erzählte, wie sie dort am Ufer gestanden und sich gefragt hatte, ob die Liebe sie jemals auch berühren würde.

Adrian hörte zu.

Wie jung du bist, dachte er. So jung und so vertrauensvoll. Geliebte Freundin, niemand kann dir mehr Liebe wünschen, als ich es tue. Aber bei mir ist vielleicht nur noch der Wille vorhanden, die Fähigkeit fehlt. Und ich bin zu stolz – hochmütig ist der ehrlichere Ausdruck! –, um es zu riskieren, deine Erwartungen zu enttäuschen. Dann muß ich dir wohl doch erzählen, was geschehen wird? Zwischen uns darf es nur Offenheit geben.

Er zog sie an sich, hielt sie ganz fest. Und dann erzählte er ihr, warum er so eilig um sie freite, wie kurz die Zeit war, die ihm noch blieb – wahrscheinlich noch bliebe, sagte er, und er glaube nicht an Wunder.

Sie drehte sich ein wenig in seinen Armen, wollte ihn anschauen. In seinem Gesicht war keine Spur von Selbstmitleid, keine Tränen in seinen Augen. Er sah sie ganz ruhig an.

Sie stellte sich auf die Zehenspitzen und preßte ihre Wange an seine. Dreißig unbarmherzige Jahre! Was hatte das schon zu bedeuten?

XXIV

In der Küche sagte Fia verächtlich zu Stina: »Paß auf, daß dein Kalbsbraten nicht doch trocken wird! Es ist schon nach eins, hast du die Zeit wirklich ganz genau ausgerechnet?«

»Ja, doch, Fia! Red nicht so.«

Stina drehte sich beleidigt um und band sich die Schürze ab.

»Wohin willst du?«

»Nachschauen, ob nicht unser Fräulein mit dem Besuch kommt. Der Herr Pfarrer ist wohl noch bei Nummer elf, obwohl er nicht dachte, daß es so lange dauern würde.«

»Willst du jetzt bestimmen, wann das Essen serviert wird?«

»Nein, aber ich kann doch fragen.«

Stina schlüpfte rasch hinaus und ging auf die Treppe zum Garten. Sie konnte nicht rufen, das gehörte sich nicht. Außerdem hätte sie nicht den geringsten Laut hervorgebracht. Weil dort ihr Fräulein und der fremde Herr kamen, und sie gingen dicht nebeneinander – gingen sie nicht gar Arm in Arm? Wahrhaftig, das taten sie! Stina bekam einen trockenen Mund, ihr fiel die Kinnlade herunter.

Susanna sah es und wurde ein wenig rot. »Gut, daß du da bist, Stina«, sagte sie. »Ich glaube, wir werden ohne Vater essen. Niemand weiß, wann er zurückkommt. Trägst du bitte die Suppe auf?«

»J-ja … Natürlich mach ich das. Wenn Sie es so wünschen – natürlich …«

Sie verschwand wieder in der Küche.

Adrian zog Susannas Arm fester unter seinen. »Haben wir Verwunderung erregt?«

»Ich glaube wohl. Bitte – tritt ein!«

»Wenn Stina Malte Bescheid sagt, kann er beim Servieren helfen.«

»Nimm es mir bitte nicht übel, das möchte ich nicht. Stina und Fia müssen frei miteinander reden können.«

Adrian brach in Lachen aus und hielt ihr die Tür auf. »Wie du willst«, sagte er. »Die Frau des Hauses bestimmt über die Dienerschaft.«

Johannes kam erst am Nachmittag gegen vier Uhr zurück. Schwer stieg er aus dem Fuhrwerk von Nummer elf und nickte dem Knecht zu. »Danke, mein Junge«, sagte er. »Bestell der Hausfrau, ich werde dafür sorgen, daß die Kirchenglocken läuten.«

Der Knecht nahm die Mütze ab und verneigte sich.

Ja, für den werden sie läuten, dachte er. Den Hausherrn, diesen Lumpen, ein Glück, daß er weg ist …

Dann biß er sich erschrocken auf die Unterlippe. Es bedeutete nichts Gutes, Böses über einen Toten zu reden, vor allen Dingen nicht dann, wenn er noch nicht unter der Erde war. Aber es stimmte ja schließlich!

»Das werde ich tun, Herr Pastor«, sagte er statt dessen und ließ seine Stimme butterweich klingen. »Darüber wird sich Elna freuen.«

Darüber ist sie mehr als froh, dachte er. Was heute passiert ist, das war wie die Hilfe von unserem Herrgott, das ist mal sicher. Um den alten Säufer trauert doch keiner. Aber ich werde mich hüten, das laut zu sagen.

»Auf Wiedersehen, Herr Pastor«, sagte er nur und verneigte sich noch einmal. Er schnalzte mit der Zunge, und das Pferd ruckte den Wagen an. Johannes ging ins Haus.

»Du bist ja ganz grau, Vater«, sagte Susanna ängstlich. »Das hat lange gedauert, sicher bist du sehr müde. Hast du etwas zu essen bekommen?«

Johannes machte eine kleine Geste. »Mit mir ist alles in Ordnung«, sagte er. »Entschuldigen Sie bitte, Herr Henderson – es hat länger gedauert, als ich dachte. Ja, ja, so etwas geschieht. Hoffentlich hat sich meine Tochter ordentlich um den Gast bemüht.«

»Das hat sie getan«, antwortete Adrian und verbeugte sich leicht. Er holte Luft, als ob er etwas sagen wollte, aber Susanna schüttelte andeutungsweise den Kopf.

»Hast du überhaupt nichts gegessen, Vater?« fragte sie wieder.

»Nein. Nein. Das ergab sich nicht – es war ziemlich schwierig. Aber darüber möchte ich jetzt nicht sprechen.«

»Setz dich, Vater. Ich hole dir eine Tasse Bouillon, die ist schnell aufgewärmt.«

»Liebes Kind, ich werde doch nicht in Gegenwart eines so hohen Besuches essen. Ich kann ein wenig warten.«

Adrian lächelte. Er sah Susannas bittenden Blick, aber er wollte das Gespräch nicht länger aufschieben.

»Ich bin allerdings auch der Meinung, daß Sie ein wenig Bouillon trinken sollten, Herr Pfarrer. Das stärkt. Und wir haben viel zu erzählen, Susanna und ich.«

Du machst, was du willst, und du handelst, wie du es für richtig hältst, dachte Susanna. Es lohnt sich nicht, wenn ich protestiere, das merke ich wohl. Und vielleicht ist es gut, wenn wir alles hinter uns gebracht haben.

Sie ging zur Tür und rief nach Stina.

Johannes blieb sitzen und sah verwirrt aus. »Ich verstehe nicht ganz«, sagte er erschöpft. »Liebes Kind, Susanna, was hat das zu bedeuten?«

»Morgen ist Sonntag«, sagte Susanna.

Sie stand neben ihrem Vater und legte ihm ihre Hand

auf die Schulter. »Möchtest du dann das Aufgebot für uns in der Kirche bekanntgeben?«

Über seinen Kopf sahen Adrian und Susanna sich an.

Dann zog Adrian einen Stuhl heran und setzte sich. »Das kommt vielleicht etwas zu plötzlich. Für uns beide ist es genauso überraschend. Ich war nicht sicher, ob ich wirklich hoffen durfte. Aber Susanna hat versprochen, meine Frau zu werden.«

»Liebe – liebe Susanna, meine Kleine – mir ist ganz schwindlig. Du hast ja gar nichts gesagt – ich – ich …«

»Ich wußte ja selbst nichts, Vater. Erst seit heute.«

Stina stand mit der Bouillontasse auf einem Tablett in der Tür. Sie stellte es auf den Tisch neben Johannes und knickste artig, aber ihre Blicke flogen zwischen den dreien im Zimmer hin und her. Susanna nickte ihr zu. Niemand sagte etwas, und Stina verschwand wieder.

»Viel habe ich nicht gehört«, erzählte sie Fia eifrig. »Der Herr Pfarrer und das Fräulein haben nicht viel gesagt.«

»Vielleicht will er ihr nur eine neue Stelle als Gouvernante anbieten, der Herr Gutsbesitzer, meine ich. Aber du bildest dir gleich alles mögliche ein.«

»Eine Stelle? Würden sie dann Arm in Arm durch den Garten spazieren?«

»Wenn du es überhaupt richtig gesehen hast.«

Stina hatte keine Lust zu antworten.

Drinnen im Salon sagte Johannes hilflos: »Aber warum so eilig? Eine Verlobung – ein wenig Zeit …«

»Wir müssen auf nichts warten, Herr Pfarrer«, sagte Adrian. »Wir möchten so bald wie möglich heiraten. Am dritten Sonntag von morgen an gerechnet – drei Aufgebote, nicht wahr? Und die Trauung am letzten dieser Sonntage.«

»Ja – ja, wenn Sie es so entschieden haben, dann …«

»Wir haben es beide entschieden.« Adrian lächelte. »Wir beide, die wir heiraten wollen.« Aber die Anspielung verstand Johannes nicht. Er saß ganz still, und die Bouillon in der Tasse neben ihm wurde kalt.

»Du bist müde, Vater«, sagte Susanna besorgt. »Wir hätten bis morgen warten sollen, ehe wir es dir erzählen. Aber ich wollte so gern, daß du es sofort erfährst. Damit du dich genauso sehr freust wie ich.«

»Liebes Kind, natürlich freue ich mich. Natürlich gönne ich dir alles Gute auf Erden. Es ist vielleicht nur so ...«

Er schaute auf, und es war, als sähe er Adrian zum ersten Mal. Er sah sein mageres, gezeichnetes Gesicht und die weißen Haare über der Stirn und öffnete den Mund, um etwas zu sagen. Aber er sagte es nicht.

»Ja«, sagte Adrian, der alles bemerkt hatte. »Ich bin sehr viel älter als Susanna, das stimmt. Dreißig unbarmherzige Jahre.«

Johannes senkte den Kopf, und dann sagte er langsam: »Ich war achtzehn Jahre älter als meine Frau. Meine Ulrika, die mir genommen wurde. Ich wünsche euch beiden, daß ihr einander lange behalten dürft.«

Weder Adrian noch Susanna antworteten darauf.

Aber am nächsten Tag las Johannes mit sicherer Stimme: »Erstes Aufgebot zur Eheschließung – zwischen Gutsbesitzer Adrian George Henderson und Susanna Eleonora Lindman ... Du Herr, unser Gott, der du die Ehe gestiftet hast ...«

Durch die Kirche ging ein Raunen. Alle starrten zu Johannes auf der Kanzel hinauf; es hatte ja nicht einmal das Gerücht von einer Heirat gegeben, also hatte man auch kein Aufgebot erwartet – und dann dies! Die Tochter des Herrn Pfarrer! Und dann war ja der, der neben ihr auf der Pfarrersbank saß, der Verlobte – ganz weiße Haare hatte er, aber das Gesicht war noch nicht alt – daß niemand etwas davon gewußt hatte!

Stina und Fia trafen viele scharfe Blicke. Sie mußten es doch gewußt haben – und das Wissen für sich behalten haben! Das war nicht richtig, denen würde man noch was erzählen! Und Henderson? Hatte nicht diese Familie so geheißen, bei der Susanna Gouvernante gewesen war? Könnte es der frühere Hausherr gewesen sein? Aber nein, der hieß Edward, das hatte der Postbote erzählt …

Hier drinnen in der Kirche konnte man ja nicht herumfragen, und der Kantor ließ die Psalmen schleifen, das war ja kaum auszuhalten. Wurde er denn überhaupt nicht mit dem Nachspiel fertig? Wo sie so viel zu besprechen hatten draußen vor der Kirche!

Susanna spürte die Blicke im Rücken, aber sie saß sehr gerade. Dann verklangen die letzten Orgeltöne, und alle erhoben sich.

Diese Blicke habe ich früher schon einmal gespürt, dachte Susanna. Ich habe sie wie Pfeile in meinem Körper empfunden, damals, als alle mich anglotzten, als alle wußten, daß Einar mich verraten hatte, und alle wollten sehen, wie ich aussah, wie ich es aufnahm. Jetzt dürfen sie gern noch einmal glotzen, jetzt stehen wir ihnen zu zweit gegenüber. Und alle glotzen nicht nur neugierig!

Sie entdeckte das schöne Bäuerinnengesicht der Anna Mattis Pers unter dem schwarzen Seidentuch und begegnete ihren Augen. Anna lächelte; Tränen blitzten darin, aber es waren Freudentränen. Sie wartete nicht, bis sie hinaus auf die Treppe kamen, sie ließ Mattis stehen, wo er stand, und kam allein auf Susanna zu. »Wie schön«, sagte sie nur, »liebe Susanna …«

Sie sah Adrian an, aber sie knickste nicht, neigte nur den Kopf. »Viel Glück.«

Adrian Henderson verneigte sich.

Am nächsten Tag reiste Adrian mit Kutscher und Diener nach Lund. Es ziemte sich nicht, daß die Verlobten vor der Trauung unter demselben Dach wohnten, das widersprach jedem Anstand.

Susanna winkte, als die Kutsche vom Hof rollte. Sie

blieb auf der Treppe stehen und sah ihr nach; dann preßte sie die Hände gegen die Schläfen und holte tief Luft.

»Er liebt mich«, flüsterte sie. »Er liebt mich! Drei Wochen noch, dann gehören wir für alle Zeit, die uns noch bleibt, zusammen. Liebster, noch nie war mir so zumute wie jetzt. Ich bin glücklich.«

»Mein liebes Kind«, sagte Johannes, der hinter ihr aus der Tür trat. »Komm und setz dich zu mir und sprich ein wenig mit mir. Du verstehst sicher, daß ich mich wie verloren auf der Welt fühle.«

»Natürlich müssen wir miteinander sprechen«, sagte Susanna weich. »Wir müssen ja auch noch so viel erledigen. Können wir uns in dein Arbeitszimmer setzen?«

Johannes ließ sich etwas schwerfällig in dem großen Ledersessel hinter seinem Schreibtisch nieder.

»Ein fremder Mann«, sagte er langsam. »Ich kenne ihn überhaupt nicht. Susanna, wird er sich um dich kümmern? Wird er gut zu dir sein? Er ist ja so viel älter als du.«

»Ja, Vater«, sagte Susanna und sah Johannes geradewegs in die Augen. »Adrian wird gut zu mir sein, und er wird sich um mich kümmern. Das hat er eigentlich von Anfang an getan. Und seitdem habe ich ihn gern.«

»Eine Weile dachte ich – dieser prächtige junge Mann, der Hauslehrer, der dich einige Male besucht hat. Der in Lund studiert – daß ich aber auch keine Namen behalten kann!«

»Mattias Stenberg. Er ist mein guter Freund und Kamerad, und ich mag ihn. Aber mehr ist es nicht.«

»Glaubst du nicht, daß er traurig sein wird?«

»Ich kann aber nicht auf Adrian Henderson verzichten, nur damit Mattias nicht traurig ist.«

»Nein, nein. Ich dachte nur an das Alter. Ich will mich ja nicht einmischen, aber …«

Natürlich mischst du dich ein, dachte Susanna und lächelte vor sich hin. Aber du hast mich gern, und du tust es aus Liebe.

»Vater«, sagte sie langsam. »Da ist noch etwas. Damals, als ich aufs Seminar wollte, da konnte ich mein Studium dort nicht anfangen, weil ich hier zu Hause gebraucht wurde …«

»Weil deine liebe Mutter von uns gegangen war.«

»Tante Jenny konnte nicht kommen, und Tante Betty wollte nicht. Du erinnerst dich doch, nicht wahr?«

»Natürlich erinnere ich mich.«

»Gewissermaßen«, sagte Susanna langsam, »gewissermaßen ist es jetzt wieder so. Es gibt niemanden, der hier mit dir zusammen wohnen kann, Tante Jenny ist tot und Tante Betty …«

»Nein, nein«, sagte Johannes mißbilligend, »mit deiner Tante Betty käme ich nicht zurecht.«

»Damals wolltest du, daß ich bei dir bleibe.«

»Aber natürlich solltest du das. Wir haben uns gegenseitig gestützt, liebes Kind. Wir hatten doch nur noch uns, wie hätte es denn anders sein sollen?«

»Aber jetzt? Jetzt heirate ich. Dann ist auch niemand mehr bei dir.«

»Es ist doch selbstverständlich, daß du deinem Mann folgst, das ist die Pflicht einer Ehefrau. Wohin du gehst, will auch ich gehen – so steht es geschrieben, und es ist ein wahres Wort. Du darfst nicht einmal daran denken, hier bei mir zu bleiben!«

Ich denke auch gar nicht daran, dachte Susanna und lächelte wieder. Dann sagte sie: »Du wirst sehr allein sein mit Fia und Stina.«

»Sie sind beide lieb und verläßlich. Ich werde ganz ausgezeichnet zurechtkommen. Liebe Susanna, nun sei nicht traurig, niemand ist unersetzlich. Es wird gutgehen. Dein Platz ist an der Seite deines Mannes.«

Das sind ja ganz neue Töne, dachte Susanna. Es tat ihr ein wenig weh. Dieses: Niemand ist unersetzlich – nein, ganz gewiß nicht! Aber als es darum ging, auf ihre Ausbildung zu verzichten, nach der sie sich so sehr gesehnt hatte – da hatte Johannes sie nicht entbehren können! Da war sie unersetzlich gewesen.

»Ja«, sagte sie nur. »Wenn du dir dessen sicher bist.«

»Genau, genau. Es ist so wunderbar – liebes Kind, wie alt bist du jetzt eigentlich?«

»Vierundzwanzig, Vater.«

»Vierundzwanzig Jahre, ja, ja. Früher, als ich jung war, da ...«

»Da war man in dem Alter schon eine alte Jungfer? Wolltest du das sagen?«

»Nein, nein, vielleicht nicht ganz so. Aber es ist trotzdem schön – und so ein guter Ehegatte ... Meine Liebe«, sagte Johannes dann. »Du verstehst sicher, daß es ein sonderbares Gefühl ist. Einen Schwiegersohn zu bekommen, und dann ist es nicht einmal ein junger Mann.«

»Das stimmt. Aber du wirst dich bestimmt daran gewöhnen.«

Sie konnte nicht umhin, das zu sagen.

»Kind«, sagte Johannes plötzlich sehr ernst, und seine Stimme klang müde. »Ich rede zuviel. Ich sehe ja, daß du ihn gern hast, und ich bin sicher, daß er dich glücklich macht. Ich kann nur hoffen, daß ihr beide es genausogut miteinander haben werdet, wie deine Mutter und ich es hatten. Ich habe Ulrika so geliebt.«

Susanna hatte keine Kraft, ihrem Vater zu antworten. Er erhob sich. »Ich gehe eine Weile hinaus«, sagte er. »Heute abend ist so schönes Wetter.«

Ich weiß, wohin du gehen willst, dachte Susanna. Laut sagte sie: »Möchtest du, daß ich dich begleite?«

»Nein.« Johannes schüttelte den Kopf. »Das möchte ich nicht, liebes Kind, gerade heute abend möchte ich am liebsten allein sein. Du bist froh, das sehe ich – da möchte ich an deine Mutter denken und zusammen mit ihr froh sein.«

Am dritten Aufgebotssonntag zur Mittagszeit wurden Adrian Henderson und Susanna Lindman getraut. Die Feier fand im Pfarrhaus statt, und die einzigen Gäste waren der Pächter Mattis Persson und seine Frau Anna. Kurz nach der Trauung und dem frühen Mittagessen fuhren die Frischvermählten nach Malmö, um mit dem Schiff nach Kopenhagen weiterzureisen.

Die Fenster im Hotel standen offen. Lärm und Licht der großen Stadt drangen ins Zimmer. Hier gab es keine Spur von der weichen Stille, die abends den Pfarrhof in Bosarp und das Hauptgebäude auf Eketorp umschloß, hier war alles in Bewegung.

Susannas Kopf ruhte an Adrians Schulter. Sie spürte, wie sein Herz arbeitete, schnell und schwer.

»Ich kann es nicht begreifen«, sagte er plötzlich. »Ich kann es nicht fassen, aber ich möchte es glauben.«

»Was, mein Lieber?«

»Daß du mich wirklich liebst. Daß du – ich weiß ja, daß du meine Frau bist, und dein Vater hat uns getraut. Das ist jedenfalls eine sichere Sache. Schwerer ist es zu glauben ...«

»Daß ich dich liebe?«

»Ja. Wie kannst du mich lieben?«

»Das ist nicht schwer.«

Susanna drehte sich zu ihm um.

Ich verstehe mich selbst nicht, dachte sie. Noch nie bin ich einem anderen Menschen so nah gewesen – Mutter natürlich, als ich Kind war. Später nicht mehr. Aber ich geniere mich nicht vor ihm. Ich will hier sein, ihm nahe. Ich tue Dinge, die ich noch nie getan habe ... Dennoch weiß ich, wie man es macht.

Ihre Hand streichelte seine Schulter, seine Brust. Die Finger glitten leicht über seine Haut, ihre Wärme floß in seinen Körper. Er keuchte und zog sie an sich. »Du ...«

Er kam zu ihr. Er hatte sich Sorgen gemacht, er war kein junger Mann mehr, wollte sie nicht enttäuschen und sich selbst nicht erniedrigen. Aber er hätte sich keine Sorgen zu machen brauchen.

Susanna atmete heftig. Ein Schmerz durchschnitt sie, aber es war ein wunderbarer Schmerz. Lärm und Licht der Stadt erreichten sie nicht mehr, sie schloß die Augen. Und hinter ihren Lidern zog das Bild der sich paarenden Schwäne vorüber – voller Stolz, Freude und Freiheit.

XXI

In der Nacht stand Adrian lange am weit geöffneten Fenster. Er atmete tief und ruhig und wartete darauf, daß die Medizin, die er von Lars Enberg bekommen hatte, wirkte. Allmählich beruhigten sich seine schweren Herzschläge, und der Druck auf seiner Brust ließ nach. Er drehte sich um und betrachtete seine Frau.

Susanna schlief wie ein Kind. Ihre dunklen Haare lagen ausgebreitet auf dem Kissen, ihr Gesicht war entspannt. Sie lächelte noch ein wenig im Schlaf. Adrian sah sie an, und er fühlte sich schwindlig vor Sehnsucht und Liebe. Er hätte sie wecken mögen, wollte erneut zu ihr kommen. Aber der Schmerz in der Brust sagte ihm, daß dann das Schlimmste geschehen könnte.

»Das darf nicht sein, meine Geliebte«, murmelte er. »Du hast mir mehr gegeben, als du weißt oder jemals verstehen wirst. Ich werde behutsam mit dir umgehen und mich um dich kümmern, solange es in meiner Kraft steht. Siehst du, allerliebste Freundin, alte Löwen wissen, wann es Zeit ist, zu sterben. Aber dieser alte Löwe möchte kein Mitleid und kein Opfer. Er möchte sich in seine Höhle zurückziehen. Wenn es soweit ist.«

Susanna seufzte und drehte sich um, das Haar fiel über ihr Gesicht, und er strich es vorsichtig beiseite. Sie spürte es nicht, sondern schlief ruhig weiter.

Jetzt bist du mein, dachte Adrian. Meine Frau Susanna. Was auch immer geschieht, alle Rechte sind auf deiner Seite, und niemand kann dir das Vermögen nehmen. Der

Streit mit Edward – denn es wird Streit geben –, um den muß sich der Advokat kümmern. Der Herr auf Berga – Adrian lächelte, und es war kein liebenswertes Lächeln –, der Herr auf Berga bekommt ohnehin mehr, als ihm gebührt. Er bekommt es wegen seiner Frau und seiner Kinder. Aber das Vermögen, das er sein ganzes Leben lang begehrt hat, um dessentwillen er geschmeichelt hat und vor mir gekrochen ist, das bekommt er nicht. Danke, Susanna. Du weißt nichts davon, vielleicht solltest du es niemals wissen. Aber du hast mir geholfen, ihn fernzuhalten. Und wenn du eines Tages mein Testament liest, dann bist du klug und loyal genug, das zu tun, was ich mir wünsche. Du hast gelobt, mich zu lieben, und ich weiß, daß du es tust. Dann wirst du mir auch in diesem Punkt folgen.

Er blieb neben dem Bett stehen und schaute sie an. Der harte Zug um seinen Mund glättete sich und wurde weich, seine Augen lächelten. Die Liebe war nicht an ihm vorbeigegangen; sie war spät gekommen, buchstäblich in letzter Minute. Aber sie war gekommen.

»Danke«, sagte er, so leise, daß das Wort kaum seine Lippen verließ.

Drei Tage später waren die beiden wieder in Bosarp.

Sie lagen in Susannas Dachstube und hingen ihren Gedanken nach. Susannas Kopf ruhte auf Adrians Arm, aber er berührte sie nicht. Sie wußte, daß die Reise nach Kopenhagen ihn angestrengt hatte – vielleicht war es noch etwas anderes, dachte sie und wurde ein wenig rot. Aber wenn sie hier ein paar Tage ausruhten, bevor sie sich auf den weiten Weg nach Eketorp machten, dann würde er bestimmt wieder der alte werden. Sie sehnte sich danach. Er hatte es gesagt: vielleicht eine kurze Zeit. Aber das war unvorstellbar.

»Siehst du die Vögel an der Decke?« sagte Susanna. »Als Kind habe ich sie immer betrachtet, sie fliegen so ordentlich hintereinander her. Manchmal habe ich in die Hände geklatscht, damit sie mit den Flügeln flattern und wegfliegen sollten. Aber das haben sie nie getan.«

Adrian sah zu den aufgemalten blaßblauen Wolken und den schwarzen Vogelsilhouetten hinauf. Er lächelte wehmütig. Nein, das waren keine Vögel, die abheben und davonfliegen wollten. Doch daran wollte er jetzt nicht denken.

Susanna strich über die tiefen Kerben des Eichenholzbettes. »Es ist immer dagewesen, das Bett, meine ich. Niemand weiß, wie alt es ist. Genau wie der Sekretär dort an der Wand. Ich habe dir davon erzählt, erinnerst du dich? Und von dem Brief, den ich gefunden habe.«

»Mm«, machte Adrian und schob sich einen Zipfel des riesigen Kopfkissens unter dem Nacken zurecht. Ihm fiel das gleichmäßige Atmen leichter, wenn sein Kopf höher lag.

»Ich bin ja dorthin gefahren«, sagte Susanna träumerisch, »zu dem Gut, wo sie gelebt hat, Marie Madeleine. Östlich von Ystad, dort ist die Natur ganz anders als hier. Das Meer ist so nah, und was für ein wunderbares Licht! Oh, Adrian, ich hoffe so sehr, daß sie glücklich mit ihm geworden ist – Jan Carl Ekecrona. Ich habe ihre Namen auf den Grabsteinen gelesen. Hoffentlich ist alles so geworden, wie sie es sich gewünscht hat. Der Pfarrer dort hat erzählt, daß Ekecrona Richter war. Da hat sie das Gut vermutlich verwaltet, wie es ihr gefiel. Aber sie hat keine Kinder bekommen, jedenfalls nicht, soweit aus den Büchern ersichtlich ist.«

»Ja«, sagte Adrian nachdenklich. »Mir ist ein Gedanke gekommen. Ich möchte nicht, daß du und ich auf Eketorp leben ...«

»Aber ...«, sagte Susanna und richtete sich auf.

»Warte, ich möchte nicht so nah bei der Familie auf Berga wohnen. Ich habe schon früher daran gedacht, und jetzt kommt es wie gerufen. Du sollst auch nicht dort wohnen! Ich fahre allein zurück und verkaufe Eketorp, und du siehst dich nach einem Hof an der Küste um. Vielleicht genau in der Gegend, wo deine Freundin aus früheren Zeiten, Madame Marie, gelebt hat. Was hältst du davon?«

»Oh«, antwortete Susanna matt. »Ja, aber …«

»Das ist nicht im Handumdrehen erledigt«, sagte Adrian ruhig. »Weder der Verkauf noch der Kauf. Aber ich glaube, es wäre gut für uns beide. Alles neu.«

»Weit weg. Alles neu«, wiederholte Susanna, und es zuckte um ihren Mund. Dann fuhr sie fort: »Genau das hab ich zu mir selbst gesagt, damals, als ich aufbrach, um Gouvernante auf Berga zu werden. Ich wollte weg von ihm, Einar Stjernström …«

»Ach, der«, antwortete Adrian. »Das war doch bloß ein Tölpel. Na ja, immerhin hat er etwas Gutes bewirkt, auf die Weise bist du zu mir gekommen.«

»Das ist wahr. Danke, lieber Einar.«

»Jetzt bitte keine Übertreibungen! Wollen wir es so machen? Jeder reist für eine Weile in eine eigene Richtung?«

»Ich habe das Gefühl, daß die Sache schon über meinem Kopf beschlossen ist«, sagte Susanna, und in ihren Augen glitzerte es. »Aber verlockend klingt es schon. Ein Hof am Meer!«

»Dann machen wir es so. Und jetzt wollen wir schlafen, ja?«

Er lag ausgestreckt auf dem Rücken, Susanna kuschelte sich an seiner Seite zusammen. Er wartete eine kleine Weile; sie schlief rasch ein, und sie schlief so gut. Nur ein paar Minuten, nicht einmal eine Viertelstunde, dann konnte er aufstehen und am offenen Fenster sitzen. Die Medizin lag in seinem Necessaire; er nahm sie nie ein, wenn sie wach war. Es war früher Sommer, aber der Nachtwind war kühl. Er half ihm, gleichmäßig und ruhig zu atmen, half ihm, die Angst zu zügeln, die sich kriechend nähern wollte. Lange saß er so. Es war weit nach Mitternacht, als er in ihr Bett zurückkehrte.

»Alter Löwe«, murmelte er.

Die einsame Höhle schreckte ihn nicht. Wenn es soweit war, würde er es spüren. Aber noch nicht, nein, noch nicht. Und das Wichtigste war, Susanna zu schonen.

Adrian reiste ab. Malte und Pelle saßen auf dem Kutschbock. Susanna winkte ihnen von der Treppe nach. Bald würde sie mit Stina im Zug nach Ystad fahren. Der Mann von Beatas Nichte hatte immer noch sein Fuhrunternehmen, und sie würden eine Equipage von ihm mieten.

»So weit von zu Hause weg war ich noch nie«, sagte Stina begeistert. »Am Meer! Ich hab es doch noch nie gesehen.«

»Glaubst du, Fia kann sich ein paar Tage um alles zu Hause kümmern?«

»Ach ja, für ein paar Tage geht es sicher. Ich werde ein wenig vorbereiten.«

Susanna lächelte. Stina war so selbstsicher geworden, sie verließ sich immer mehr auf ihre Fähigkeiten. Vielleicht war es gut für Fia, wenn sie die Zügel wieder ein Weilchen allein halten mußte. Wenigstens für ein paar Tage.

»Ich gehe zu Anna Mattis Pers und spreche mit ihr«, sagte Susanna. »Falls etwas sein sollte, meine ich. Falls Fia Hilfe braucht.«

»Oh, da kommt Johansson mit der Post!« platzte Stina heraus. »Wollen Sie ihn empfangen, gnädige Frau, oder soll ich gehen?«

Gnädige Frau! Susanna biß sich auf die Lippe. Sie war gemeint, wenn Stina oder Fia es sagten. Fia, die Susanna ihr Leben lang gekannt und immer beim Vornamen genannt hatte. Aber sie mußte sich an die neue Anrede gewöhnen.

»Ich kann gehen«, sagte sie.

Johansson übergab ihr Briefe und Zeitungen, und selbst er verbeugte sich anders als früher. Die Pfarrerstochter war jetzt verheiratet, und sie war verheiratet mit einem vermögenden Mann, hieß es. Da mußte man ihr die Achtung erweisen, die ihr zustand.

Susanna prüfte ihre Briefe. Sie waren von Connie und Angela auf Rostad, und einer war von Mattias Stenberg in Lund. Sie spürte einen Klumpen im Magen – konnte sie sich auf Mattias' Freundschaft verlassen? Er hatte Adrian immer gemocht und ihn respektiert, das wußte sie. Aber würde er verstehen, was Susanna getan hatte? Daß sie Adrian liebte? Und daß sie seine Frau war?

Es war nicht leicht, zwischen den Zeilen zu lesen. Der Brief war gut formuliert und höflich. Mattias beglückwünschte sie, aber noch mehr ihren Ehemann. Die Worte klangen unpersönlich, und die Handschrift war gerade und eckig – warum fiel Susanna gerade jetzt der Brief von Xavier de la Tour an Marie Madeleine ein? Seine Handschrift hatte deutliche Distanz und Gleichgültigkeit ausgedrückt. So war Mattias' Handschrift nicht, aber sie hatte sich verändert, der eifrige Schwung, die kräftigen Unterstreichungen gab es nicht mehr. Es war kein Brief, auf den sie hätte antworten müssen. Sie hatte auf Post von ihm gewartet, hatte gehofft, daß er schreiben würde. Und sie hatte überlegt, ob es Adrian kränken könnte, wenn sie antwortete. Jetzt brauchte er nicht einmal erfahren, daß ein Brief von Mattias gekommen war. Susanna knüllte Brief und Kuvert zusammen und stopfte beides in den Kachelofen. Das erste Feuer, das man im Herbst entzündete, würde dafür sorgen, daß alles in Flammen aufging.

Es schmerzte dennoch ein wenig. Mattias und sie waren schon so lange Freunde und Kameraden, und jetzt war er nur noch etwas wie ein entfernter Bekannter. Aber wenn er es so wollte, nun gut. Susanna lachte plötzlich und zuckte mit den Schultern. Es war ja auch nicht sicher, ob Adrian froh gewesen wäre, wenn ein anderer Mann, ein junger Mann, Freund und Kamerad seiner Frau war. So war es vermutlich am besten.

Und jetzt wollte sie mit den Reisevorbereitungen nach Ost-Schonen beginnen. Sie hatte Sehnsucht nach der Landschaft, und es war eine Freude, in Adrians Auftrag zu reisen, ausgesandt als Späher, um nach ihrem zukünftigen Zuhause zu suchen.

»Stina, was meinst du?« fragte sie. »Schaffen wir es, hier alles vorzubereiten, so daß wir übermorgen aufbrechen können?«

»Und ob, das schaffen wir. Ich werde etwas vorkochen, was nur aufgewärmt werden muß.«

»Ja«, sagte Susanna zögernd. »Mach nicht zuviel. Fia soll nicht den Eindruck bekommen, daß wir ihr nichts mehr zutrauen.«

»Nein, nein, so hab ich es auch nicht gemeint.«

Aber Stina kniff die Lippen zusammen, und Susanna seufzte ein wenig. Es war eine Erleichterung, Connies Brief zu öffnen und ihre und Angelas glückseligen Glückwünsche zu lesen.

Dann sind wir ja verwandt, Susanna! Jetzt sind wir nicht mehr nur Freundinnen, jetzt gehören wir richtig zusammen, wir sind eine Familie!

Susanna mußte blinzeln, während sie las. Vielleicht war nicht die ganze Familie auf Berga so jubelnd froh darüber, daß die frühere Gouvernante eingeheiratet hatte. Bei den Eltern der Mädchen weckte es sicher ganz andere Gefühle als bei den Mädchen.

»Weil es mich zur Tante macht«, sagte Susanna vor sich hin. »Ich bin mit dem Onkel des Hausherrn verheiratet. Damit hätte Edward wohl nie gerechnet. Das war sicher eine kleine Überraschung für ihn.«

Sie brach in Lachen aus, schauderte jedoch plötzlich, ohne zu wissen, warum. Oh, sie wollte eigentlich überhaupt nicht ans andere Ende von Schonen fahren! Sie wollte zu Adrian. Warum war ihr plötzlich so eisig kalt und ängstlich zumute?

Sei nicht einfältig, ermahnte sie sich selbst. Hör auf, dir alles mögliche einzubilden. Das kommt nur daher, daß du an Edward und seine Frau gedacht hast. Und weil Mattias einen so geschraubten Brief geschrieben hat.

Sie war dennoch froh, als die Reise überstanden war und Stina und sie nach Bosarp zurückkehrten. Sie war weit herumgekommen in einer Landschaft, die sie noch nicht kannte, von der sie aber wußte, daß sie sie lieben würde. Am besten gefiel ihr die Gegend weiter oben an der Ostküste, wo die Aussicht übers Wasser so berauschend schön war und der Wind vom Meer übers Land strich.

Hier wird alles neu für uns beide sein, dachte Susanna sehnsüchtig. Und hier werden Höfe zum Verkauf angeboten. Adrian muß sie sehen, er muß entscheiden. Und jetzt möchte ich so schnell wie möglich nach Hause zu ihm.

Sie blieb auch nicht länger als einen einzigen Tag in Bosarp, dann stieg sie wieder in den Zug. Sie hatte Adrian telegrafiert, und Pelle holte sie mit dem Landauer in Nässjö ab. Adrian war nicht mitgekommen.

»Nun ja, der Gutsherr ist ein wenig müde«, sagte Pelle vertraulich. »Sehen Sie, es ist so – es gehört sich vielleicht nicht, daß ich schon etwas sage, aber es ist wohl besser, Sie wissen es im voraus. Gestern war der Herr von Berga da, und er hat sich – ich meine, es hat eine riesige Aufregung gegeben. Und die Stimme vom Gutsherrn ist wie ein Eiszapfen gewesen, das hat Malte gesagt, der alles gehört hat. Und der Herr Henderson von Berga ist hinterher abgezogen wie ein Hund mit eingezogenem Schwanz. Aber so was ist natürlich kräftezehrend, das kann man sich ja vorstellen, und heute war der Gutsherr ganz grau um die Augen. Eigentlich hatte er ja mit zum

Bahnhof kommen wollen, hat er gesagt, aber dann hat er es sich in letzter Minute anders überlegt. Es ist wirklich ein Segen, daß Sie nach Hause kommen, gnädige Frau.«

Susanna nickte schweigend. Sie saß mit gefalteten Händen im Schoß da und wagte kaum, den Kopf zu heben, als der Landauer vor Eketorp vorfuhr.

Auf der Treppe stand Adrian. Er war sehr blaß, aber er lächelte. Er wartete auf sie. Susanna lief die breiten Stufen hinauf, geradewegs in seine Arme.

XXVI

Der Frühsommer ging in den Sommer über, und der Garten von Eketorp stand in voller Blüte. Susanna kam den mittleren Gartenweg entlang, den Arm voller später Pfingstrosen. Sie wollte sie draußen in der großen Glasveranda ordnen, wo Adrian und sie gern saßen. Der Tisch stand an der inneren Wand, und sie zog ihn ein Stück vor, um ihn mit dem blaßgrünen Leinentuch zu bedecken. Dann hielt sie plötzlich inne, und ihre Finger krampften sich um die Tischkante.

Sie hörte Adrians Stimme, sie klang plötzlich so müde. »In dieser Angelegenheit habe ich mich ganz und gar auf dich verlassen, das weißt du.«

Und eine andere Stimme, jünger, ruhig und sicher: »Ich bin dankbar für dein Vertrauen, lieber Freund. Ich werde ihm entsprechen.«

Die Männer hatten Susanna nicht gesehen, und sie ging nicht hinein. Sie wußte, wer der andere Mann war, es war Adrians Advokat, der von Eksjö gekommen war. Sie und er waren einander schon vorgestellt worden, aber abgesehen von Sten Carlgrens Glückwünschen waren nicht viele Worte zwischen ihnen gewechselt worden. Sie erkannte seine Stimme sofort, hörte aber einen Ton darin, der war fremd. Um sie herum wurde es kalt.

Sie liebte Adrian. Aber wie sehr sie ihn liebte, das war ihr erst jetzt klargeworden, da sie Tag für Tag, Nacht für Nacht mit ihm zusammen war. Sie hatte ihn immer gern gehabt, respektiert, auch bewundert. Jetzt wußte sie, daß sie ihn liebte. Und sie wußte, wie wahr die Worte waren, die er damals gesagt hatte: Dreißig unbarmherzige Jahre trennen uns. Diese dreißig Jahre verringerten ihre Liebe nicht, im Gegenteil. Aber sie waren da, in ihrer ganzen Unbarmherzigkeit. Und ebenso war das Wissen von der schweren Krankheit da, die er mit knapper Not überlebt hatte.

Sie ließ die Pfingstrosen auf dem Tisch liegen; ihre Hände zitterten. Der Sonnenschein draußen im Garten war plötzlich grau, die Vögel hatten aufgehört zu singen. Sie hörte Adrians Stimme und die des Advokaten, als wären sie tausend Meilen entfernt. Sie hätte sich setzen wollen, ihre Knie waren weich. Aber die Stühle standen an der anderen Wand, und sie wußte nicht, ob sie die Kraft hatte, bis dorthin zu gelangen. Sie blieb auf die Tischkante gestützt stehen.

Dort stand sie noch, als Adrian zu ihr herauskam. »Susanna, Liebste, was ist geschehen?«

»Nichts.«

Es gelang ihr, ihn anzulächeln, er sollte nicht merken, daß sie den Ton in seiner Stimme gehört hatte. Jetzt war er wie immer. Aber vielleicht spielte er es auch nur? Wollte auch er nicht, daß sie etwas merkte? So durfte es nicht sein.

Sie wollte sagen: Ich bin zu schnell den Gartenweg hinaufgekommen, mir ist von der Wärme ein wenig schwindlig geworden. Sie sagte es nicht. Statt dessen sagte sie: »Ich habe dich mit dem Advokaten sprechen gehört. Deine Stimme klang müde.«

Er warf ihr einen raschen Blick zu, dann stieg ihm die Röte in die Wangen. »Ich wollte dich nicht beunruhigen.«

»Du darfst mich nicht aussperren.«

»Wenn meine Stimme müde klingt«, sagte er langsam, »dann kommt es daher, daß ich müde bin. Sten Carlgren bringt alles in Ordnung, aber ich möchte trotzdem, daß er auf den Punkt genau weiß, wie ich es haben möchte. Für alles, was passieren kann.«

Jetzt lächelte er.

Susanna lächelte nicht. »Adrian, du darfst nicht einmal daran denken, mich zu schonen oder zu schützen«, sagte sie. »Ich will bei dir sein, immer bei dir sein. Ich bin deine Frau, und ich liebe dich.«

Adrian Henderson schloß fest die Augen. Als er sie wieder öffnete, war sein Blick erfüllt von einem Licht, das niemand in all den Jahren je darin gesehen hatte. »Meine Frau«, sagte er leise. »Du bist meine Frau. Ich habe nie gewußt, was für wunderbare Worte das sind.«

Er streichelte ihr über die Wange, eine leichte Liebkosung, wie von einem Schmetterlingsflügel. Dann wandte er sich um und ging. Susanna wußte, daß er allein sein wollte. Sie nahm die Pfingstrosen auf und ordnete sie in der schweren grünen Glasvase, aber sie machte es mit eiskalten Fingern.

Es gab Worte, die klangen heftig nach in Susannas Gedanken. Was der Kutscher Pelle gesagt hatte, als sie zum erstenmal als Adrians Frau nach Ekctorp gekommen war und er sie vom Zug abgeholt hatte. Er hatte erzählt, daß der Herr von Berga dagewesen war und daß es eine heftige Aufregung gegeben hatte – das konnte Susanna sich wohl vorstellen! Und noch besser verstand sie, wie Adrians Stimme geklungen haben mochte – wie ein Eiszapfen, hatte Pelle gesagt, und Edward hatte davonschleichen müssen wie ein Hund mit dem Schwanz zwischen den Beinen. Das war nur richtig so, und anders hätte es gar nicht sein können. Aber es zehrte an Adrians Kräften, das hatte Pelle sehr wohl verstanden. Susanna verstand es noch besser.

Seitdem waren Monate vergangen, und von Berga hatte sie kein einziges Wort mehr gehört. Die Kinder mußten jetzt in den Sommerferien zu Hause sein, aber die

Wegstrecke war weit zwischen den Höfen, und es war nicht anzunehmen – es war sogar ziemlich ausgeschlossen –, daß der Hausherr von Berga auch nur die klapprigste Mähre anschirren ließ, damit seine Kinder Eketorp einen Besuch abstatten konnten. Susanna dachte oft an Connie und sehnte sich nach ihr, aber sie wußte, daß sie sich gedulden mußte.

Dann sagte Adrian eines Tages ruhig: »Ich habe einen seriösen Interessenten für Eketorp, er würde auch das Inventar übernehmen, und das würde uns viel Arbeit und Grübelei ersparen. Ich möchte ganz von vorn anfangen, mit dir zusammen.«

»Aber«, sagte Susanna, »es sind doch Erbstücke, und vieles ist sehr schön. Möchtest du wirklich nichts davon behalten?«

»Es sind nicht viele antike Stücke darunter. Das meiste hat mein Vater gekauft, und ich mache mir nichts daraus. Einen Teil des Silbers und wertvolles Glas nehmen wir natürlich mit, und in Frankreich habe ich einmal sehr schöne Teller gekauft.«

»Ich weiß«, sagte Susanna und dachte an das erlesene Service von Sèvres.

»Im übrigen ist es doch angenehm, wenn wir uns das Einpacken und den Transport ersparen können.«

»Wenn es dir nur nicht leid tut?«

»Bestimmt nicht, meine Liebe, Gegenstände haben nicht viel Bedeutung. Pelle und die Köchin, sie bleiben hier, sie bekommen eine gute Pension. Malte möchte mit uns nach Schonen kommen, aber das Mädchen, wie heißt sie noch?«

»Elvira«, sagte Susanna.

»Elvira, ja. Sie bleibt auch hier. Sie hat einen Liebsten in der Gegend, das hat Malte mir erzählt. Sie bekommt auch ihren Teil für den Start.«

»Du hast für alles gesorgt.«

»Das ist doch etwas, was ich gern tue, nicht wahr?«

sagte Adrian lächelnd. »Jedenfalls meine ich, das schon einmal gehört zu haben.«

»Trotzdem hast du mich allein losgeschickt, um einen Hof am Meer zu suchen?«

»Ja.«

Mehr sagte er nicht, legte den Arm um ihre Schultern und zog sie eng an sich.

»Wären Sie bitte so freundlich, Ihre Worte zu zügeln, Herr Henderson!«

Sten Carlgren war Advokat und daran gewöhnt, sich zu beherrschen. Er zwang sich, ruhig zu sprechen, aber er war kreideweiß vor Zorn, als er den erregten Edward ansah.

»Meine Worte zügeln? Genau das tue ich ja. Es gibt für die Handlungsweise meines Onkels keinen anderen Ausdruck als Idiotie! Der verrückte alte Mann bildet sich ein, ein junges Mädchen sei in ihn verliebt – daß ich nicht lache! Und sie! Eine kleine Mamsell, nichts weiter. Eine, die ihr Glück sucht. Mein Onkel ist von Sinnen, und ich habe einen Antrag auf Entmündigung gestellt. Jeder Mensch, der einigermaßen bei Verstand ist, begreift doch, daß er verrückt ist. Verrückt!«

»Ich muß Sie enttäuschen, es gibt bereits ärztliche Gutachten, die bezeugen, daß Gutsbesitzer Henderson im Vollbesitz seiner geistigen Kräfte ist. Ich bin nicht sicher, ob man das von allen sagen könnte.«

»Ärztliche Gutachten! Dieser alte Hanswurst Strömgren! Der kann ja einen Schnupfen nicht von einem Beinbruch unterscheiden, und wenn man ihn erschlüge. Er ist ein Jasager, hat sich immer bei meinem Onkel eingeschmeichelt, und er ...«

»Die Gutachten, von denen ich spreche, sind nicht von Doktor Strömgren ausgestellt worden. Darf ich Sie bitten, sich jetzt zu beherrschen! Der Herr Gutsbesitzer kann jede Minute hier sein.«

»Es soll mir ein Vergnügen sein, jedes Wort zu wiederholen, das ich gesagt habe. Er schwankt doch schon am Rand des Grabes entlang – und der arme Kerl will Ehemann spielen! Das ist ja mehr als lächerlich, das ist grotesk.«

»Zum letzten Mal, Herr Henderson, zügeln Sie Ihre Zunge. Es geht um Ihr eigenes eventuelles Erbe, machen Sie sich das endlich klar. Reißen Sie sich zusammen! Beruhigen Sie sich. Sagen Sie nichts mehr, Sie könnten es später bitter bereuen.«

Edward starrte den Advokaten mit offenem Mund an. Sie standen in Adrians Arbeitszimmer auf Eketorp. Adrian selbst und der neue Besitzer, Großkaufmann Rickard Ekstedt, waren draußen auf den Pferdekoppeln, um die Stuten und Frühlingsfohlen zu begutachten; Edward war auf einem anderen Weg gekommen, und sie hatten einander nicht gesehen.

»Das kann doch nicht Ihr Ernst sein ... Ich bin der Sohn seines Bruders. Er kann mich doch nicht enterben!«

»Vergessen Sie nicht, daß der Gutsbesitzer ein verheirateter Mann ist. Die einzige gesetzliche Erbin ist seine Ehefrau.«

»Und Sie bezweifeln, daß sie eine miese kleine Erbschleicherin ist?«

»Ja, Herr Henderson, das bezweifle ich. Noch einmal empfehle ich Ihnen, Ihre Worte zu zügeln. Besonders, da ich Ihren Onkel kommen höre.«

Edward Henderson blieb regungslos stehen.

»Ich kann mich rühmen, ein Pferdekenner zu sein«, hörten sie eine fremde Stimme sagen. »Ich gehöre zu denen, die eine gute Zucht schätzen, und ich habe einen Blick für edle Tiere ...«

Sten Carlgren biß sich auf die Lippe. Er befürchtete, er würde in nervöses Lachen ausbrechen. Das war fast zuviel – ein verrückter Knallkopf, der herumfluchte und schrie, und ein pompöser Dummkopf, der seine eigenen

Vorzüge pries. Aber wenn es jemanden gab, der damit fertig wurde, dann war es Adrian Henderson.

Wenn es Edward Henderson nur gelang, den Mund zu halten! Der Advokat hatte vorhin den schwachen blaugrauen Schimmer über Adrians Lippen gesehen, und er wußte, was er wußte. Er war nicht befugt, den Inhalt des Testaments preiszugeben, er hatte es auch nicht getan. Aber wenn Edward Henderson ahnte …

»Edward? Du bist hier?«

Adrian stand mit dem Großkaufmann Ekstedt auf der Schwelle. Er runzelte leicht die Augenbrauen und sah Sten Carlgren an.

»Herr Henderson ist gerade gekommen …«, begann der Advokat, aber Edward unterbrach ihn.

»Danke! Ich kann für mich selber sprechen. Ich bin der Meinung, daß ich etwas mit meinem Onkel zu klären habe, ich habe eine Weile darüber nachgedacht und …«

»Es paßt gerade nicht«, sagte Adrian kühl. »Darf ich vorstellen – der Sohn meines Bruders, Edward Henderson, Großkaufmann Rickard Ekstedt, der neue Besitzer von Eketorp.«

»Wie bitte? Was zum Teufel?«

»Sieh mal an …«

»Herr Henderson, wie ich schon sagte – nehmen Sie sich zusammen!«

»Soll etwa alles verschleudert werden? Reicht es nicht, daß eine listige kleine Schlampe …«

»Edward! Verschwinde!«

»Das würde euch allen hier so passen. Daß ich schweige und mir alles gefallen lasse. Wie ich es seit Jahren tue. Und was ist der Dank dafür? Soll mir jetzt alles genommen werden und …«

»Die Gefahr besteht. Herr Henderson, um Ihrer selbst willen – schweigen Sie!«

Adrian atmete schwer. Sten Carlgren sah ihn ängstlich an.

»Wo ist Frau Henderson?« fragte er leise.

»Sie stattet dem Pfarrhof einen Besuch ab«, antwortete Adrian und nahm alle Kraft zusammen. »Sie besucht Pastor Pilgren. Ich möchte nicht, daß sie gestört wird.«

Rickard Ekstedt sah von einem zum anderen. Sein Mund stand ein wenig offen; er sah aufrichtig unglücklich aus. »Eine Familienangelegenheit?« begann er und räusperte sich. »Aber meine Zeit ist leider begrenzt, es wird schwierig, an einem anderen Tag wiederzukommen, ich ...«

»Das ist auch nicht nötig«, antwortete Adrian. »Sie und ich wollen unsere Geschäfte gleich zu Ende führen. Ich bitte um Entschuldigung für das Verhalten meines Neffen. Er verläßt Eketorp jetzt.«

»Das wird er zum Teufel nicht tun!«

Adrian ging zur Tür und zog an der Klingelschnur. »Du gehst jetzt, Edward. Du willst doch nicht, daß Diener und Kutscher dir hinaushelfen?«

»Herr Henderson ...«

»Halten wenigstens Sie Ihren Mund.« Edward wandte sich zornig zum Advokaten um. »Sie sind Sachverwalter, ein Winkeladvokat wie ...«

Sten Carlgren stand still. Aber unter seinem Blick verstummte Edward.

Malte kam zur Tür herein.

»Du begleitest Herrn Henderson bitte hinaus. Ruf Pelle, falls es nötig ist. Aber Herr Henderson verläßt Eketorp auf der Stelle.«

»In Ordnung, Herr.«

Edward rang die Hände und schnappte nach Luft. Aber er war vernünftig genug, zur Tür zu gehen. Malte hielt sie ihm auf.

Adrian wandte sich an die beiden anderen. »Nun also«, sagte er, »wollen wir die Geschäfte jetzt abschließen?«

Großkaufmann Ekstedt war abgefahren. Sten Carlgren ordnete seine Papiere und stellte Fragen nach den Mobilien im Haus und in Hof und Garten. Viele Fragen, die meisten waren schon gestellt und beantwortet.

Adrian sah ihn an und lächelte. »Meine Frau kann jeden Augenblick zurückkommen«, sagte er. »Lieber Freund, ich bin dir sehr dankbar für deine Hilfe heute. Aber mach dir meinetwegen keine Sorgen, ich komme jetzt ausgezeichnet zurecht.«

Sten Carlgren errötete leicht. »Entschuldige bitte meine Aufdringlichkeit.«

»Ich schätze deine Fürsorge. Aber ich habe ja gar nicht alles gehört, was Edward gesagt hat.«

»Nein.«

Der Advokat hätte gern ein »Gott sei Dank« hinzugefügt. Aber das behielt er für sich.

»Ich kann mir schon denken, daß er eine Menge gesagt hat«, fuhr Adrian fort. »Du warst sehr erregt, genau wie Edward.«

»Eine unbeherrschte Person.«

»Ja, und einfältig. Aber er ist der einzige Sohn meines ältesten Bruders, und einen Teil muß er deswegen wohl doch bekommen. Ich gebe es ihm mehr seiner Frau und seiner Kinder wegen.«

»Falls er deiner Frau Schwierigkeiten macht ...«

»Mach ihm klar, daß er Berga dann verliert. Das Erbe hängt ganz und gar davon ab, wie er sich verhält, das ist die einzige Sprache, die er versteht.«

»Ich bin ganz deiner Ansicht. Da kommt deine Frau im Wagen die Allee herauf.«

»Vielen Dank für alles, lieber Freund. Jetzt bin ich in guten Händen.«

Adrian lachte ein wenig listig, und Sten Carlgren wurde rot. Aber er war trotzdem froh, daß er geblieben war, bis Susanna nach Hause kam.

Es war ein milder, stiller Augustabend. Susanna und Adrian hatten draußen in der Glasveranda zu Abend gegessen. Die Pfingstrosen auf dem grünen Seitentisch erfüllten den Raum mit ihrem schwachen Duft. Die beiden blieben noch eine Weile sitzen und schauten durch die geöffneten Türen in den Garten.

»Am Meer ist es windiger«, sagte Susanna vorsichtig.

»Dann ist es dort auch nie schwül.«

»Nein, das kann man wohl nicht behaupten, Adrian.« Susanna streckte ihm ihre Hand hin. »Ich weiß, daß jetzt alles geregelt ist, und ich dürfte eigentlich nicht so dumm fragen – aber du bereust es doch hoffentlich nicht?«

Er lächelte, und Susanna begann zu lachen. »Du willst mich nur ein wenig ärgern. Oh – ich muß in die Küche und Matilda noch heute abend fragen, sonst vergesse ich es. Frau Pilgren auf dem Pfarrhof hat um Quitten gebeten, sie möchte Marmelade einkochen.«

»Es sind nicht mehr unsere Quitten.«

»Sie gehören uns bis Ende September.«

Susanna erhob sich und rieb ihre Wange an Adrians Wange. Er hielt sie einen Augenblick fest, dann schob er sie von sich. »Lauf du nur und red mit Matilda«, sagte er. »Wir können später einen kleinen Spaziergang durch den Garten machen.«

Er sah ihr nach, als sie ins Haus ging. Dann stand er auf.

Hinter seinen Rippen arbeitete es schwer, es hatte ihn Kraft gekostet, so ruhig zu sprechen. Hinunter in den Garten – war die Treppe wirklich so steil? Er hielt sich fest am Geländer, seine Hand war von kaltem Schweiß bedeckt.

Was für ein merkwürdiger Dunst? Stieg Nebel auf? Aber woher sollte der kommen? Nein! Plötzlich, ganz klar und kalt, begriff er – es war Zeit, sich zurückzuziehen.

Wohin sollte er gehen? Wo würde er seine Höhle finden?

Er hielt sich gerade. Niemand sah ihn, als er langsam den Mittelweg entlangging, hinunter zur Grenze des Gartens, wo ein riesiger Steinwall einen Halbkreis bildete. Niedrige Pflanzen bedeckten die Steine und Ritzen, es war ein hübscher Ort. Dorthin ging Adrian, er stützte sich gegen die Mauer. Es sollte hier Stühle geben – dort standen sie auch, ganz tief in der Ecke. Susanna würde bald kommen.

Er lehnte sich ein wenig zurück, der Schmerz in der Brust stach und brannte. Er stöhnte nicht, er holte nur tief Atem. Es rauschte und sang in seinem Kopf; plötzlich bekam er Angst, er könnte es überhören, wenn sie kam. Seine Frau Susanna. Seine Geliebte.

Er hob den Kopf und lauschte. Ihre Schritte auf dem Weg, ihre Schritte durchs Gras? Er konnte den Kopf nicht länger hoch halten. Ein Schmerz, stärker als vorher, kaum zu ertragen. So war das also?

»Alte Löwen wissen …«, murmelte er.

Der Rest des Satzes kam nicht mehr über seine Lippen. Er holte erneut tief Luft, ein einziger Atemzug.

Ein Vogel ließ sich auf einen der Steine in der Mauer nieder. Er zwitscherte ein paarmal, hob dann ab und setzte sich auf die Armlehne des Stuhls. Ein kleines rundes Auge, klar wie eine Perle, betrachtete die regungslose Gestalt, nur für einen Augenblick, den Bruchteil einer Sekunde. Dann hob sich der Vogel mit einem kurzen, scharfen Laut in die Luft und stieg zu den weißen Augustwolken auf.

XXVII

»Ich verstehe«, sagte Advokat Carlgren.

»Im Augenblick kann ich wirklich nirgendwoanders hin«, sagte Susanna langsam. »Nicht jetzt, da Eketorp verkauft ist. Und übrigens, allein hier zu wohnen ...« Sie unterbrach sich. »Ich muß bald eine andere Lösung für mich finden«, fuhr sie fort. »Aber im Augenblick habe ich das Gefühl, daß ich alle Türen hinter mir schließen möchte.«

Sten Carlgren wandte den Blick ab; er befürchtete, sie würde in Tränen ausbrechen, und ihm fiel es schwer, Frauen weinen zu sehen. Aber Susanna weinte nicht. Sie saß an Adrians Schreibtisch, blaß und mager in ihrem schwarzen Kleid. Sie hielt die Hände vor sich gefaltet; ihr Gesicht war ruhig.

Eine hübsche Frau und noch so jung, dachte der Advokat. Henderson hatte gewußt, was er tat. Zuerst habe ich es nicht geglaubt, aber jetzt weiß ich es.

»Von Edward Henderson ist ein Brief gekommen«, fuhr Susanna fort. »Ich habe ihn nicht gelesen, nicht einmal geöffnet. Ich denke, daß mein Mann es so gewünscht hätte.«

»Ich werde mich darum kümmern«, antwortete Carlgren, und sein Mund wurde zu einem geraden Strich. »So, wie wir Edward Henderson kennen, ist mit allem zu rechnen.«

»Er ist immer wie ein Hund gewesen, der zuviel bellt.« Susanna lächelte ein wenig.

»Dann muß er aufpassen, daß er nicht alles verliert. Und das wird er, falls er Ihnen die geringsten Schwierigkeiten bereitet.«

»Aber Berga? Und der Wald und das Sägewerk?«

»Er erbt sie unter gewissen Bedingungen. Dazu gehört genau das, was ich sagte.«

Susanna nickte. »Ich denke an die beiden Mädchen«, sagte sie dann. »Constance und Angela.«

»Für sie ist alles geregelt, solange sie auf Rostad sind. Über ihre weitere Ausbildung entscheiden Sie, Frau Henderson. Auch das ist eine Bedingung, daß der Vater Berga behalten darf.«

»Ja? Das sind harte Bedingungen!«

»Dem angepaßt, worum es geht. Ich glaube, Mitleid ist hier nicht angemessen. Es gibt Menschen, die vertragen weder Lob noch Dankbarkeit, davon werden sie hochfahrend. Gutsbesitzer Henderson kannte den Sohn seines Bruders genau. Und Einfalt duldete er am allerwenigsten.«

Susanna erhob sich und ging zum Fenster. Sie sah über den Garten, sah den breiten Mittelweg, auf dem Adrian zu seiner Höhle gegangen war, zum Steinberg, wo sie ihn gefunden hatte.

Alte Löwen wissen, wann es Zeit zum Sterben ist ...

Sie sagte die Worte nicht laut, murmelte sie nicht einmal. Es waren Adrians Worte, und sie wollte sie für sich selbst behalten.

Nach einer Weile sagte Carlgren vorsichtig: »Falls da noch etwas anderes ist, um das ich mich kümmern sollte?«

»Ja.« Susanna drehte sich um. »Es geht um Malte. Er wollte ja mit uns nach Schonen kommen, und jetzt wird nichts daraus. Die anderen drei, der Kutscher, die Köchin und die Magd, für sie ist alles geregelt. Aber was wird aus Malte?«

Die Frau des Hauses, dachte der Advokat. Man sorgt

für seine Angestellten, man überläßt sie nicht ihrem Schicksal.

»Ich weiß, daß Großkaufmann Ekstedt Malte angeboten hat zu bleiben«, sagte er. »Aber Malte wollte nicht.«

Er erzählte nicht, was Malte gesagt hatte: »Dem dicken Schwein dienen? Wenn man an den Gutsbesitzer gewöhnt ist? Nie im Leben!«

»Nein«, sagte Susanna nachdenklich. »Und in Bosarp würde er sich wohl auch nicht zurechtfinden. Die Verhältnisse dort sind ja wirklich sehr anders. Und mein Vater würde eher nervös werden, wenn er einen persönlichen Diener hätte.«

Sten Carlgren lachte leise. »Ich verstehe«, sagte er. »Ich werde mit Malte sprechen und hören, was er möchte.«

Malte kam dann selbst zu Susanna.

»Ich kann so was wie ein Laufbursche im Büro des Advokaten werden«, sagte er. »Sie nennen es Kanzleidiener, was immer das sein mag. Aber wenn Sie mal wissen, wie's wird, dann rufen Sie mich nur, ich komme sofort.«

Susanna stiegen die Tränen in die Augen. »Oh, Malte«, sagte sie und putzte sich die Nase. »Ich weiß überhaupt noch nicht, was werden soll.«

»Das ist im Augenblick auch nicht so leicht zu wissen. Aber ich meine, es sollte ein bißchen so werden wie früher. Ja – der Gutsherr und die gnädige Frau und ich – so ähnlich ...«

»Wir gehören also zusammen?« Susanna lachte ein jämmerliches kleines Lachen.

»Ja. Doch. Wenn Sie es mir nicht verübeln – es gibt ja Menschen, an die man gewöhnt ist. Und der Gutsherr, er hatte seine Frau so gern ... Ich denke also, daß ich Ihnen eines Tages von Nutzen sein kann ...«

Susanna nahm Malte nicht in die Arme, sie wußte, daß er dann im Boden versunken wäre. Aber sie hielt seine Hände ganz fest in den ihren.

Advokat Carlgren und Malte versprachen, sich um alles, was Susanna mitnehmen wollte, zu kümmern und dafür zu sorgen, daß es eingepackt und nachgeschickt wurde. Großkaufmann Ekstedt hatte ein wenig verlegen erklärt, daß es nicht so eilte nach allem, was geschehen war. Die Witwe Henderson sollte sich die Zeit nehmen, die sie brauchte. Susanna zuckte zurück vor dem Wort Witwe, aber sie wußte, daß er es gut meinte.

Und Sten Carlgren war aufrichtig erstaunt über Ekstedts Feingefühl. »Manchmal täuscht man sich«, sagte er. »Ich hätte nie gedacht, daß der Mann solcher Gefühle fähig wäre.«

Aber Susanna wollte den Aufbruch keinen Tag länger aufschieben als nötig. Sie war so kurze Zeit auf Eketorp gewesen, nur einige Sommermonate, es war noch nicht ihr Zuhause geworden. Adrian war nicht mehr hier, ihn trug sie im Herzen mit sich, wohin sie ging. Jetzt wollte sie zurück nach Bosarp und zu ihrem Vater. Es stimmte, was sie zu Sten Carlgren gesagt hatte, sie konnte nirgendwoanders hin.

Es war schon herbstlich, der September war mit klarer Luft gekommen und einem Hauch von Kühle. Susanna ging durch die schönen Räume von Eketorp. Sie freute sich, daß Adrian das Anwesen mit dem Inventar und allem verkauft hatte; ihr genügte es, ein paar Erinnerungsstücke mitzunehmen. Möbel, Teppiche und Gardinen würden hierbleiben, das war gut. Sie hatte gefragt, ob Edward und Hedvig vielleicht ein Recht auf Inventar von Eketorp hatten, aber Sten Carlgren hatte nur den Kopf geschüttelt. Die Herrschaften auf Berga hatten überhaupt keine Rechte.

Ein Wagen kam die Auffahrt herauf, sie hörte die Räder auf dem Schotter und trat ans Fenster, um nachzusehen. Plötzlich wurde ihr Mund trocken, und ihre Hände fühlten sich eiskalt an. Es war der Wagen von Berga, sie erkannte ihn.

Malte kam auf die Treppe hinaus, er hatte ihn auch erkannt. Sie hörte ihn nach Pelle rufen. Kutscher und Diener mußten darauf achten, daß kein unerwünschter Besuch bei ihrer gnädigen Frau eindrang. Susanna hatte keine Kraft, sich vom Fenster zu entfernen – wer saß auf dem Kutschbock? Das war ja James! Wie groß er geworden war, und so schlank, fast mager. Er schaute nicht zur Treppe oder zu den beiden, die dort warteten, er sah gerade vor sich hin, zwischen die Ohren der Pferde. Ihm war anzusehen, daß ihm diese Fahrt unangenehm war.

Aus dem Wagen stieg Hedvig, allein. Malte und Pelle gingen ihr verlegen entgegen; der Kutscher blieb, um etwas zu James zu sagen. Hedvig sah ihren Sohn nicht an, auch keinen der beiden anderen. Sie hielt das Gesicht abgewandt, als sie die Treppe hinaufstieg.

Malte lief an ihr vorbei, um ihr die Tür zu öffnen, aber Susanna war schon in der Diele.

»Wollen Sie sie empfangen?« fragte Malte, und das klang lächerlich; Susanna stand ja schon dort.

»Danke, Malte, es ist gut. Treten Sie ein, Frau Henderson.«

Wir setzen uns in den Saal, dachte Susanna. Dort ist es ungemütlich und ein wenig dunkel, der Raum hat mir noch nie gefallen. Ich will nicht, daß sie auf die Veranda kommt, auch nicht in Adrians Arbeitszimmer. Das möchte ich für uns behalten.

Hedvig neigte den Kopf und betrat den Saal. Susanna kam nicht dazu, etwas zu sagen, bevor der Gast sich auf einem der seidenbezogenen Stühle niedergelassen hatte. Hedvig sah Susannas schwarzes Kleid. »Ich sollte wohl kondolieren«, sagte sie. »Das verlangt der gute Ton.«

»Ja«, antwortete Susanna.

»Ich weiß nicht, wie ich es sagen soll. O ja, ich weiß wohl, welche Worte man wählt, aber ich bekomme sie nicht heraus.«

Susanna hätte gern ihre eiskalten Hände geknetet, um

wieder Gefühl hineinzubekommen. Sie tat es nicht, es wäre ein Zeichen der Schwäche gewesen. Sie schwieg.

»Sie verstehen wohl – nein, das tun Sie natürlich nicht. Während Gutsbesitzer Henderson noch lebte, war es schon schwer genug – für uns, meine ich jetzt. Durch seinen Tod wird alles noch viel schwerer.«

»Sie haben recht, Frau Henderson. Ich verstehe nicht, was Sie meinen.«

»Ich habe einmal gesagt«, fuhr Hedvig fort, »daß Sie zu jenen zählen, die alles bekommen. Das stimmt doch, nicht wahr? Jetzt haben Sie sogar auch den reichen Onkel bekommen, und nicht nur das, Sie haben die Macht bekommen, über uns auf Berga zu bestimmen. Uns zu schikanieren.«

Susanna sah Hedvig geradewegs an. »Nichts dergleichen«, sagte sie ruhig. »Das einzige, wessen mein Mann sicher sein wollte, war, daß sich Ihr Mann wie eine zivilisierte Person benimmt.«

»Und das werden Sie beurteilen?«

»Das wird der Advokat beurteilen.«

Es wurde still. Hedvig schaute auf ihre Hände. »So ist es mir nicht berichtet worden«, murmelte sie.

»Ich weiß nicht, was Ihnen gesagt worden ist«, antwortete Susanna. »Aber Sie können selbst mit Herrn Carlgren sprechen und ihn um Einblick in das Testament bitten. Dazu haben Sie ein Recht.«

Hedvig hob mit einem kurzen Ruck den Kopf und starrte Susanna an. »Wenn ich das tue«, sagte sie gehässig, »was, glauben Sie, wird dann die Folge sein? Was wird er sagen? Ich meine nicht Carlgren, sondern meinen Mann. Habe ich nicht jetzt schon die Hölle?«

»Ja«, sagte Susanna. »Das haben Sie, und es hilft auch nichts, wenn ich Ihnen sage, daß Sie diese Hölle selbst zugelassen haben. Aber es ist nicht zu spät, daß Sie anfangen, sich zu behaupten.«

Hedvig sagte nichts.

»Besuchen Sie Ihre Töchter«, fuhr Susanna fort. »Fahren Sie allein! Vielleicht wird es Ihnen auch Freude machen, sich mit Mamsell Fryxell zu unterhalten.«

»Und woher sollte ich das Reisegeld nehmen? Ich besitze nichts.«

»Aber ich.«

Hedvig brach in bitteres Lachen aus. »Das weiß ich wohl, daß Sie Geld besitzen. Nein, meine Beste, ich nehme keine Gnadengeschenke von Ihnen an. Aber vielleicht werde ich mit der Zeit doch etwas tun – darum bitten, das Testament lesen zu dürfen.«

Sie erhob sich. Sie neigte den Kopf zum Abschied und ging zur Tür. In der Türöffnung blieb sie stehen. Sie drehte sich nicht um, sagte nur über die Schulter: »Nehmen Sie mir meine Töchter nicht ganz weg, Mamsell Lindman.«

Dann lief sie die Treppe hinunter. James erwartete sie, er hatte nicht ausgespannt. Hedvig stieg in den Wagen, und er rollte davon. Susanna schaute ihm nach. Sie hatte einen Kloß im Hals und zitterte am ganzen Körper.

»O Gott«, flüsterte sie. »Die arme Frau. Diese arme, arme Frau. Was soll ich tun? Was nur?«

Sie drehte sich um, ging in Adrians Arbeitszimmer und setzte sich an seinen Schreibtisch; dort fühlte sie sich ihm am nächsten.

Wie hatte es nur so kommen können? Mein lieber, geliebter Mann, warst du doch zu hart? Hätte Edward Hedvig mehr Freiheit gegeben, wenn er selbst freier gewesen wäre? Aber nein, das glaube ich eigentlich nicht. Er war wohl von Anfang an kein guter Mensch, sie auch nicht. Er unterdrückt sie, und sie unterdrückt die Kinder, besonders die Mädchen. Und dennoch hat sie jetzt gesagt: Nehmen Sie mir meine Töchter nicht weg … Es zerreißt mir das Herz. So habe ich es nicht gemeint, ich wollte ihnen nur helfen, ihnen Möglichkeiten anbieten, die du selbst niemals hattest – oder jedenfalls nicht wahrgenommen hast. Ich weiß nicht, was ich jetzt tun soll.

Und ich habe niemanden, mit dem ich darüber sprechen kann. Oh, Adrian …

Sie verbarg das Gesicht in den Händen und blieb lange so sitzen. Und als sie sich erhob, wußte sie, daß sie nur noch einen Wunsch hatte: nach Hause zu kommen. Nach Hause, um Zeit zum Denken zu haben, Zeit, über Fragen nachzudenken, mit denen sie hier nicht zurechtkam. Vielleicht jemanden um Rat fragen.

Plötzlich sah sie Anna Mattis Pers vor sich, ihr ruhiges, ernstes Gesicht, ihre klugen blauen Augen. Anna, die zu ihr gesagt hatte: Ausbildung, das ist ja nur etwas für Jungen, für Mädchen kommt so was nicht in Frage. Aber jetzt sind ja neuere Zeiten. Und die noch hinzugefügt hatte: Geben Sie nicht auf, Susanna.

»Ich werde nicht aufgeben, Anna«, sagte Susanna leise zu sich selbst. »Ich will Hedvig Henderson keinen Kummer bereiten, ihrer Last nicht noch einen Stein hinzufügen. Aber Connie und Angela im Stich lassen, das kann ich nicht.«

Sie preßte die Lippen fest zusammen, und dann rief sie nach Elvira. Jetzt wollte sie packen und alles für die lange Reise vorbereiten. Jetzt auf der Stelle. Es war Zeit, daß sie nach Hause kam.

Nun kehre ich schon wieder zurück, dachte Susanna, als sie vor der Treppe des Pfarrhofes aus dem Wagen stieg. Ihr Vater stand dort und erwartete sie, ein gebeugter Mann, der zehn Jahre älter wirkte als zu Beginn des Sommers, als sie sich getrennt hatten. Einige kurze Monate waren vergangen, nicht mehr, aber nicht so viel Zeit, daß ein Mensch so sehr alterte.

»Liebes Kind«, sagte er unbeholfen und streckte ihr seine Hände entgegen. »Liebes Kind, jetzt kommst du nach Hause.«

»Ja, Vater«, sagte Susanna. »Ich könnte ja nirgendwoanders hingehen.«

»Sprich nicht so, sprich nicht so. Dies ist doch dein Zuhause, dein altes Zuhause, hier bei mir bist du geborgen.«

Aber wie lange? dachte Susanna und schaute in das blasse Gesicht und auf die magere Gestalt. Wie lange darf ich dich noch behalten? Der einzige Mensch auf der Welt, mit dem ich nun wirklich zusammengehöre.

»Danke, Vater«, sagte sie nur.

Sie strich ihm über die Wange. Dann sah sie, daß Stina in der Tür stand und knickste.

»Stina, du empfängst mich auch, das ist nett von dir. Aber was ist mit Fia?«

»Fia kommt nicht mehr aus dem Bett. Ihre Beine wollen sie nicht mehr tragen. Sie liegt nun schon seit mehreren Wochen.«

»Ach, dann hast du sicher viel zu tun?«

»Genug, daß es reicht. Meine jüngste Schwester hilft mir, wenn es nötig ist. Aber sie ist erst dreizehn.«

Susanna nickte. Sie spürte, wie die Last sich auf ihre Schultern senkte – Arbeit, Fürsorge, Verantwortung. Aber jetzt konnte sie es ertragen. Es war nicht wie damals, als ihr nach Ulrikas Tod die Bürde aufgezwungen wurde. Jetzt sah sie die Bürde vor sich, und sie hob sie aus eigenem Willen auf.

»Das Abendessen ist fertig, wenn Sie es möchten.« Stina knickste wieder. »Und Ihr Zimmer ist auch vorbereitet.«

Ihr altes Zimmer unter dem Dach. Als sie zuletzt dort gelegen hatte, war Adrian bei ihr gewesen … Sie schloß die Augen, aber nur für einen einzigen kurzen Moment.

»Danke, meine Liebe«, sagte sie. »Ich werde mich ein wenig frisch machen, dann komme ich sofort herunter.«

Wie beim letzten Mal erwartete Johannes sie an der Treppe. Er wartete geduldig, wie ein Kind voller Zuneigung sah er aus. Seine grauen Augen waren blaß geworden.

»Vater, ich bin da«, sagte Susanna weich.

»Ja. Ja. Es wäre schlecht von mir, zu behaupten, daß ich mich freue. Das würde ja bedeuten, daß deine Trauer mir zur Freude gereicht. Ich bin so einsam gewesen, Susanna. Es ist gut, daß du wieder bei mir bist.«

»Ja, Vater.«

»Du erinnerst dich doch«, sagte Johannes, als sie bei Tisch saßen, »du erinnerst dich, daß du schon bei deiner Heirat erwähnt hast, daß du bei mir bleiben wolltest. Aber ich sagte, du müßtest natürlich deinem Mann folgen, du dürftest gar nicht daran denken, hierzubleiben.«

Susanna schluckte, das Omelett wollte ihr im Hals steckenbleiben. Ihre Erinnerung an das Gespräch deckte sich nicht mit Johannes' Erinnerung.

»Mitten in der Trauer«, fuhr ihr Vater fort und sah sie mit den milden Augen eines alten Mannes an, »mitten in der Trauer ist es doch ein Trost für dich, daß du in dein Zuhause zurückkehren kannst. Dein fester Punkt auf dieser Welt.«

»Ja, Vater.«

Wieder brachte sie nichts weiter heraus.

XXVIII

Die Vogelbeeren hingen in schweren dunkelroten Trauben von den Ästen. Susanna schaute zu ihnen hinauf, sah sie vor dem durchsichtigen Septemberhimmel leuchten. Das bedeutete bestimmt einen kalten Winter, wenn es so reichlich Beeren gab.

Sie standen draußen auf der Weide bei Jären, sie und Anna Mattis Pers. Susanna hatte sie begleitet, Anna wollte nach einem Kalb sehen, das spät zur Welt gekommen und ein wenig schwächlich war.

»Ich nehme es mit rein«, sagte Anna. »Es ist zu schwach. Das Kalb und die Mutter nehm ich mit rein.«

»Ich kann Ihnen helfen.«

»Danke, gern.«

Aber sie blieben stehen. Das Kalb saugte an Susannas Fingern.

»Anna? Ich grüble die ganze Zeit über etwas nach – etwas, was ich fragen wollte. Wenn man jemanden verloren hat wie ich jetzt, wird man dann jemals wieder froh?«

»Ach ja«, antwortete Anna Mattis Pers und warf Susanna einen raschen Blick zu. »Vielleicht nicht so wie früher, das will ich nicht behaupten. Aber wenn man so geliebt worden ist, wie Ihr Mann Sie geliebt hat, da wäre es nicht recht, sich zu vergraben und zu leiden.«

»So habe ich es nicht verstanden«, sagte Susanna langsam.

»Das mag wohl sein. Aber ich glaube, daß es ist, wie es ist. Man muß auf sich aufpassen. Nicht nur um seiner selbst willen, auch um dessentwillen, der einen so gern gehabt hat. Allmählich kehren dann Liebe und Freude zurück.«

»Glauben Sie wirklich, daß es so ist? Im Augenblick habe ich das Gefühl, als ob die Liebe tot wäre und nie wieder zum Leben erwachen könnte.«

»Ach nein, so wird es nicht. Wenn man einmal glücklich war, weiß man ja, was für ein Gefühl das ist. Und – wie soll ich das sagen – ich meine nicht, daß man loslaufen und das Glück suchen soll, aber man erkennt es wieder, wenn es kommt. Und kann es annehmen.«

Susanna stand still da und strich dem Kalb über den Kopf. Die Mutter des Kalbs sah mit feuchten braunen Augen zu.

»Steht Ihnen zu Hause jemand bei?« fragte Anna dann.

»Aber ja, sie versuchen es. Stina und ihre kleine Schwester Pella, die sind bestimmt meinetwegen traurig, aber Pella ist rausgerutscht, daß er ja schon so alt war, viel älter als ich. Und Fia staunt, daß ich soviel Geld geerbt habe.«

»So denkt man wohl, wenn man sein Leben lang arm war. Was sagt der Herr Pfarrer?«

»Vater ...« Susanna biß sich auf die Unterlippe. »Vater glaubt, ich hätte im Grunde meiner Seele ohnehin am liebsten bei ihm bleiben wollen. In meinem vertrauten alten Zuhause.«

»Du liebe Zeit!«

»Das hat er wirklich gesagt.«

»Männer haben einen Verstand eigener Art«, sagte Anna schroff. »Und manchmal ist er nicht besonders groß, und wenn sie noch so gelehrt sind. Es ist ja wohl klar, daß Sie bei Ihrem Mann sein wollten, so, wie er Sie geliebt hat.«

Susanna schluckte. »Und ich ihn«, sagte sie. »Anna, ich wußte ja, daß sein Herz nicht stark war, er hat es mir selbst erzählt. Aber er war doch erst vierundfünfzig, und ich habe gedacht – ich habe gehofft ...«

»Ja, und dann ist alles anders gekommen. Man muß es nehmen, wie es kommt. Freuen Sie sich über das, was Sie dennoch erlebt haben, viele lernen nie die Freude kennen. Und anstrengende, scheußliche Männer, die sind gesund! Die wird man nicht so leicht los.«

Susanna verzog ein wenig den Mund. »Wie Edward Henderson auf Berga«, sagte sie. »Ich hab doch von seiner Frau erzählt? Hedvig heißt sie. Sie hat es wirklich schwer mit ihm, das ist mir schon klar, aber sie macht anderen auch das Leben schwer. Ich verstehe sie nicht richtig, sie tut mir nur so entsetzlich leid.«

»Ich finde, die Frau sollte sich schämen. Auch wenn sie es selbst schwer hat, braucht sie nicht noch andere zu kränken ... Das ist doch sinnlos.«

Anna Mattis Pers sah Susanna aufmerksam an. Das Mädchen war so blaß und abgemagert. In dem Monat, seit sie heimgekehrt war, hatte sie noch mehr abgenommen. Das Leben auf dem Pfarrhof, nur in Gesellschaft vom Vater und den Mägden, war kein Vergnügen. Natürlich war der Pfarrer ein netter, gutmütiger Mensch, aber er begriff nicht viel, nicht, wenn er so redete. Ach, wenn seine Frau nur noch lebte – aber es war, wie es nun einmal war. »Sollten Sie sich nicht etwas vornehmen?« fragte sie. »Um sich ein wenig zu zerstreuen? Andere Menschen treffen, nicht nur zu Hause herumsitzen.«

»Ich weiß nicht«, sagte Susanna mutlos.

»Denken Sie darüber nach. Jetzt, bevor der Winter kommt. Man kann ja nicht wissen, wie streng er wird, und dann gelangt man nirgends mehr hin. Könnten Sie nicht dieses Schulfräulein in Kalmar besuchen? Sie haben so viel von ihr erzählt. Und von den beiden Mädchen, die Sie unterrichtet haben – die sind doch noch dort?«

»Ja«, sagte Susanna nachdenklich. »Das sind sie wohl. Das wäre schön. Aber da ist ja noch Vater.«

»Ach was! Ich kann ihn hin und wieder besuchen. Nicht daß ich mir einbilde, er macht sich was draus oder freut sich gar drüber. Aber ich kann ihn ja ein wenig stören, und das muntert auch auf.«

Susanna mußte lachen. »Vielleicht sollte ich«, sagte sie.

»Unbedingt. So, und jetzt bringen wir Kuh und Kalb in den Stall.«

Die Herbstsonne fiel durch die hohen Fenster in Cecilia Fryxells Salon auf Rostad. Susanna saß auf dem Sofa; sie war hier ein angesehener Gast.

»Ich habe schon bei Ihrem letzten Besuch gedacht, daß wir uns wohl wiedersehen werden«, sagte Mamsell Fryxell. »Vermutlich habe ich es auch gesagt. Aber damals konnte ich nicht ahnen, daß wir uns unter diesen Umständen wiedersehen würden. Daß das Schicksal Sie so schwer treffen würde.«

»Niemand konnte das ahnen«, sagte Susanna und sah auf ihre Hände. »Ich erinnere mich so gut an unseren Besuch hier. Aber damals kannte ich meinen Mann noch kaum.«

»Nein, nein. Gutsbesitzer Henderson, ja. Ein stattlicher Herr. Ein Gentleman.«

Sag nichts mehr, dachte Susanna. Ich weine so leicht, und das möchte ich nicht, hier sitzen und wie ein kleines Kind heulen.

»Wie geht es Constance und Angela?« fragte sie ablenkend.

Cecilia Fryxell lächelte. »Da kommen sie«, sagte sie. »Ich habe nach ihnen geschickt, sobald ich Ihren Wagen sah.«

Connie und Angela kamen zur Tür herein, und Susanna erhob sich sofort. Sie hielt Connie fest umfangen – das Kind war groß geworden, fast so groß wie Susanna. Angela war einen Kopf kleiner.

»Oh, Susanna«, flüsterte Connie ihr ins Ohr. »Wie habe ich mich danach gesehnt, dich zu sehen! Liebste Susanna, ich ...«

»Vergiß mich nicht«, piepste Angela neben ihr. »Susanna soll nicht nur Connie umarmen, ich bin auch noch da.«

»Das weiß ich doch, mein kleiner Troll. Geliebte Mädchen, es ist wunderbar, euch zu sehen!«

»Ich glaube, ich lasse Sie eine Weile allein«, sagte Mamsell Fryxell. »Ich habe noch einiges zu erledigen. Sie können einen Spaziergang durch den Park machen, dann essen wir später zusammen.«

Die Mädchen liefen davon, um ihre Mäntel zu holen. Susanna blieb noch einen Augenblick. »Connie ist so erwachsen geworden«, sagte sie nachdenklich. »Ich möchte nachher gern über sie sprechen, ein wenig für ihre Zukunft planen.«

Mamsell Fryxell nickte, und Susanna ging, um die Mädchen zu treffen. Zu dritt wanderten sie durch den Park, Arm in Arm, Susanna in der Mitte.

»Ich weiß, daß Eketorp verkauft ist«, sagte Connie zurückhaltend. »Das ist ein sonderbares Gefühl.«

»Du verstehst doch sicher, daß ich dort nicht allein hätte leben wollen, ohne Adrian.«

»Natürlich«, sagte Connie nach einer Weile. »Selbst wenn wir auch auf Berga wohnen – wenn wir also dort sind, meine ich –, es wäre trotzdem nicht sicher, daß wir uns oft hätten treffen können.«

Susanna drückte Connies Arm fester an sich. Alles mußte man nicht auf einmal erklären. Eine Weile gingen sie schweigend nebeneinander her, aber Angela wurde der langsame Spaziergang langweilig.

»Da hinten kommt Emilie!« rief sie. »Ich muß sie was fragen. Susanna, wir essen ja zusammen Mittag, macht es etwas, wenn ich jetzt zu Emilie gehe?«

»Keineswegs, lauf du nur«, sagte Susanna. Und zu Connie gewandt: »Hast du schon darüber nachgedacht,

was du werden möchtest? Du bist bald siebzehn und bleibst nur noch ein Jahr hier.«

»Mamsell Fryxell«, begann Connie, »hat gesagt, daß sie sich eine Zeitlang müde gefühlt hat. Sie wußte nicht, wie lange die Schule bestehen wird. Aber dann hat sie gedacht …«

»Ja, was?«

»Das Volksschulseminar hat keinen Platz. Ich meine, es hat keine eigene Schule, kein Haus. Deswegen hat Mamsell Fryxell überlegt, ob sie Rostad dem Seminar stiften soll. Und das möchte ich wirklich sehr gern, an diesem Seminar studieren und Lehrerin werden. Aber Susanna, du weißt ja … Alles ist ungewiß. Ich verstehe gar nicht, wieso wir Rostad nicht schon verlassen mußten, jetzt, wo Onkel Adrian nicht mehr da ist.«

»Ich bin doch noch da, Connie«, sagte Susanna ruhig. »Und du wirst genau das tun, was du dir wünschst. So steht es in Adrians Testament.«

»Aber«, sagte Connie mit großen Augen, »das kostet doch viel Geld?«

»Es gibt Geld.«

»Oh – oh, ich wäre so glücklich! Vor einiger Zeit habe ich nachts wachgelegen, und da war ich deinetwegen traurig. Erinnerst du dich daran, wie wir das erste Mal hier waren und du warst so begeistert von Mamsell Fryxell? Damals hast du gesagt, du wolltest so werden wie sie. Und ich habe geantwortet, daß du schon so bist, und Onkel Adrian hat gelacht und mir recht gegeben. Erinnerst du dich daran, wie froh er war? Er war immer so froh mit dir zusammen.«

Susanna konnte nicht antworten.

»Glaubst du, er hätte gewollt, daß ich Lehrerin werde? Natürlich nur, wenn es nicht zu teuer wird. Aber stell dir mal vor, Susanna, wenn du und ich – vielleicht könnten wir etwas zusammen machen?«

»Warte ein wenig, Connie«, sagte Susanna und blieb

jäh auf dem Weg stehen. »Sag jetzt nichts mehr. Ich habe eine Idee, ich muß nachdenken. Ist es wirklich das, was du dir wünschst?«

»Ja, o ja!«

»Es ist noch lange hin, aber wenn wir beide, jeder für sich, nachdenken ... Connie, du bist mir wie eine kleine Schwester. Ich habe dich so gern!«

Connie umarmte Susanna und drückte ihre Wange an Susannas.

Aus dem großen Gebäude ertönte der Gong, und sie kehrten um. Nach dem Mittagessen verschwanden Connie und Angela zu ihrem Unterricht, aber Susanna blieb noch bei Mamsell Fryxell.

»Es ist vermutlich zu früh, um die Frage zu stellen«, sagte Susanna, »vielleicht viel zu früh. Aber ich habe mich ein wenig mit Connie unterhalten.«

Sie erzählte, was Connie gesagt hatte, was sie sich erhoffte und wünschte. Cecilia Fryxell nickte. »Ich kann mir den Beruf sehr gut für das Mädchen vorstellen«, sagte sie. »Sie hat Verstand und ein freundliches Gemüt. Aber es stimmt, was Sie sagen, Frau Henderson, bis dahin wird noch ein wenig Zeit vergehen.«

»Ja«, sagte Susanna. In ihre Wangen war Farbe gekommen. »Das ist gut, dann haben Connie und ich genügend Zeit zum Nachdenken.«

In dieser Nacht lag Susanna lange wach und starrte in die kühle Dunkelheit. Die Nacht war kalt, aber in ihr pulsierte eine Wärme, wie sie sie seit langem nicht mehr empfunden hatte. Nie hätte sie geglaubt, daß sie einmal wieder so voller Erwartung sein könnte.

Sie dachte an Connie, an ihr junges Gesicht, ihre schönen dunklen Augen. Dieser Funke von Freude, als sie Susanna sah, die Sehnsucht in ihrer Stimme, als sie von ihren Plänen sprach. Daß sie Connie helfen konnte! Und miterleben, wie sie sich entwickelte und reifte, wie sie der

Mensch wurde, der sie werden sollte, sie an allem teilhaben lassen, was sie sich wünschte und wonach sie sich sehnte …

Adrian, Geliebter, du hast mir das Beste gegeben, du hast mir die Möglichkeit gegeben, etwas zu *tun*. Für Connie, für mich selbst, für jene, denen ich helfen möchte. Du mein Allerliebster – danke!

Plötzlich hörte sie wieder Connies Stimme: Erinnerst du dich daran, wie froh er war? Er war immer so froh mit dir zusammen.

Adrians Glück, Adrians Freude. Vielleicht gab es doch auch wieder für Susanna Freude?

Die Stimme von Anna Mattis Pers: Sich nicht vergraben und leiden, wenn man so geliebt worden ist.

Ich werde mich nicht vergraben, dachte Susanna. Ich weiß es jetzt, ich habe noch mein ganzes Leben vor mir, und ich bin dafür verantwortlich. Ich bin glücklich gewesen, ich kann auch wieder glücklich werden. Ich kann vorsichtig beginnen, mich um meine Freunde kümmern, ich darf sie nicht verlieren. Maja Ekander hat mir geschrieben, ich habe ihr nicht geschrieben. Ich werde es tun. Und Mattias Stenberg …

Er hat so geschraubt und trocken geschrieben, als Adrian und ich geheiratet hatten. Ich habe seinen Brief in den Kachelofen geworfen und nicht beantwortet. Aber was er jetzt geschrieben hat, erst vor einigen Wochen …

Ein wenig verlegen, ein wenig ungeschickt. Er war um meinetwillen traurig, und er versucht, es auszudrücken. Er fand keine besonderen Worte, sein Brief war wie der eines Jungen, eines traurigen Jungen, der sein Mitgefühl und seine Trauer zeigen möchte. Der Brief ist zu Hause, ich werde ihn noch einmal lesen, und ich werde auch an Mattias schreiben …

Susanna lächelte, als sie das Kissen unter ihrem Kopf zurechtrückte. Jetzt war sie müde, sie würde schlafen können. Noch auf dem Weg in den Schlaf blieb das Lä-

cheln in ihrem Gesicht, und sie schlief so tief und gut wie schon seit langer Zeit nicht mehr.

Am nächsten Tag reiste sie wieder nach Hause.

Der Reichtum an Vogelbeeren hatte nicht die befürchtete Bedeutung: Der Winter war kurz und mild. Im Februar zeigte sich der erste Huflattich am Wegesrand; die Buschwindröschen folgten. Susanna ertastete sie mit geübten Fingern unter dem trockenen Laub, wo die Haselnußbüsche wuchsen.

»Ich bringe es nicht über mich, sie zu pflücken«, sagte sie zu Stina. »Sie sind so zart und hübsch, am hübschesten sind sie genau dort, wo sie wachsen. Der ganze Hang leuchtet weiß.«

»Aber morgen darf ich doch ein paar pflücken?« fragte Stina. »Wenn er zum Mittagessen kommt, der Lehrer aus Lund, dann soll der Tisch doch auch ein bißchen hübsch aussehen.«

Susanna wurde ein wenig rot. Sie antwortete nicht, sondern ging weiter, tiefer in den Garten, hinunter zu den Teichen, wo die Frösche bald mit ihren Frühlingsgesängen anfangen würden. Und irgendwann würden die Seerosen blühen – Susanna sah jetzt auch wieder die Blüten, nicht nur die zähen, widerstandsfähigen Wurzeln …

Sie ging durch den Garten und dachte an alles, was bald in Blüte stehen würde. Aber als der Abend kam, ein leuchtender, blaßblauer Märzabend, da verließ sie den Garten und ging über die Felder zu den Weiden bei Jären. Dort draußen fühlte sie sich freier, die dünnen Wolken hoben sich höher, die Luft atmete Erwartung. Es kam ein einziger Lerchentriller, prüfend, klar …

Schon? dachte Susanna. Sie blieb stehen und schaute, aber sie konnte die kleine schwarze Silhouette nicht am Himmel entdecken. Waren es etwa doch die Vögel, die an die Decke über ihrem Bett gemalt waren? Waren sie doch noch lebendig geworden und flogen nun hinaus in die

Freiheit? Sie lachte ein wenig über sich selbst, als sie dort im feuchten, braunen Gras des letzten Jahres stand und in den Himmel hinaufschaute.

Und dann hörte sie das Brausen von mächtigen Flügelschlägen und dachte nicht mehr an die Lerchen. Über ihrem Kopf zogen acht Schwäne in einer Linie dahin, sie kamen vom Westen und flogen nach Osten, gerade und sicher folgten sie ihrem Weg. Vielleicht kamen sie von dem schilfreichen Fluß hinter Trolleholm, vielleicht waren sie auf dem Weg zum Ringsjö und dann weiter zur Küste? Susanna hielt den Atem an.

»Nicht meine Schwäne«, sagte sie halblaut zu sich selbst. »Nicht jene, die Adrian und mir gehörten. Aber Schwäne, und ich habe sie gesehen.«

Sie war froh, daß sie an diesem allerersten blauen Abend des Vorfrühlings hinausgegangen war. Es würden mehr Abende kommen, genauso schimmernd hell, genauso hoch und klar. Aber dieser war der allererste.

Wie in meinen anderen Büchern sind die Menschen, die darin vorkommen, von mir erdacht, und die Namen sind willkürlich ausgewählt. Nur auf dem Namen Lindman habe ich ein gewisses Anrecht; es ist der Mädchenname meiner Großmutter.

Sie und ihre Schwestern gehörten zu den Schülerinnen an Mamsell Cecilia Fryxells Schule auf Rostad in Kalmar. Mamsell Fryxells Leben und Werk ist in einem anderen Zusammenhang viel umfassender nachgezeichnet worden, als ich es hier tue – aber für mich ist ja Susanna die Hauptperson.

Vor langer Zeit war mein Großvater Pfarrer in Bosarp, doch er ist nicht das Vorbild für Johannes. Und meine Großmutter starb nicht an der Cholera in Jönköping; *ihr* Großvater dagegen wäre fast daran gestorben.

Ein wenig Wahrheit, ein wenig Dichtung …

E. R.

Lis Vibeke Kristensen

Ein bretonischer Sommer

Roman. 448 Seiten. Geb. Aus dem Dänischen von Christel Hildebrandt.

Paris 1960: Als Au-pair-Mädchen kommt die 18jährige Dänin Nanna in die Metropole, deren Atmosphäre sie fasziniert und zugleich erschreckt. Aus ihrer Zufallsbekanntschaft mit dem zärtlichen Bretonen Yann wird die große Liebe. Doch ihr Glück ist nicht von Dauer: In den politischen Unruhen der 60er Jahre fällt Nannas Mann einem Attentat zum Opfer. Trotz aller Schwierigkeiten entschließt sie sich, in Frankreich zu bleiben, und übernimmt in Yanns Geburtsort, einem malerischen Städtchen in der Bretagne, das elterliche Hotel. Nannas einzige Verbindung in die skandinavische Heimat sind die Briefe ihrer engsten Jugendfreundin Mette. Als alle Versuche, mit Yanns Mutter ein freundschaftliches Verhältnis aufzubauen, scheitern und Nannas Gefühle immer mehr zu ersticken drohen, beginnt sie eine ebenso leidenschaftliche wie aussichtslose Affäre mit dem Fischer Pierre ...